황정견시집주 10
黃庭堅詩集注

Anotations of Hwang Jeong-gyeon's Poems

옮긴이

박종훈 朴鍾勳 Park Chong-hoon
지곡서당(芝谷書堂)에서 한학(漢學)을 연수했으며, 조선대학교 국어국문학부(고전번역전공)에 재직 중이다.

박민정 朴玟貞 Park Min-jung
고려대학교에서 중국고전시 박사학위를, 중국저장대학(浙江大學)에서 대외한어교학 박사학위를 취득했다. 현재 세종사이버대학교 국제학과 교수로 재직 중이다.

이관성 李灌成 Lee Kwan-sung
곡부서당에서 서암 김희진 선생에게 한문을 배웠다. 현재 퇴계학연구원에 재직 중이다.

황정견시집주 10

초판발행 2024년 8월 15일

지은이 황정견
옮긴이 박종훈 · 박민정 · 이관성

펴낸이 박성모
펴낸곳 소명출판
출판등록 제1998-000017호
주소 06641 서울시 서초구 사임당로14길 15 서광빌딩 2층
전화 02-585-7840
팩스 02-585-7848
이메일 somyungbooks@daum.net
홈페이지 www.somyong.co.kr

ISBN 979-11-5905-924-7 94820
979-11-5905-914-8 (전14권)
정가 27,000원

이 저서는 2019년 대한민국 교육부와 한국연구재단의 지원을 받아 수행된 연구임 (NRF-2019S1A5A7069036).
This work was supported by the Ministry of Education of the Republic of Korea and the National Research Foundation of Korea (NRF-2019S1A5A7069036).

한국연구재단
학술명저번역총서

황정견시집주 10

黃庭堅詩集注

Anotations of Hwang Jeong-gyeon's Poems

황정견 저

박종훈 · 박민정 · 이관성 역

일러두기

1. 본 번역은 『黃庭堅詩集注』(전5책)(北京 : 中華書局, 2007)를 저본으로 삼았다.

2. 위 저본에 있는 '교감기'는 해당 구절의 원문에 각주로 붙였고 '[교감기]'라고 표시해 두어, 번역자가 붙인 각주와 구별했다.

3. 서명과 작품명이 동시에 나올 때는 '『 』'로 모았고, 작품명만 나올 때는 '「 」'로 처리했다.

4. 번역문과 원문 중에 나오는 소자(小字)는 【 】로 표시해 묶어 두었다.

5. 번역문과 원문 중에 나오는 '○'는 저본에 있는 것을 그대로 옮겨온 것으로, 주석 부분에 추가로 주석을 붙인 부분이다.

6. 번역문에는 1차 인용, 2차 인용, 3차 인용까지 된 경우가 있는데, 모두 큰따옴표("")로 처리했다.

1. 황정견은 누구인가?

황정견黃庭堅, 1045~1105은 북송北宋의 대표 시인으로, 자는 노직魯直, 호는 산곡山谷 또는 부옹涪翁이며 홍주洪州 분녕分寧, 지금의 장시江西성 슈수이修水 사람이다. 소식蘇軾, 1036~1101의 문하생 중 가장 핵심적인 인물로, 장뢰張耒·조보지晁補之·진관秦觀 등과 함께 '소문사학사蘇門四學士'로 불린다. 어릴 때부터 총명했던 황정견은 23세에 진사에 급제하여 국사편수관까지 역임했으나 이후 여러 지방관과 유배지를 전전하는 등 벼슬길이 순탄치 않았다. 두보杜甫, 712~770를 존경했고 소식의 시학詩學을 계승했으며, 소식과 함께 소·황蘇·黃으로 불린다.

중국시가의 최고 전성기라 할 수 있는 당대唐代를 뒤이어 등장한 북송의 시인들에게는 당시에서 벗어난 송시만의 특징을 만들어 내야 하는 일종의 숙명이 있었다. 이러한 숙명은 북송 초 서곤체에 의해 시도되었으며 북송 중기에 이르러 비로소 송시다운 시가 시대를 풍미하기에 이르렀다. 황정견이 그 중심에 있었으며 그를 중심으로 진사도陳師道 등 25명의 시인이 황정견의 문학을 계승하며 하나의 유파로 활동했다. 이들을 일컬어 '강서시파江西詩派'라 했는데, 이 명칭은 남송 여본중呂本中, 1084~1145의 『강서시사종파도江西詩社宗派圖』에서 비롯되었다. 25인 모두 강서江西 출신은 아니지만, 여본중은 유파의 시조인 황정견이 강서

출신이라는 점에서 강서시파로 붙인 것이다. 시파의 성원들은 모두 두보를 배웠기에 송대 방회方回, 1227~1305는 두보와 황정견, 진사도, 진여의陳與義를 강서시파의 일조삼종一朝三宗이라 칭하였다.

여본중이 『강서종파시집江西宗派詩集』 115권을 편찬했으며, 뒤이어 증굉曾紘, 1022~1068이 『강서속종파시江西續宗派詩』 2권을 편찬했다. 송대 시단에 있어서 황정견의 영향력은 남송南宋에까지도 미쳤는데, 우무尤袤, 양만리楊萬里, 범성대范成大, 육유陸游, 소덕조蕭德藻 같은 남송의 대가들도 모두 그 풍조에 영향을 받았다. 황정견강서시파의 시풍詩風은 송대 뿐만 아니라 원대元代 및 조선의 시단에도 적지 않은 영향을 미쳤다.

2. 북송의 시대 배경과 문학풍조

송나라는 개국開國 왕조인 태조부터 인종조仁宗朝를 거치면서 만당晚唐·오대五代의 장기간 혼란했던 국면이 어느 정도 정리되어 나라가 안정되고 백성들의 생활환경 또한 비교적 안정을 찾게 되었다. 전대前代의 가혹했던 정세가 완화됨에 따라 농업이 급속도로 발달하였고 안정된 농업의 경제적 기초 위에서 상공업이 번창하고 번화한 도시가 등장하는 등 사회 전반에 걸쳐 전대에 비해 상당한 풍요를 구가하게 되었다. 이처럼 사회 전체가 안정되고 발전함에 따라 일반 백성들은 점차 단조로운 것보다는 복잡하고 화려한 것을 추구하게 되었다. 시대적·사회적 환경은 곧 문학 출현의 배경이고, 문학은 사회생활이 반영된 예술이라고 할 만큼 불가분의 관계에 있다. 유협劉勰이 "문학의 변천은 사회 정황에 따르다文變染乎世情, 興廢繫乎時序"고 한 것처럼, 사회의 각종 요인은 문학적 현상을 결정하기 때문에 이러한 요소의 변화는 필연적으로 문학 풍조의 변혁을 동반한다. 송초 시체詩體의 변천은 이러한 사실을 보여주는 객관적인 증거이다. 특히 송대에는 일찍부터 학문이 중시되었다. 이는 주로 군주들의 독서열과 학문 제창으로 하나의 사회적 풍조로 자리잡게 되어 송대의 중문중학重文重學적 분위기가 마련되었다.

중국 시가의 전성기라 할 수 있는 당대唐代가 마무리되고 뒤이어 등장한 북송 초는 중국시가발전사 측면에서 보면 일종의 '답습의 시기'이면서 '개혁의 시기'였다고 할 수 있다. 이 시기 시단에서는 백체白體, 만당체晚唐體, 서곤체西崑體 등 세 시풍이 크게 유행했다. 이중 개국 초 성세기상盛世氣象 및 시대 분위기와 사람들이 추구하던 심미취향에 매우 적합했던 서곤체가 시간상 가장 늦게, 가장 긴 기간 동안 성행했고 결과적으로 이러한 시대적 문학적 요구는 황정견 시를 통해 꽃을 피우며 북송 시단 및 송대 시단을 대표하게 되었다.

3. 황정견 시의 특징과 시사적 위상

황정견은 시를 지을 때 힘써 시의 표현을 다지고 시법을 엄격히 지켜 한 마디 한 글자도 가벼이 쓰지 않았다. 황정견은 수많은 대가들을 본받으려고 했지만, 그중에서도 두보杜甫를 가장 존중했다. 황정견은 두보 시의 예술적인 성취나 사회시社會詩 같은 내용 측면에서의 계승보다는, 엄정한 시율과 교묘巧妙한 표현 등 시의 형식적 측면을 본받으려 했다. 『창랑시화滄浪詩話』·『시인옥설詩人玉屑』·『허언주시화許彦周詩話』·『후산 시화后山詩話』·『왕직방시화王直方詩話』·『초계어은총화苕溪漁隱叢話』 등에 보이는 황정견 시론의 요점을 정리하면 대략 다음과 같다.

첫째, 시의 조구법造句法으로서의 환골법換骨法과 탈태법奪胎法이다. 이에 대해 황정견은 "시의 의미는 무궁한데 사람의 재주는 한계가 있다. 한계가 있는 재주로 무궁한 의미를 좇으려고 하니, 비록 도잠과 두보라고 하더라도 공교롭기 어렵다. 원시의 의미를 바꾸지 않고 그 시어를 짓는 것을 환골법이라고 하고, 원시의 의미를 본떠서 형용하는 것을 탈태법이라고 한다[詩意無窮, 而人才有限. 以有限之才, 追無窮之意, 雖淵明少陵, 不得工也. 不易其意而造其語, 謂之換骨法. 規摹其意而形容之, 謂之奪胎法]"라고 한 바 있다『시인옥설(詩人玉屑)』에보인다. 이로 보건대, 황정견이 언급한 환골법은 의경을 유사하게 하면서 어휘만 조금 바꾼 것을 일컫고, 탈태법은 의경을 변형하여 사용하는 방법이라고 할 수 있다.

예를 들면, 당대唐代 유우석劉禹錫의 "멀리 동정호의 수면을 바라보니, 흰 은쟁반 속에 하나의 푸른 고동 있는 듯[遙望洞庭湖水面, 白銀盤里一靑螺]"를 근거로 황정견이 "아쉬워라, 호수의 수면에 가지 못해, 은빛 물결 속에서 푸른 산을 보지 못한 것[可惜不當湖水面, 銀山堆裏看靑山]"이라 읊은 것은 환골법이고 백거이白居易의 "사람의 한평생 밤이 절반이고, 한 해의 봄철은 많지 않다오[百年夜分半, 一歲春無多]"라 한 것을 기반으로 황정견이 "한평생 절반은 밤으로 나눠 흘러가고, 한 해에도 많지 않노니 봄 잠시 오네[百年中去夜分半, 一歲無多春再來]"라고 읊은 것은 탈태법이다. 황정견이 환골법과 탈태법을 활용한 작품에 대해서는 『시인옥설詩人玉屑』에서 언급한 바 있다.

둘째, 요체拗體의 추구이다. 요체란 근체시의 평측平仄 격식을 반드시 엄정하게 따르지는 않은 것을 말한다. 이를테면, 평성이 들어가야 할 자리에 측성을 두거나 측성의 위치에 평성을 두어 율격적 참신성을 획득하는 방식으로 두보와 한유韓愈도 추구했던 것이다. 황정견은 더욱 특이한 표현을 추구하기 위해 시율에 어긋나는 기자奇字를 자주 사용하면서 강서시파 특징 중 하나가 되었다. 이와 관련하여, 송대 위경지魏慶之가 찬술한 『시인옥설詩人玉屑』에 '촉구환운법促句換韻法'과 '환자대구법換字對句法' 등을 소개하면서, "기세를 떨쳐 평범하지 않으려는 의도에서 비롯되었다. 이전에는 이러한 체제로 시를 지은 사람은 없었는데, 오직 황정견이 그것을 바꾸었다[欲其氣挺然不群, 前此未有人作此體, 獨魯直變之]"라는 평어가 보인다.

셋째, 진부한 표현이나 속된 말을 배척하고 특이한 말과 기이한 표현을 추구했다. 구체적으로는 술어를 중심으로 평이한 글자를 기이하게 단련鍛鍊시켰고 조자助字의 사용에 힘을 특히 기울였으며, 매우 궁벽하고 어려운 글자를 사용했고 기이한 풍격을 형성하기 위해 전대前代 시에서 잘 쓰지 않던 비속非俗한 표현을 시어로 구사하여 참신한 의경을 만들어내곤 했다. 이와 관련해 황정견은 "차라리 음률이 조화롭지 않을지언정 구句를 약하게 만들지 말아야 하며, 차라리 글자 구사가 공교롭지 않을지언정 시어를 속되게 만들어서는 안 된다[寧律不諧, 而不使句弱. 寧用字不工, 不使語俗]"라고 했으며『시인옥설(詩人玉屑)』, 황정견의 시구 중에는 "다른 사람을 따라 계획을 세우는 것은 결국 사람에게 뒤지게 된다[隨人作計終後時]"라는 구절과 "문장에게 가장 피해야 할 것은 다른 사람을 따라 짓는 것이다[文章最忌隨人後]"라는 구절도 있다.

또한 엄우嚴尤는『창랑시화滄浪詩話』에서 "소식과 황정견에 이르러 비로소 자신의 기법에서 나온 것을 시로 여기며, 당대 시인들의 시풍에서 벗어난 것이다. 황정견은 공교로운 말을 쓰는 것이 더욱 심해졌고, 그 후로 시를 짓는 자리에서 황정견의 시풍이 성행했는데 세상에서는 '강서종파'라 불렀다[至東坡山谷始自出己法以爲詩, 唐人之風變矣. 山谷用工尤深刻, 其後法席盛行, 海內稱爲江西宗派]"라고 했다. 송대 허의許顗의『허언주시화許彦周詩話』에 "시를 지을 때 평이하고 비루한 기운을 제거하지 않으면 매우 잘못된 작품이 된다. 객이 묻기를 "어떻게 하면 그런 것을 제거할 수 있습니까"라 하였다. 이에 내가 "당의 의산 이상은의 시와 본조 황정견의 시를 숙독하여 깊이 생각하면 제거할 수 있다"라고 대답했다作詩淺易鄙陋之氣不除, 大可惡. 客問, 何從去之. 僕曰, 熟讀唐李義山詩與本朝黃魯直詩而深思之, 則去也"라는 구절이 보인다. 이밖에 『후산시화后山詩話』이나 『왕직방시화王直方詩話』 및 『초계어은총화苕溪漁隱叢話』 등에도 황정견이 시어 사용에 있어서의 기이한 측면에 대한 언급이 보인다.

넷째, 전고典故의 정밀한 사용을 추구했다. 이는 황정견 시론의 "한 글자도 유래가 없는 것은 없다[無一字無來處]"와 연관된다. 강서시파는 독서를 중시했는데, 이것은 구법의 차원에서 전대 시의 장점을 수용하기 위한 것이지만, 이는 전고의 교묘巧妙한 활용이라는 결과로 표현되기도 했다. 그러면서 전인의 전고를 그대로 답습하지 않고 자신의 의도에 맞게 변용했다.

이와 같은 황정견의 환골탈태법과 요체와 기이한 표현 및 전고의 활용이라는 창작법에 대해 부정적 평가도 적지 않다. 『예원치언』에서는 "시격이 소식과 황정견으로부터 변했다고 한 논의는 옳다. 황정견의 뜻은 소식이 불만스러워 곧바로 능가하려 했는데도 소식보다 못하다. 어째서인가? 교묘하게 하려고 하면 할수록 졸렬해지고 새롭게 하려고 하면 할수록 진부해지며, 가까워지려고 하면 할수록 멀어지기 때문이다[詩格變自蘇黃, 固也. 黃意不滿蘇, 直欲凌其上, 然故不如蘇也. 何者. 愈巧愈拙, 愈新愈陳, 愈近愈遠]", "노직 황정견은 소승이 되기에는 부족하고 다만 외도일 따름이며, 이미 방생 가운데 빠져 있었다[魯直不足小乘, 直是外道耳, 已墮傍生趣中]", "노직 황정견은 생경生硬한 기법을 구사했는데 어떤 경우는 졸렬하고 어떤 경우는 공교로우니, 두보의 가행체에서 본받았다[魯直用生拗句法, 或拙或巧, 從老杜歌行中來]"라고 평가했다. 이러한 부정적 평가는 황정견 시의 파급력에 대한 반증이기도 하다. 황정견을 중심으로 한 강서시파가 당대當代는 물론 후대 및 조선의 문인들에도 적지 않은 영향을 미쳤다.

한국 한시는 중종中宗 연간에 큰 성과를 이루어 이행李荇, 1478~1534, 박상朴祥, 1474~1530, 신광한申光漢, 1484~1555, 김정金淨, 1486~1521, 정사룡鄭士龍, 1491~1570, 박은朴誾, 1479~1504 등의 시인을 배출했고 선조宣祖 연간에는 이를 이어 노수신盧守愼, 1515~1590, 황정욱黃廷彧, 1532~1607, 최경창崔慶昌, 1539~1583, 백광훈白光勳, 1537~1582, 이달李達, 1539~1612 등 걸출한 시인을 배출했다. 이때 우리 한시의 흐름은 고려 이래 지속되어 온 소식을 위주로 한 송시풍宋詩風의 연장선상에 있다가, 황정견과 진사도를 배우게 되었으며, 다시 변해 당시唐詩를 배우게 되었다. 이에 따라 이 시기 시인은 송시를 모범으로 삼는 부류와 당시를 모범으로 삼는 경우로 대별된다. 또한 송시를 모범으로 삼는 경우도 다시 소식을 배우고자 했던 인물과 황정견이나 진사도를 배우고자 했던 인물로 나눌 수 있다. 그만큼 황정견의 영향력이 컸다는 것을 알 수 있다.

황정견과 진사도를 배웠다고 언급되는 시인으로는 박은, 이행, 박상, 정사룡, 노수신, 황정욱 등을 들 수 있다. 이들은 각기 한 시대를 대표하는 시인으로, 우리 한시사韓詩史에서 심도 있게 다루어지고 있다. 이들 시인을 '해동강서시파海東江西詩派'라고 규정하고 있는데, 그 이유는 황정견과 진사도로 대표되는 '강서시파'의 영향력 아래에서 찾아볼 수 있다.

이인로李仁老, 1152~1220는 『보한집補閑集』에서 "소식과 황정견의 문집을 읽는 것이 좋은 시를 짓는 방법이다"라고 했으니, 고려 중기에 황정견의 문집이 유통되고 있었음을 확인할 수 있다. 이후 공민왕恭愍王 때에는 『산곡시집주山谷詩集註』가 간행되었고 조선조에는 황정견을 중심으로 한 강서시파 시인의 작품을 뽑은 시선집이나 문집이 여러 차례 간행되었다. 안평대군安平大君도 황정견 등을 포함한 『팔가시선八家詩選』을 엮었고 황정견 시를 가려 뽑아 『산곡정수山谷精粹』를 엮은 바 있다. 성종成宗 때에도 한 차례 황정견 시집을 간행했고 성종의 명으로 언해諺解를 시도했지만 실행되지는 못했다. 이후 유호인俞好仁, 1445~1494이 『황산곡집黃山谷集』을 발간하였고 중종에서 명종 연간에 황정견의 문집이 인간印刊되었다. 황정견 시문집에 대한 잇닿은 간행은 고려와 조선의 시인들이 지속적으로 강서시파를 배우고자 했다는 당대當代 시단의 흐름을 반영한 것이다.

고려시대부터 조선 초기까지 강서시파의 영향을 확인할 수 있는 시인으로 이인로李仁老, 임춘林椿, ?~?, 이담李湛, ?~?, 이색李穡, 1328~1396, 신숙주申叔舟, 1417~1475, 성삼문成三問, 1418~1456, 조수趙須, ?~?, 김종직金宗直,

1431~1492, 홍귀달洪貴達, 1438~1504, 권오복權五福, 1467~1498, 김극성金克成, 1474~1540, 조신曹伸, 1454~1529 등 셀 수 없을 정도이다. 이러한 흐름은 두보의 시를 배우고자 한 것으로 파악되는데, 앞서 보았듯이 황정견이 두시杜詩를 가장 잘 배웠다고 칭송되고 있었기에, 황정견을 통해 두보의 시에 접근해 보려는 노력도 깔려있었다고 할 수 있다. 정사룡도 이달에게 두시를 가르쳤고 노수신은 그의 시가 두시의 법도를 얻은 것으로 평가되고 있으며, 황정욱도 두보의 시를 엿보고 있다는 지적을 받고 있다. 그 밖에 박은, 이행, 박상의 시가 두시의 숙독에서 나온 것을 작품의 도처에서 확인할 수 있다. 이러한 경향으로 볼 때, 두보의 시를 배우는 한 일환으로 강서시파의 핵심인 황정견에 관심을 기울인 것으로 보인다. 이 밖에도 조선 초 화려한 대각臺閣의 시풍에 대한 반발도 강서시파의 작품을 배우고자 하는 한 배경으로 작용했다.

지속적인 강서시파 관련 서적의 수입과 인간印刊을 바탕으로 강서시파에 대한 학습이 고려에서부터 조선 초까지 지속되었고 이를 배경으로 강서시파를 배우고자하는 움직임이 성종 연간에 집중적으로 나타났으며, 한시사에게 거론되는 주요 시인들이 등장하게 되었다. 이러한 연장선상에서 소위 '해동강서시파'가 출현하게 된다.

해동강서시파는 강서시파의 영향을 받고 이에 따라 유사한 시풍을 견지했던 일군의 시인을 지칭하는 개념이다. 이 점에서 해동강서시파는 강서시파의 시풍이나 창작방법론을 대거 수용하고 이에서 한 걸음 더 나아가 자신만의 변용을 꾀한 시인들이라 평가할 수 있다. 황정견을 위주로 한 강서시파를 배웠다고 언급되는 해동강서시파의 시인으로는 박은, 이행, 박상, 정사룡, 노수신, 황정욱 등을 들 수 있다. 이들 시인들이 강서시파의 배웠다는 구체적인 기록도 남아 있다.

해동강서시파의 시가 중국 강서시파의 작법을 수용했다는 것은 단순히 자구를 모방하는 차원의 것이 아니라, 시를 쓰는 법을 배워 우리의 정서와 실정에 맞는 시를 쓰기 위해 노력한 것이다. 결국 해동강서시파의 작품에 대한 올바른 접근은 강서시파에 대한 접근에서부터 비롯되어야 한다. 시작법을 어떻게 수용하고 있는지, 또 어떠한 변용이 이루어진 것인지에 대한 입체적인 접근이 있어야만 해동강서시파에 대한 올바른 평가를 내릴 수 있다. 그 출발점이 바로 해동강서시파에 지대한 영향을 미쳤던 황정견 문집에 대한 완역이다.

4. 『황정견시집주黃庭堅詩集注』는?

『황정견시집주』는 북경北京 중화서국中華書局에서 2007년에 출간한 책이다. 전5책으로 『산곡시집주山谷詩集注』 권1~20, 『산곡외집시주山谷外集詩注』 권1~17, 『산곡별집시주山谷別集詩注』 상·하, 『산곡시외집보山谷詩外集補』 권1~4, 『산곡시별집보山谷集別集補』 권1로 구성되어 있다.

『산곡시집주』 권1~20은 송宋 임연任淵이, 『산곡외집시주』 권1~17

은 송宋 사용史容이, 『산곡별집시주』 상·하는 송宋 사계온史季溫이 각각 주석을 붙여놓은 것이다. 『산곡시외집보』 권1~4와 『산곡시별집보』 권1은 청淸 사계곤謝啓崑이 엮은 것이다.

『황정견시집주』의 체계와 구성을 정리하면 다음 표와 같다.

책	권	비고
제1책	집주(集注) 권1~9	임연(任淵) 주(注)
제2책	집주(集注) 권10~20	
제3책	외집시주(外集詩注) 권1~8	사용(史容) 주(注)
제4책	외집시주(外集詩注) 권9~17	사용(史容) 주(注)
제5책	별집시주(別集詩注) 上·下	사계온(史季溫) 주(注)
	외보유(外補遺) 권1~4	사계곤(謝啓崑) 주(注)
	별집보(別集補)	

각 권에 수록된 시작품 수를 일람하면 다음 표와 같다.

권 수	수록 작품 수	권 수	수록 작품 수
山谷詩集注卷第一	22제(題) 30수(首)	山谷外集詩注卷第三	23제(題) 61수(首)
山谷詩集注卷第二	14제(題) 18수(首)	山谷外集詩注卷第四	18제(題) 31수(首)
山谷詩集注卷第三	19제(題) 30수(首)	山谷外集詩注卷第五	13제(題) 43수(首)
山谷詩集注卷第四	8제(題) 30수(首)	山谷外集詩注卷第六	20제(題) 25수(首)
山谷詩集注卷第五	9제(題) 29수(首)	山谷外集詩注卷第七	27제(題) 31수(首)
山谷詩集注卷第六	28제(題) 29수(首)	山谷外集詩注卷第八	27제(題) 40수(首)
山谷詩集注卷第七	25제(題) 40수(首)	山谷外集詩注卷第九	35제(題) 39수(首)
山谷詩集注卷第八	21제(題) 28수(首)	山谷外集詩注卷第十	30제(題) 33수(首)
山谷詩集注卷第九	28제(題) 44수(首)	山谷外集詩注卷第十一	29제(題) 45수(首)
山谷詩集注卷第十	17제(題) 23수(首)	山谷外集詩注卷第十二	28제(題) 50수(首)
山谷詩集注卷第十一	23제(題) 47수(首)	山谷外集詩注卷第十三	34제(題) 48수(首)
山谷詩集注卷第十二	28제(題) 50수(首)	山谷外集詩注卷第十四	23제(題) 46수(首)
山谷詩集注卷第十三	27제(題) 41수(首)	山谷外集詩注卷第十五	34제(題) 40수(首)

권 수	수록 작품 수	권 수	수록 작품 수
山谷詩集注卷第十四	14제(題) 43수(首)	山谷外集詩注卷第十六	35제(題) 47수(首)
山谷詩集注卷第十五	29제(題) 54수(首)	山谷外集詩注卷第十七	27제(題) 44수(首)
山谷詩集注卷第十六	18제(題) 42수(首)	山谷別集詩注卷上	36제(題) 37수(首)
山谷詩集注卷第十七	25제(題) 29수(首)	山谷別集詩注卷下	25제(題) 46수(首)
山谷詩集注卷第十八	17제(題) 27수(首)	山谷詩外集補卷第一	50제(題) 58수(首)
山谷詩集注卷第十九	28제(題) 45수(首)	山谷詩外集補卷第二	70제(題) 93수(首)
山谷詩集注卷第二十	19제(題) 27수(首)	山谷詩外集補卷第三	91제(題) 138수(首)
山谷外集詩注卷第一	24제(題) 29수(首)	山谷詩外集補卷第四	95제(題) 128수(首)
山谷外集詩注卷第二	22제(題) 30수(首)	山谷詩別集補	25제(題) 28수(首)
	총 1,260제(題) 1,916수(首)		

　『황정견시집주』에는 총 1,260제題 1,916수首의 시작품이 수록되어 있다. 이 거질의 서적에 임연任淵·사용史容·사계온史季溫·사계곤謝啓崑이 주석을 부기했는데, 이를 통해서도 황정견의 박학다식함을 재삼 확인할 수도 있다.

　임연·사용·사계온·사계곤은 주석에서 시구의 전체적인 표현이나 단어 및 고사와 관련해 『시경』·『논어』·『장자』·『초사』·『문선』·『한서』·『사기』·『이아』·『좌전』·『세설신어』·『본초강목』·『회남자』·『포박자』·『국어』·『서경잡기』·『전국책』·『법언』·『옥대신영』·『풍토기』·『초학기』·『한시외전』·『모시정의』·『원각경』·『노자』·『명황잡록』·『이원』·『진서』·『제민요술』·『오초춘추』·『신서』·『이문집』·『촉지』·『통전』·『남사』·『전등록』·『초목소』·『당본초』·『왕자년습유기』·『도경본초』·『유마경』·『춘추고이우』·『초일경』·『전심법요』·『여씨춘추』・『부자』・『수훤록』・『박물지』・『당서』・『신어』・『적곡자』・『순자』・『삼보결록』・『담원』・『한서음의』・『공자가어』・『당척언』・『극담록』・『유양잡조』・『운서』・『묘법연화경』・『지도론』・『육도삼략』・『금강경』・『양양기』・『관자』・『보적경』 등의 용례를 들어 자세하게 구절의 의미를 부연 설명했다. 또한 두보를 필두로 ・도잠・소식・한유・백거이・유종원・이백・유몽득・소무・이하・좌사・안연년・송옥・장적・맹교・유신・왕안석・구양수・반악・전기・하손・송기・범중엄・혜강・예형・왕직방・사령운・권덕여・사마상여・매요신・유우석・노동・구준・조하・강엄・장졸 등의 작품에 보이는 구절을 주석으로 부연하여 작품의 전례前例와 전체적인 의미를 상세하게 서술했다. 이밖에도 여타의 시화집에 보이는 황정견의 작품과 관련된 시화를 주석으로 부기하여, 작품의 창작배경이나 자신의 상황 및 의미를 자세하게 설명한 있다.

이처럼 『황정견시집주』 전5책은 황정견 작품의 구절 및 시어詩語 하나하나가 갖는 전례와 창작배경 그리고 구절의 의미 및 전체적인 의미를 상세하게 주석을 통해 소개해 주어, 황정견 작품의 세밀한 이해를 돕고 있다.

5. 향후 연구 전망

황정견과 강서시파에 대한 연구는 지금까지 꾸준히 진행되어 왔다. 그러나 아직까지 황정견 시작품에 대한 전체적인 번역이 이루어지지 않았기에, 구체적인 실상의 일면만을 위주로 하거나 혹은 피상적으로 연구가 진행되었다는 점에서 아쉬움이 남는다. 이에 상세한 주석을 통해 작품에 대한 이해를 돕는 『황정견시집주』에 대한 완역은, 부족하나마 후학들에게 실질적으로 황정견 시를 이해하기 위한 토대 내지는 발판의 역할 정도는 할 수 있을 것으로 판단되며, 이를 계기로 유관 연구가 활발하게 진행되기를 기대하는 바이다.

첫째, 중국 문학 연구의 측면에서도 황정견을 중심으로 한 강서시파에 대한 연구가 활발하게 진행 될 것으로 기대한다. 강서시파 시론의 핵심이라고 할 수 있는 시의 조구법造句法으로서의 환골법換骨法과 탈태법奪胎法, 요체拗體의 추구, 진부한 표현이나 속된 말을 배척하고 특이한 말과 기이한 표현을 추구, 전고의 정밀한 사용 등에 대한 실제적인 접근이 이루어질 수 있는 계기가 될 것이며, 이로 인해 황정견뿐만 아니라 강서시파, 그리고 강서시파의 영향을 받았던 원대 시인에 대한 연구가 활발하게 진행 될 것이다.

둘째, 조선 문단에 대한 연구도 활발해질 것으로 기대한다. 고려 이후 지속적인 강서시파 관련 서적의 수입과 인간印刊을 바탕으로 강서시파에 대한 학습이 고려에서부터 조선 초까지 지속되었고 이를 배경으로 강서시파를 배우고자하는 움직임이 성종 연간에 집중적으로 나타났으며, 한시사에게 거론되는 주요 시인들이 등장하게 되었다. 이러한 연장선상에서 소위 '해동강서시파'가 출현했다.

해동강서시파로 지목된 박은朴誾, 이행李荇, 박상朴祥, 정사룡鄭士龍, 노수신盧守愼, 황정욱黃廷彧 등 이외에도 이인로李仁老, 임춘林椿, 이담李湛, 이색李穡, 신숙주申叔舟, 성삼문成三問, 조수趙須, 김종직金宗直, 홍귀달洪貴達, 권오복權五福, 김극성金克成, 조신曺伸 등도 모두 황정견이 주축이 된 강서시파의 영향 하에 있다는 연구 성과도 보고된 바 있다.

이로 보건대, 『황정견시집주』 전5권의 완역은 강서시파의 영향을 받았던, 소위 해동강서시파의 실체를 밝히는데 적지 않은 도움이 될 것으로 보인다. 또한 어떠한 부분에서 적극적으로 수용하려고 했는지, 그 목적이 무엇이었는지에 대한 연구의 초석이 될 것이다. 더불어, 강서시파의 영향 하에서 해동강서시파는 어떠한 변용을 통해, 각 개인의 특장을 살려 나갔는지에 대한 연구도 활발하게 진행될 것이다. 시인 개개인에 대한 접근을 통해, 해동강서시파의 특장을 밝히는데 있어 출발점이 될 것으로 기대한다.

황정견시집의 완역은 황정견 시작품과 중국 강서시파의 실체를 밝힐 수 있는 계기가 될 것이며, 동시에 지속적인 관심을 쏟았던 조선의 해동강서시파의 영향 관계 및 변용에 대한 연구가 본격적으로 진행될 수 있는 초석이 되리라 기대한다.

　대저 시로써 세상에 이름을 날린 자는 한 글자 한 구절을 반드시 달로 분기로 단련하여 일찍이 함부로 드러내지 않고서 반드시 심사숙고한 바가 있다. 옛날 중산中山의 유우석劉禹錫이 일찍이 말하기를 '시에 벽자僻字를 사용할 때는 반드시 근거한 바가 있어야 한다'라고 했다. 공고功考 송지문宋之問의 「도중한식塗中寒食」에서 "말 위에서 한식을 맞으니, 봄이 와도 당락을 보지 못하네[馬上逢寒食, 春來不見餳]"라고 하였다. 일찍이 '당餳'이란 글자가 벽자임을 의아하게 생각하였는데, 이윽고 『모시毛詩』의 고주瞽注를 읽고 나서 이에 육경 가운데 오직 이 주에서 이 '당餳'자에 대한 설명이 있는 것을 알게 되었다. 경문공景文公 송기宋祁 또한 이르기를 "몽득夢得 유우석이 일찍이 「구일九日」이란 시를 지으면서 '고餻'자를 쓰려고 하였는데 생각해보니 육경에 이 글자가 없어서 결국 쓰지 못하였다"라고 했다. 그러므로 경문공 송기의 「구일식고九日食餻」에서 "유랑은 기꺼이 '고餻'자를 쓰지 않았으니, 세상 당대의 호걸을 헛되이 저버렸어라[劉郎不肯題餻字, 虛負人間一世豪]"라고 했다. 이처럼 전배들의 글자 사용은 엄밀하였으니 이 시주詩注를 짓게 된 까닭이다.

　본조 산곡山谷 노인의 시는 『이소離騷』와 『시경·이아雅』의 변체變體를 다하였으며 후산後山 진사도陳師道가 그 뒤를 이어 더욱 그 결정을 맺었다. 그러므로 두 사람의 시는 한 구절 한 글자가 고인古人 예닐곱 명을 합쳐 놓은 것과 같다. 대개 그 학문은 유儒, 불佛, 노老, 장莊의 깊은 이치를 통달하였으며, 아래로 의서醫術, 복서卜筮, 백가百家의 학설에 이르기까지 그 정수를 모두 캐어내어 시로 발하지 않음이 없다.

처음 산곡이 우리 고을에 와서 암곡 사이를 소요할 때 나는 경전經典을 배웠다. 한가한 날에는 인하여 두 사람의 시를 가지고 조금씩 주를 달았는데, 과문하여 그 깊은 의미를 자세히 파악하기 어려운 것이 한스러웠다. 일단 집에 보관하고서 훗날 나와 기호가 같은 군자를 기다려 서로 그 의미를 넓혀 나갔으면 한다.

정화政和 신묘년辛卯年, 1111 중양절重陽節에 쓰다.

大凡以詩名世者, 一字一句, 必月鍛季鍊, 未嘗輕發, 必有所考. 昔中山劉禹錫嘗云, 詩用僻字, 須要有來去處. 宋考功詩云, 馬上逢寒食, 春來不見餳. 嘗疑此字僻, 因讀毛詩有瞽注, 乃知六經中唯此注有此餳字, 而宋景文公亦云, 夢得嘗作九日詩, 欲用餻字. 思六經中無此字, 不復爲. 故景文九日食餻詩云, 劉郎不肯題餻字, 虛負人間一世豪. 前輩用字嚴密如此, 此詩注之所以作也. 本朝山谷老人之詩, 盡極騷雅之變, 後山從其游, 將寒冰焉. 故二家之詩, 一句一字有歷古人六七作者. 蓋其學該通乎儒釋老莊之奧, 下至於醫卜百家之說, 莫不盡摘其英華, 以發之於詩. 始山谷來吾鄉, 徜徉於巖谷之間, 余得以執經焉. 暇日因取二家之詩, 略注其一二. 第恨寡陋, 弗詳其祕. 姑藏於家, 以待後之君子有同好者, 相與廣之. 政和辛卯重陽日書.[1]

---

1 [교감기] 근래 사람 모회신(冒懷辛)이 상단의 문자를 고정(考訂)하면서 "이 편의 서문은 광서(光緖) 26년(1900)에 의녕(義寧) 진씨(陳氏)가 복각(復刻)한 『산곡시집주(山谷詩集注)』의 권 머리에 실려 있다. 원문(原文)과 파양(鄱陽) 허윤(許尹)의 서문은 함께 이어져 허윤 서문의 제1단락이 되어버렸다. 현재는 내용에

육경六經은 도道를 실어서 후세에 전해주는 것인데,『시경』은 예의禮義에 멈추니 도가 존재하는 바이다.『주시周詩』305편 가운데 그 뜻은 남아 있지만 그 가사가 없어진 것은 6편이다. 크게는 천지와 해와 별의 변화에서부터 작게는 충조초목蟲鳥草木의 변화까지, 엄한 군신과 부자, 분별이 있는 부부와 남녀, 온순한 형제, 무리의 붕우, 기뻐도 더러움에 이르지 않고 원망하여도 어지러움에 이르지 않으며 간하여도 고자질에 이르지 않고 화를 내어도 사람을 끊지 않으니, 이것이『시경』의 대략이다. 옛날 청묘淸廟에 올라 노래하며 제후들과 회맹할 때, 계지季子가 본 것과 정인鄭人이 노래한 것, 사대부들이 서로 상대할 때 이것을 제쳐두고 서로 마음을 통할 것이 없다. 공자孔子가 "이 시를 지은 자는 그 도를 아는구나"라고 했으며, 또한 "시를 배우지 말았으면 말을 할 수 없다"라고 했으니, 대개 세상에서 시를 사용하는 것이 이와 같다.周나라가 쇠하여 관원이 제 임무를 못하고 학교가 폐하여 대아大雅가 지어지지 못한 지 오래되었다. 한나라 이후로 시도詩道가 침체되고 무너져서 진晉, 송宋, 제齊, 양에 이르러서는 음란한 소리가 극심해졌다. 조식, 유정劉楨, 심전기沈佺期, 사령운謝靈運의 시는 공교롭지 않은 것은 아니지만 화려한 비단에 아름답게 장식한 것 같아 귀공자에게 베풀 수는 있지만 백성들에게 쓸 수는 없다. 연명淵明 도잠陶潛과 소주蘇州 위응

근거하여 이것이 임연(任淵)이 손수 쓴 서문임을 확정하고서 인하여 허윤의 서문에서 뽑아내어 기록한다"라고 하였으니 이 말을『후산시주보전(後山詩注補箋)·부록(附錄)』과 참고하여 볼 것이다.

물위應物의 시는 적막하고 고고枯槁하여 마치 깊은 계수나무 아래 난초 떨기 같아 산림에는 어울리지만 조정에 놓을 수는 없다. 태백太白 이백李白과 마힐摩詰 왕유王維의 시는 어지러운 구름이 허공에 펼쳐지고 차가운 달이 물에 비친 것 같아 비록 천만으로 변화하지만 사물에 미치는 곳은 또한 적었다. 맹교孟郊와 가도賈島의 시는 산한酸寒하고 험루儉陋하여 새우와 조개를 한 번 먹으면 곧 마치니 비록 하루 종일 씹어도 배가 부르지 않는 것과 같다. 다만 두보杜甫의 시는 고금을 드나들어 천하에 두루 퍼져 충의忠義의 기기氣가 성대하니 이를 능가하는 후대의 작자는 없다.

송宋나라가 일어나고 이백 년이 흘러 문장의 성대함은 삼대三代를 뒤좇을만한데, 시로 세상에 이름을 날린 자로 예장豫章의 노직魯直 황정견黃庭堅이 있으며 그 후로는 황정견을 배웠으나 그에 약간 미치지 못한 자로 후산後山 무기無己 진사도陳師道가 있다. 두 공의 시는 모두 노두老杜에서 근본 하였으나 그를 직접적으로 따라 하진 않았다. 용사用事는 대단히 치밀한데다 유가와 불가를 두루 섭렵하였으며, 우초虞初의 패관소설稗官小說과 『준영雋永』·『홍보鴻寶』 등의 책에다가 일상생활의 수렵까지 모두 망라하였다. 후대의 학자들이 이 시의 비밀을 보지 못하여 이따금 알기 어려움에 어려움을 느낀다. 삼강三江의 군자 임연任淵은 군서群書에 박학하고 옛사람을 거슬러 올라가 벗하였는데, 한가한 날에 드디어 두 사람의 시에 주해를 내었으며 또한 시를 지은 본의의 시말에 대해 깊이 따져 학자들에게 알려주었다. 그러나 세상의 전주箋注와 같지 않고 다만 출처만을 드러내었을 뿐이다. 이윽고 완성되자 나에게 주면서 그 서문을 지어달라고 하였다.

내가 일찍이 두 시인의 시흥詩興이 고원高遠함에 의탁하여 읽어도 무슨 의미인지 알 수 없는 것을 걱정하였다. 임연 군의 풀이를 얻고서 여러 날에 걸쳐 음미해 보니 마치 꿈에서 깬 것 같고 술에 취했다가 깬 것 같으며, 앉은뱅이가 일어서게 된 것과 같으니 어찌 통쾌하지 않으랴. 비록 그러나 그림을 논하는 자는 형체는 비슷하게 할 수는 있지만 그림을 그려낸 심정을 포착하여 말로 표현하기 어렵고, 거문고 소리를 들은 자는 몇 번째 줄인 줄은 알지만 그 음은 설명하기 어렵다. 천하의 이치 가운데 형명도수形名度數에 관련된 것은 전할 수 있지만, 형명도수를 넘어서는 것은 전할 수 없다. 옛날 후산 진사도가 소장少章 진구秦覯에게 답하기를 "나의 시는 예장豫章의 시이다. 그러나 내가 예장에게 들은 것은 그 자상한 것을 말하고 싶지만, 예장이 나에게 말해주지 않았고 나 또한 그대를 위해 말하고 싶어도 못한다"라고 했다. 오호라, 후산의 말은 아마도 이를 가리킬 것이다. 지금 자연子淵 임연이 이미 두 공에게서 얻은 것을 글로 드러내었다. 정미하여 오묘한 이치는 옛말에 이른바 '맛 너머의 맛'이란 것에 해당한다. 비록 황정견과 진사도가 다시 태어난다 해도 서로 전할 수 없으니, 자연이 어찌 말해줄 수 있으랴. 학자들은 마땅히 스스로 얻는 것이 옳을 것이다.

자연子淵의 이름은 연淵으로 일찍이 문예류시유사文藝類試有司로써 사천四川의 제일이 되었다. 대개 금일의 국중의 선비이며 천하의 선비이다.

소흥紹興 을해년乙亥年, 1155 12월 파양鄱陽 허윤許尹은 삼가 서문을 쓰다.

六經所以載道而之後世,[2] 而詩者, 止乎禮義, 道之所存也. 周詩三百五篇, 有其義而亡其辭者, 六篇而已. 大而天地日星之變, 小而蟲鳥草木之化, 嚴而君臣父子, 別而夫婦男女, 順而兄弟, 羣而朋友, 喜不至瀆, 怨不至亂, 諫不至訐, 怒不至絶, 此詩之大略也. 古者登歌淸廟, 會盟諸侯, 季子之所觀, 鄭人之所賦, 與夫士大夫交接之際, 未有舍此而能達者. 孔子曰, 爲此詩者, 其知道乎! 又曰, 不學詩, 無以言. 蓋詩之用於世如此.

周衰, 官失學廢, 大雅不作久矣. 由漢以來, 詩道浸微陵夷, 至於晉宋齊梁之間, 哇淫甚矣. 曹劉沈謝之詩, 非不工也, 如刻繪染穀, 可施之貴介公子, 而不可用之黎庶. 陶淵明韋蘇州之詩, 寂寞枯槁, 如叢蘭幽桂, 可宜於山林, 而不可置於朝廷之上. 李太白王摩詰之詩, 如亂雲敷空, 寒月照水, 雖千變萬化, 而及物之功亦少. 孟郊賈島之詩, 酸寒儉陋, 如蝦蟹蜆蛤, 一啖便了, 雖咀嚼終日, 而不能飽人. 唯杜少陵之詩, 出入今古, 衣被天下, 藹然有忠義之氣, 後之作者, 未有加焉.

宋興二百年, 文章之盛, 追還三代. 而以詩名世者, 豫章黃庭堅魯直, 其後學黃而不至者, 後山陳師道無已. 二公之詩皆本於老杜而不爲者也. 其用事深密, 雜以儒佛. 虞初稗官之説, 隽永鴻寶之書, 牢籠漁獵, 取諸左右. 後生晚學, 此祕未覩者, 往往苦其難知. 三江任君子淵, 博極羣書, 尚友古人. 暇日遂以二家詩爲之注解, 且爲原本立意始末, 以曉學者. 非若世之箋訓, 但能標題出處而已也. 旣成, 以授僕, 欲以言冠其首.

予嘗患二家詩興寄高遠, 讀之有不可曉者. 得君之解, 玩味累日, 如夢而寤,

2 　 [교감기] '而'는 전본에는 '傳'으로 되어 있는데, 의미가 더 분명하다.

如醉而醒, 如痿人之獲起也, 豈不快哉. 雖然論畫者可以形似, 而捧心者難言, 聞絃者可以數知, 而至音者難説. 天下之理涉於形名度數者可傳也, 其出於刑名度數之表者, 不可得而傳也. 昔後山答秦少章云, 僕之詩, 豫章之詩也. 然僕所聞於豫章, 願言其詳, 豫章不以語僕, 僕亦不能爲足下道也. 嗚乎, 後山之言, 殆謂是耶, 今子淵既以所得於二公者筆之乎. 若乃精微要妙, 如古所謂味外味者, 雖使黃陳復生, 不能以相授, 子淵相得而言乎. 學者宜自得之可也.

子淵名淵, 嘗以文藝類試有司, 爲四川第一, 蓋今日之國士天下士也.

紹興乙亥冬十二月, 鄱陽許尹謹叙.

황정견시집주 전체 차례

1. 사문호가 원풍 연간에 문고를 올리다
謝文灝元豐上文藁

虎豹文章非一斑	범의 문장은 한 무늬가 아니며
乳雉五色蜃胎寒	새끼 기르는 꿩은 오색이며
	조개는 찬 진주를 품네.
天生材器各有用	하늘이 낸 재기는 각자 쓸모가 있지만
相如名獨重太山	상여의 이름은 유독 태산처럼 무겁구나.
風流小謝宣城後	풍류의 선성 태수 소사 이후로
少年如春膽如斗	봄과 같은 소년은 담이 말 만하구나.
裕陵書藁公不朽	유릉의 서고에 보관되어 공은 불후할 테니
持心鐵石要長久³	철석같은 마음을 오래 유지하기를.

【주석】

虎豹文章非一斑 : 『진서·왕헌지전』에서 객이 "이 사내는 대롱 속으로 표범의 무늬를 보니 때로 한 무늬만 볼 뿐이다"라고 했다.

王獻之傳, 管中窺豹, 時見一斑.

3　[교감기] '持心'은 전본에는 '持名'으로 되어 있다.

乳雉五色蜃胎寒 : 『서경』에서 "산과 용과 꿩을 무늬로 만들고"라고
했는데, 주소에서 "화충은 꿩이다. 꿩은 오색으로 화초를 상징한다"라
고 했다. 양웅의 「우렵부羽獵賦」에서 "큰 조개를 갈라서 명월주明月珠를
꺼내며"라고 했다. 좌사左思의 「오도부」에서 "조개가 품고 있는 진주는
달이 차고 기우는 것과 관련이 있다"라고 했다. 『이아』에서 "조개는 장
을 머금고 있다"라고 했는데, 주에서 "방蚌은 즉 조개이다"라고 했다.

書, 山龍華蟲. 疏云, 華蟲, 雉也, 雉五色象草華也. 楊雄賦, 剖明月之珠胎.
吳都賦, 蚌蛤珠胎. 爾雅, 蚌含漿, 注, 蚌卽蜃也.

天生材器各有用 : 이백의 「장진주」에서 "하늘이 나를 낳음 반드시 쓸
데가 있어서이고, 천금은 흩어뿌리면 다시 돌아온다네"라고 했다.

太白將進酒云, 天生我材必有用, 千金散盡還復來.

相如名獨重太山 : 『사기·인상여전』에서 "돌아와 염파廉頗에게 양보
하니, 그 이름이 태산보다 무거웠다"라고 했다.

藺相如傳, 退而讓頗, 名重太山.

風流小謝宣城後 : 『남제서』에서 "사조의 자는 현휘이다. 중서랑으로
자리를 옮겼다가 외직인 선성태수로 나갔는데, 『남사』에는 그의 전이
없다"라고 했다. 이백의 「선주사조루전별」에서 "봉래의 문장에 건안
의 풍골인데, 중간에 소사가 또한 청발하였네"라고 했다.

南齊書云, 謝朓字玄暉, 轉中書郎, 出爲宣城太守. 而南史不載. 太白宣州謝朓樓餞別詩, 蓬萊文章建安骨, 中間小謝又淸發.

少年如春膽如斗 : 『촉지』에서 "강유姜維는 담낭이 한 말 그릇만큼 컸다"라고 했다.

見上.

裕陵書藁公不朽 : 영유릉은 바로 신종의 능호이다.

永裕乃神宗陵

持心鐵石要長久 : 위魏나라 무제武帝가 "영장사領長史 왕필王必은 충성스럽고 부지런하여 마음이 철이나 바위와 같이 굳세니, 국가의 어진 관리이다"라고 했다.

魏武帝令長史王必曰, 忠能勤事, 心如鐵石, 國之良吏也.

2. 『방언』을 읽고서
讀方言

양웅이 이 책을 저술하고서『유헌사자절대어석별국방언』이라고 명명하였다. 그의「답유흠서」에서 "성제 시기에 천하에서 효렴 및 각 군현의 위졸 가운데 장안에 모일 때면 나는 항상 세 치의 약한 붓을 들고서 4척의 기름칠한 종이를 들고서 그 장안의 말과 다른 그 지방의 말을 묻고서 돌아와서는 즉시 목판 위에 기록하였다"라고 했다.

揚雄著此書, 名曰輶軒使者絶代語釋別國方言. 其答劉歆書云, 成帝時, 天下上計孝廉及內郡衛卒會者, 雄常把三寸弱翰, 齎油素四尺, 以問其異方語, 歸卽以鉛摘次之于槧, 云云.

八月梨棗紅	팔월에 강에 배와 대추 익어가니
繞墻風自落	담장을 휘감는 바람에 절로 떨어지네.
江南風雨餘	강남은 비바람 지난 뒤에도
未覺衣裘薄	옷이 엷은지 모르겠구나.
壁蟲憂寒來	벽의 곤충은 추위가 올까 걱정하여
催婦織衣著	아낙 재촉하여 입을 옷을 짜는구나.
荒畦當菊花	묵은 텃밭에는 국화가 자라고
猶用充羹臛	외려 국거리로 들어갈 만하네.
連日無酒飮	날마다 술을 마시지 않으니

令人風味惡	내 풍류가 거칠어지누나.
頗似揚子雲[4]	자못 양자운과 비슷하니
家貧官落魄	집이 가난하여 벼슬해도 낙백하구나.
忽聞輶軒書[5]	문득 들으니 유헌의 책이
澀讀勞輔齶	읽기 껄끄러워
	위턱과 잇몸을 힘들게 한다고 하네.
虛堂漏刻間	빈방에 물시계가 떨어지는데
九土可領略	구주를 훑어볼 수 있다네.
願多載酒人	원컨대 술을 실은 사람이
喜我識字博	글자를 널리 물어 나를 기쁘게 하였으면.
設心更自笑	상상하다가 다시 스스로 웃으니
欲過屠門嚼	백정의 집을 지나며 마구 먹고 싶어라.
往時抱經綸	지난날 경륜을 품고서
待價一丘壑	골짜기에서 값을 기다린 사람들.
卜師非熊羆	점쳐서 곰이 아닌 왕사가 되었고
夢相解縻索	꿈에서 모습 보여 서미의 옷을 벗었어라.
所欲吾未奢	하고픈 바는 내 사치스러운 것이 아니니
儻使耕可穫	만약 농사짓는다면 수확하는 것이라네.
今年美牟麥	올해는 보리농사가 풍년이니

4　[교감기] ‘揚’은 원래 ‘楊’으로 되어 있었는데, 지금 전본과 건륭본을 따른다.
5　[교감기] ‘聞’은 영원본에는 ‘開’로 되어 있다.

厨饌豐餅拓　　　　부엌의 음식에 국수가 많으리라.

摩挲腹中書　　　　뱃속의 책을 어루만지며

安知非糟粕　　　　어찌 조박이 아님을 알랴.

【주석】

八月梨棗紅 : 두보의 「백우집행百憂集行」에서 "팔월에 뜰 앞 배와 대추 익어 가면"이라고 했다.

杜詩, 庭前八月梨棗熟.

繞墻風自落 江南風雨餘 未覺衣衾薄 壁蟲憂寒來 催婦織衣著 : '衣'는 입는다란 뜻의 거성으로 읽는다. '著'의 음은 '斫'이다. '斫音' 두 글자는 원주이다.

去聲. 斫音. 二字元注也.

荒畦當菊花 猶用充羹臛 : 송옥宋玉의 「초혼」에서 "산닭과 큰 거북으로 고깃국을 끓이니"라고 했는데, 주에서 "채소가 있는 것을 갱이라고 하고, 채소가 없는 것을 확이라 한다"라고 했다. 『제민요술』에는 갱확에 대한 한 부분이 있으니, 대개 고기로 갱확을 만드는 법이다. 『이아』에서 "실솔은 귀뚜라미이다"라고 했는데, 주에서 "지금의 촉직이다"라고 했다. 육구몽은 「기국부」를 지었다.

招魂云, 露雞臛蠵. 注云, 有菜曰羹, 無菜曰臛. 齊民要術有羹臛法一門, 大率以肉作羹臛耳. 爾雅, 蟋蟀, 蜻. 注云, 促織也. 陸龜蒙有杞菊賦.

連日無酒飮 令人風味惡 頗似揚子雲 家貧官落魄：『한서 · 양웅전』에서 "어찌하여 벼슬아치가 되어도 이처럼 영락하단 말인가"라고 했다. 『사기 · 역이기전』에서 "집이 가난하고 환경이 낙백落魄하여 의식조차 해결할 수가 없었다"라고 했는데, '魄'의 음은 '薄'이다.

揚雄傳, 何爲官之拓落也. 酈食其傳, 家貧落魄. 魄音薄.

忽聞輶軒書：『문선』의 주에서 "유헌은 사자가 타는 수레이다"라고 했다.

文選注, 輶軒, 使者車.

澁讀勞輔齶：자후 유종원柳宗元의 「답위형서」에서 "웅의 문사를 구사하고 뜻을 안배함은 자못 국량이 촉급하여 껄끄럽고 막혀있다"라고 했다. 『주역』에서 "턱과 볼과 혀를 감동시킨다"라고 했는데, 주에서 "보輔는 위턱이다"라고 했다. 『강학근본』에서 "악齶은 잇몸이다. 음은 '逆'과 '各'의 반절법이다.

柳子厚答韋珩書, 雄之遣詞措意, 頗短局澁滯. 周易, 咸其輔煩舌. 注, 輔, 上頷也. 講學根本, 齶, 齒斷也, 逆各反.

虛堂漏刻間 九土可領略：송옥의 「등도자부」에서 "젊어서 일찍이 멀

리 유람하여 구주를 두루 보았다"라고 했는데, 이선의 주에서 "구토는 구주의 지역이다"라고 했다.

宋玉登徒子賦云, 少曾遠遊, 周覽九土. 李善曰, 九土, 九州之土也.

願多載酒人 喜我識字博 : 도연명의 「음주飮酒」 시에, "양자운은 천성이 술을 좋아하나, 집이 가난해 마련할 수 없었네. 때로는 배우기 좋아하는 이가 있어, 술 갖다 주고 의심난 것 배웠었네. 술잔 돌아오면 쭉 들이키고, 물음에 막힘없이 대답해 주었네"라고 했다.

淵明詩云, 子雲性嗜酒, 家貧無由得. 時賴好事人, 載醪祛所惑. 觴來爲之盡, 是諮無不塞.

設心更自笑 欲過屠門嚼 : 『문선』에 실린 자건 조식曹植의 「여오계중서與吳季重書」에서 "백정의 대문을 지나가면서 입을 벌려 크게 씹듯이, 비록 고기는 실제 얻지 못해도 고귀하고도 통쾌한 뜻이었습니다"라고 했는데, 주에서 인용한 『환자신론』에서 "사람이 장안의 즐거움을 얻으면 문을 나서 서쪽을 바라보고 웃으며, 고기 맛이 좋은 줄 알면 백정의 집을 지나며 크게 씹어댄다"라고 했다.

文選曹子建書, 過屠門而大嚼, 雖不得肉, 貴且快意. 注云, 桓子新論, 人聞長安樂, 則出門向西而笑. 知肉味美, 對屠門而大嚼.

往時抱經綸 待價一丘壑 : 『논어』에서 "나는 값을 기다리는 자이다"라

고 했다. 『전한서 · 서전』에서 반고班固가 말하기를 "한 골짜기에서 낚
시한다면 만물이 그 뜻을 범하지 않고 한 언덕에서 깃들어 살면 천하
가 그 즐거움을 바꾸지 않는다"라고 했다.

論語, 我待價者也.[6] 班固叙傳云, 漁釣於一壑, 棲遲於一丘.

卜師非熊羆 : 『사기 · 제태공세가』에서 "주나라 서백이 장차 사냥하
려 하는데, 점괘가 "잡은 것이 용도 아니고 이무기도 아니며 호랑이도
아니고 곰도 아니고, 바로 제왕을 돕는 자다"라 하였다. 서백이 사냥을
나가서 과연 태공을 만나 스승으로 세웠다"라고 했다. 두보의 「증치평
사공보贈崔評事公輔」에서 "연왕은 천리마의 뼈를 사고, 문왕은 곰 아닌
강태공을 얻었네"라고 했다.

史記齊太公世家云, 呂尙以漁釣于周西伯, 西伯將出獵, 卜之曰, 所獲非龍
非黶, 非虎非羆, 所獲霸王之輔. 西伯獵, 果遇太公, 立爲師. 杜詩, 燕王買駿
骨, 渭老得熊羆.

夢相解靡索 : 『서경』에서 "고종이 꿈에 부열을 보았다. 신하로 하여
금 그 모습을 그리게 하고 천하를 두루 살펴 찾게 하였다. 이때 부열을
부암의 들판에서 성을 쌓고 있었는데, 그 모습과 닮았기에 이에 재상
으로 삼았다"라고 했는데, 소에서 인용한 황보밀이 "고종이 꿈에서 하

---

6   [교감기] '待價'는 전본에는 '待賈'로 되어 있다. 살펴보건대 '賈'와 '價'는 통용되
     니, 이후 다시 나오면 교정하지 않는다.

늘이 준 현인을 보았는데, 그가 서미죄수의 옷을 걸치고 있었다. 백공으로 그 모습을 그리게 하고 천하에 찾게 하니 과연 부암에서 성을 쌓은 자를 보았다. 서미의 천한 옷에 새끼줄을 두르고서 우와 괵 사이에서 노역을 하고 있었다"라고 했다.

書, 高宗夢得說, 俾以形旁求于天下. 說築傅巖之野, 惟肖, 爰立作相. 疏曰, 皇甫謐云, 高宗夢天賜賢人, 胥靡之衣, 使百工寫其形像, 求諸天下, 果見築巖者, 胥靡衣褐帶索, 執役于虞虢之間.

所欲吾未奢 :『사기·순우곤전』에서 "신이 동쪽에서 돌아오면서 길가에서 풍작을 비는 사람을 보았습니다. 돼지 다리 하나에 술 한 잔을 들고서 빌기를 "높고 좁은 땅에서는 수확이 바구니에 가득하고 낮고 습기가 많은 밭에서도 수확이 수레에 가득하며 오곡이 무성히 익어서 집에 넘쳐나게 하소서"라고 합니다. 신이 보기에 그 사람이 손에 지닌 것은 그렇게 적은데 바라는 바는 너무 많았습니다. 그러므로 웃었습니다"라고 했다.

史記淳于髡傳, 所持者狹, 而所欲者奢.

儻使耕可穫 : 양웅의『법언』에서 "농사를 지어도 수확이 없고 사냥을 해도 제물을 바치지 못하는 것과 같으니, 이런데도 농사짓고 사냥합니까"라고 했다.

楊子法言, 耕不穫, 獵不饗, 耕獵乎.

今年美牟麥 厨饌豐餅拓 : 구양공의 「귀전록」에서 "탕병을 당나라 사람들은 불탁이라 불렀다. 지금 세속에서는 박탁이라고 이른다"라고 했다. 속석의 「병부」에서 "만두와 박지, 기수와 뇌구가 있다"라고 했는데, 다만 만두만 지금까지 남아 있고 나머지는 어떤 음식인지 알 수가 없다.

歐陽公歸田錄, 湯餅, 唐人謂之不托, 今俗謂之餺飥矣. 束哲餅賦, 有饅頭薄持, 起溲牢九. 惟饅頭至今存,[7] 餘莫曉何物.

摩挲腹中書 安知非糟粕 : 『세설신어』에서 "학륭은 뱃속의 책을 햇볕에 말렸다"라고 했다. 『장자·천도天道』에서 제환공이 어전에서 책을 읽고 있는데, 윤편이라는 목수가 어전 뜰에서 수레바퀴를 깎고 있다가 말하기를 "소신이 하는 일을 두고 하시는 말씀입니다. 나무를 깎아 바퀴에 맞출 때 너무 쉽게 들어가면 견고하지 못하고, 너무 끼게 하면 잘 들어가지 않습니다. 너무 헐겁지도 않고 너무 끼지도 않게 하는 것은, 손으로 터득하여 마음으로 수긍할 뿐이지, 입으로 말할 수 없지요. 그 사이에 비결이 있는 것입니다. 옛날 사람들은 그들이 전할 수 없다는 것과 이미 죽었으니, 그대가 읽는 것들은 옛사람의 찌꺼기일 뿐입니다"라고 했다. 이 작품에서 말하는 것은 술도 없이 쓸쓸하여 『방언』을 읽고 있으니, 호사가들이 술과 안주를 가지고 와서 기이한 글자를 물

---

7   [교감기] '至今'은 원래 '至令'으로 되어 있었는데, 지금 영원본과 전본을 따라 교정한다.

어봐 주어 그로 인해 실컷 먹고 마시는 것이다. 옛날에는 참으로 경륜을 가슴에 품고서 성을 쌓거나 낚시질하며 숨어 지내다가 후에 왕사가 되고 재상이 된 자가 있다. 그러나 나는 그들과는 다르니 바라는 것은 사치스러운 것이 아니다. 보리농사가 풍년이 되어 탕병이 많으면 그것으로 족하다.

世說, 郝隆曬腹中書. 莊子, 所讀者古人之糟粕. 已見上注. 此篇言, 索寞無酒, 因讀方言, 願多有好事者載酒肴來問奇字, 因得大嚼耳. 古者固有抱經綸之術, 而隱於築釣, 後爲師爲相. 我則異於此, 所望不奢也. 若使麥田豐而富湯餠, 足矣.

3. 「추교만등」에 차운하다

次韻秋郊晚望

道同一指馬[8]	도는 손가락이나 말과 같으니
心解廢耳目	마음으로 이해하고 이목은 버려야 하네.
短生行衰謝[9]	짧은 생애 늙어가니
黃落看草木	누런 낙엽은 초목에서 지누나.
無懷世不知[10]	연연함 없는데 세상은 알지 못하고
有酒客可速	술이 있으니 객을 부를 수 있어라.
誰能縛詩書	누가 능히 시서를 깨우치랴
閉門抱羇獨	문을 닫고 나그네의 고독을 품고 있네.
披襟臨江皐	옷을 풀어헤치고 강가에 서 있으니
萬籟發空谷	만뢰가 빈 골짜기에서 일어나네.
風力斜鴈行	바람 거세 기러기 빗겨 날고
山光森雨足	산 경치 빗줄기 뿌리누나.
壁蟲先知寒	벽의 벌레 먼지 추위 알아
機織日夜促	밤낮으로 베틀을 재촉하네.
居人思行人	집 사람은 떠난 사람 생각하는데

---

8   [교감기] '道'는 영원본에는 '通'으로 되어 있다.
9   [교감기] '衰'는 영원본에는 '長'으로 되어 있다.
10 [교감기] '懷'는 고본에는 '財'로 되어 있다.

裘褐誰結束　　　누가 갖옷을 묶는가.

行人喜歸來　　　떠난 사람 돌아옴을 기뻐하나니

邂逅天從欲　　　만남은 하늘이 이뤄준 것.

可奈甑生塵　　　솥 안의 먼지를 어찌하랴

嚴霜凍杞菊　　　매서운 서리에 기국이 얼었구나.

【주석】

道同一指馬 : 『장자·제물론』에서 "손가락을 가지고 손가락이 손가락 아님을 밝히는 것은 손가락 아닌 것을 가지고 손가락이 손가락 아님을 밝히는 것만 못하고, 말을 가지고 말이 말 아님을 밝히는 것은 말이 아닌 것을 가지고 말이 말 아님을 밝히는 것만 못하다. 천지天地도 한 개의 손가락이고, 만물萬物도 한 마리의 말이다"라고 했다.

莊子齊物篇, 以指喩指之非指, 不若以非指喩指之非指也. 以馬喩馬之非馬, 不若以非馬喩馬之非馬也. 天地一指也, 萬物一馬也.

心解廢耳目 短生行衰謝 : 사령운의 「예장행豫章行」에서 "짧은 인생이 드넓은 세상을 여행하누나"라고 했다.

文選謝靈運詩,[11] 短生旅長世.

11　육기의 「예장행」은 『문선』에 실려 있지만, 사령운의 같은 이름인 「예장행」은 실려 있지 않다.

黃落看草木 : 한무제의 「추풍사」에서 "가을바람이 일고 흰 구름이 나니, 초목은 시들어 떨어지고 기러기는 남으로 날아가도다"라고 했다. 이 내용은 『한무제고사』에도 보인다. 『월령』에서 "계추의 달에 초목이 누렇게 떨어진다"라고 했다.

漢武秋風詞, 秋風起兮白雲飛, 草木黃落兮鴈南歸.[12] 見漢武帝故事.[13] 月令, 季秋之月, 草木黃落.

無懷世不知 有酒客可速 : 『주역·몽괘』에서 "부르지 않은 손님이 오니, 공경하면 끝내 길하다"라고 했다.

易蒙, 不速之客來

誰能縛詩書 : 두보의 「야청허십일송시夜聽許十一誦詩」에서 "아직도 도를 깨우치지 못하였네"라고 한 의미를 사용하였다.

用老杜身猶縛禪寂之意.

閉門抱羈獨 披襟臨江皐 : 송옥의 「풍부」에서 "그때 바람이 쏴아 하고 불어오자 양왕襄王이 가슴팍을 풀어헤치고 바람을 맞으며 말하였다"라고 했다.

---

12 [교감기] '飛'는 전본에는 '歸'로 되어 있다. 살펴보건대 『문선』과 『악부시집』에는 모두 '歸'로 되어 있다.
13 [교감기] '漢武帝故事'는 원래 '光武故事'로 되어 있었으며, 전본에는 이 구가 없다. 지금 영원본을 따르고 아울러 『악부시집』 권86에 의거하여 교정하였다.

宋玉風賦, 王乃披襟當之.

萬籟發空谷 : 이백의 「증승애공贈僧崖公」에서 "한 줄기 바람 온갖 만물
두드리니, 만뢰가 각각 스스로 우네"라고 했다.

李白詩, 一風鼓羣有, 萬籟各自鳴.

風力斜鴈行 山光森雨足 : 『문선』에 실린 장협張協의 「잡시雜詩」에서 "주
룩주룩 넉넉한 비 흩뿌려주네"라고 했다. 두보의 「종와거種萵苣」에서
"빗소리는 바람을 앞세우니, 흩날리는 빗줄기는 서쪽에서 다가오네"라
고 했다.

選詩, 森森散雨足. 杜詩, 雨聲先已風, 散足盡西靡.

壁蟲先知寒 機織日夜促 : 『고금주』에서 "귀뚜라미는 달리 투기投機라고
부르니, 그 소리가 급하게 베틀을 짜는 것 같기 때문이다"라고 했다.

促織, 見上.

居人思行人 裘褐誰結束 : 『문선』에 실린 작자 미상의 「고시」에서 "어
찌하여 스스로 얽매이는가?"라고 했다.

文選古詩, 何爲自結束.

行人喜歸來 邂逅天從欲 : 『좌전』에서 "백성이 원하는 바를 하늘은 반

드시 따른다"라고 했다.

左傳,[14] 人之所欲, 天必從之.

可奈甑生塵 : 『후한서·범단전』에서 "범단의 자는 사운으로 내무의
수령이 되었는데, 거처하는 곳은 초라하였다. 때로 식량이 끊겨 곤궁
하게 거처하였지만 태연자약하였다. 마을에서 노래하기를 "시루 속에
먼지 쌓인 범사운이요, 솥 안에 반대좀이 사는 범내무로다""라고 했다.

漢書范丹傳, 甑中生塵范史雲.

嚴霜凍杞菊 : 당唐나라 시인 육귀몽陸龜蒙이 일찍이 집의 앞뒤에 구기
자枸杞子와 국화菊花를 심어 놓고 봄·여름으로 그 지엽枝葉을 채취해 먹
으면서 「기국부杞菊賦」를 지은 바 있다.

見前注.

14 원래는 『서경』에 있는 말을 좌전에서 인용하였다.

4. 주덕부의 「경행불상견」에 차운하다

次韻周德夫經行不相見之詩

春風倚樽俎	봄바람에 술상에 기대니
綠髮少年時	검은 머리 젊을 때로다.
酒膽大如斗	주담은 말만하게 커서
當時淮海知	당시 회해에 알려졌었네.
醉眼槩九州	취한 눈으로 구주를 오시하니
何嘗識憂悲	어찌 일찍이 근심을 알았으랴.
看雲飛翰墨	구름을 보며 한묵을 휘두르며
秀句詠蛛絲	아름다운 구절로 거미줄 읊었다네.
樂如同隊魚	한 떼의 물고기처럼 같이 즐겨
游泳淸水湄	맑은 물가에서 헤엄쳤었지.
波濤倏相失	파도에 문득 서로 떨어져
歲月秌馬馳	세월이 말처럼 내달렸네.
客事走京洛	객으로 장안, 낙양을 떠돌다가
鄕貢趨禮闈¹⁵	향공으로 대궐에 이르렀네.
艱難思一臂	어려울 때 친한 이를 생각하고
講學抱羣疑	강학하며 여러 의심을 품었네.

---

15 **[교감기]** '趨'는 영원본에는 '趍'로 되어 있다. 살펴보건대 이 두 글자는 서로 같으니, 아래 다시 나오면 교정하지 않는다.

邂逅無因得	만날 기회가 없었으니
君居天南陲	그대 하늘 남쪽 모퉁이에 있었지.
誰言井裏坐[16]	누가 우물에 앉아 있다고 말하나
忽枉故人詩	문득 벗의 시가 이르렀네.
淸如秋露蟬	가을 이슬의 매미처럼 맑으니
高柳噫衰遲	높은 버들에서 늙어감을 탄식하네.
感歎各頭白	각자 흰머리 늙은이 되어 탄식하니
民生竟自癡	삶은 끝내 절로 어리석게 되었구나.
過門不我見	문을 지나면서 나를 찾지 않으니
寧復論前期	어찌 다시 앞날 기약을 논하랴.
杯酒良難必	술자리 참으로 기필하기 어려운데
況望功名垂	더구나 공명을 드리우기 바라랴.
吉守鄕丈人	길주 수령은 동향의 어른으로
政成犬生氂[17]	정사 이뤄져 개도 편안하네.
綠柳陰鈴閣	푸른 버들 영각에 녹음지고
紅蓮媚官池	붉은 연꽃 관지에 일렁이네.
開軒納日月	창을 열어 해와 달을 받아들이고
高會無吏譏[18]	고아한 모임에 아전의 기롱 없어라.

---

16 [교감기] '裏'는 영원본과 고본, 그리고 건륭본에는 '底'로 되어 있으니, 뜻이 더 낫다.
17 [교감기] '成'은 고본에는 '盛'으로 되어 있다.
18 [교감기] '吏'는 영원본에는 '使'로 되어 있다.

琵琶二十四	비파 스물네 명
明粧百騎隨	밝게 화장하고 기병을 따르네.
爲公置樂飮	공을 위해 연회를 여니
纔可慰路岐	겨우 이별을 위로할 만하네.
矧公妙顧曲	더구나 공은 뛰어나 곡조 잘 알며
調笑才不羈	농담하며 얽매이지 않는구나.
幕中佳少年	장막 안에 아름다운 소년
多欲從汝嬉	너를 기쁘게 하려 하네.
人事喜乖牾[19]	사람 일은 어긋남이 당연하니
曾莫把一卮	어찌 술잔을 잡지 않으랴.
朝雲高唐觀	고당관의 아침 구름에
客枕勞夢思	나그네 베갯머리에서 꿈꾸느라 수고롭네.
主翁悲琴瑟	주인옹은 금슬 잃어 슬퍼하니
生憎見蛾眉	눈썹에 싫어한 기색이 보이네.
君亦晩坎坷[20]	그대 또한 만년에 곤경에 처하니
有句怨棄遺	버림을 원망하는 시구 지었어라.
夜光暗投人	야광주를 밤에 사람에게 던져주니
所向蒙詆嗤[21]	향하는 곳에 비난을 받네.

---

19 [교감기] '牾'는 원래 '悟'로 되어 있었으며, 영원본에는 '捂'로 되어 있는데, 지금
전본과 건륭본을 따라 고친다.

20 [교감기] '坎坷'는 전본에는 '坎軻'로 되어 있다. 살펴보건대 '坎坷'와 '轗軻'는 통
용되니, 이후로 다시 나오면 교정하지 않는다.

相思秋日黃	가을 해 노랄 때 서로 그리는데
西嶺含半規	서쪽 고개가 반만 머금었네.
老矣失少味	늙어가니 젊은 맛이 없는데
尙能詩酒爲	아직도 시와 술을 잘하는지.
忽解扁舟下	문득 일엽편주 띄워
何年復來玆	언제나 다시 이곳에 오려나.
寄聲緩行李	안부를 여행객에게 전달하지 못하는데
激箭無由追	쏜살같은 세월은 따를 수 없구나.

【주석】

春風倚樽俎 綠髮少年時 : 구양수의 시에서 "검푸른 머리 소년 시절에, 청삼으로 종사하는 것을 기뻐하였지"라고 했다.[22]

歐陽公詩, 綠髮少年時, 靑衫喜從事.

酒膽大如斗 : 『촉지』에서 "강유姜維는 담낭이 한 말 그릇만큼 컸다"라고 했다.

蜀志, 姜維膽大如斗.

當時淮海知 醉眼槃九州 何嘗識憂悲 看雲飛翰墨 : 두보의 「모귀暮歸」에

---

21 [교감기] '所'는 전본에는 '行'으로 되어 있다.
22 구양수 (…중략…) 했다 : 누구의 어떤 시인지 확인할 수 없다.

산곡외집시주권제십삼(山谷外集詩注卷第十三) **55**

서 "내일 구름 보러 지팡이 짚고 있겠지"라고 했다.

老杜詩, 明日看雲還杖藜.

秀句詠蛛絲: 두보의 「견민遣悶」에서 "아름다운 구절들이 세상에 널리
전하여"라고 했다.

杜詩, 最傳秀句寰區滿.

樂如同隊魚: 한유의 「부독서성남시符讀書城南詩」에서 "조금 자라 함께
모여 즐겁게 놀 때는, 한 떼의 고기와 다를 바 없었네"라고 했다.

退之詩, 少長聚嬉戲, 不殊同隊魚.

游泳淸水湄 波濤倏相失 歲月秣馬馳: 『시경·한광漢廣』에서 "그 말에
꼴을 먹이고"라고 했다. 『사기·이사전李斯傳』에서 조고趙高가 "때가 때
인 만큼 생각할 틈이 없습니다. 식량을 짊어지고 말을 달려도 때에 늦
을까 염려됩니다"라고 했다.

詩, 言秣其馬. 李斯傳, 時乎時乎, 贏糧躍馬, 唯恐後時.

客事走京洛 鄕貢趨禮闈 艱難思一臂: 『당서·설원초전』에서 황제가 동
도로 행차하면서 보태자를 남겨두며 "내가 그대를 남겨 두니 마치 한
쪽 팔을 잃은 것 같다"라고 했다.

唐薛元超傳, 帝幸東都, 留輔太子, 曰朕留卿, 若失一臂.

講學抱羣疑 : 『주역·규괘』에서 "비를 만남이 길함은 모든 의심이 없어진 것이다"라고 했다.

易暌卦, 羣疑亡也.

邂逅無因得 : 『시경』에서 "해후하여 서로 만났으니, 이제 나의 소원을 풀었도다"라고 했다.

詩, 邂逅相遇, 適我願兮.

君居天南陲 誰言井裏坐 : 『후한서·마원전』에서 "자양 공손술公孫述은 우물 안의 개구리입니다"라고 했다. 한유의 「원도原道」에서 "앉아서 하늘을 본다"라고 했다.

後漢馬援傳, 子陽, 井底蛙也. 韓文, 坐井觀天.

忽枉故人詩 淸如秋露蟬 : 이백의 「증선성우문태수贈宣城于文太守」에서 "흰색은 마치 백로의 고움과 같고, 맑음은 마치 맑게 우는 매미와 같네"라고 했다.

李白詩, 白若白鷺鮮, 淸如淸淚蟬.

高柳噎衰渥 : 『장자·제물론』에서 "대지가 숨을 내쉬면 그것을 일러 바람이라고 한다. 바람이 일어나지 않으면 그만이지만 일단 일어나면 온갖 구멍이 소리를 낸다"라고 했다. 「자허부」에서 "선부船夫가 이에

맞추어 노래하는데 그 노랫소리가 슬프고 애처로워라"라고 했는데, 곽박은 "슬프게 우는 것이니, 음은 '一'과 '介'의 반절법이다"라고 했다. 한유의 「우중연구雨中聯句」에서 "매미가 우는 것보다 시끄럽게 구설수에 올랐네"라고 했으며, 또한 「납량연구納涼聯句」에서 "매미는 더욱더 구슬프게 울어대네"라고 했다. '噫'와 '喝'는 음과 의미가 같다.

大塊噫氣, 見上注. 子虛賦, 榜人歌聲流喝. 郭璞曰, 言悲嘶也, 一介切. 退之聯句云, 騰口甚蟬喝. 又云, 蟬煩鳴轉喝. 噫喝音義同.

感歎各頭白 民生竟自癡:『진서·왕술전』에서 왕탄王坦이 환온桓溫의 장사長史가 되었다. 환온이 아들을 위해 혼인을 요청하였다. 이에 왕탄이 집에 돌아와 왕술에게 환온의 뜻을 말하자, 왕술이 크게 노하여 "네가 마침내 바보가 되었구나"라고 했다.

晉王述排其子坦之曰, 汝竟癡耶. 見本傳.

過門不我見 寧復論前期:『문선』에 실린 휴문 심약沈約의 「별범안성시別范安成詩」에서 "옛날 소년 시절에는, 헤어질 때 다시 만날 기약을 쉽게 했지"라고 했는데, 주에서 "나이가 젊어서 앞의 약속이 멀지 않기에 헤어질 때 가벼이 쉽게 여겼는데, 나이가 노쇠해지고 보니 이별이 어렵다"라고 했다. 지금 문을 지나면서 만나지 않는 것은 아마도 이것 때문이 아니겠는가.

文選沈休文詩, 平生少年日, 分手易前期. 注謂春秋富, 前期非遠, 分手之際, 輕而易之, 及年衰則難別. 今過門不相見, 豈論此耶.

杯酒良難必 況望功名垂 吉守鄕丈人 : 『주역·사괘師卦』에서 "군대는 정대正大해야 하는 것으로서 노성한 사람에게 맡겨야 길한 법이니"라고 했다.

易, 師貞丈人吉.

政成犬生氂 : 후한 때 잠희岑熙가 일찍이 위군 태수魏郡太守가 되어 선정善政을 베푼 결과, 모든 백성이 노래하기를 "우리에게 도둑이 있었는데 잠군이 그를 토벌해 주었고, 우리에게 간악한 관리가 있었는데, 잠군이 그를 막아 주었네. 개는 짖으며 놀라지 않아서, 발밑에 긴 털이 자랐다네"라고 했다.

後漢岑熙爲魏郡太守, 人歌曰狗卧不驚, 足下生氂.

綠柳陰鈴閣 : 『진서·양호전』에서 "양호가 도독형주제군사가 되었는데, 잠을 자거나 근무하는 곳에는 모시며 호위하는 사람이 몇 사람에 불과했다"라고 했다.

晉羊祜傳, 祜都督荊州諸軍事, 所宿鈴閣之下, 侍衛不過數十人.

紅蓮媚官池 : 두보는 「관지춘안」이란 시를 지었다. '미媚'자는 대개 사령운의 「과시녕서過始寧墅」에서 "푸른 조릿대는 맑은 물결에 일렁이

네"라고 한 것과 또한 「등강중고서登江中孤嶼」에서 "외로운 섬은 강물에 일렁이네"라고 한 것을 사용했으니, 산곡은 이 글자를 많이 사용했다.

老杜有官池春鴈詩. 媚字, 蓋用謝靈運詩, 綠篠媚淸漣. 又云, 孤嶼媚中川. 山谷多用此字.

開軒納日月 : 『문선』에 실린 포조의 「대륙평원군代陸平原君」에서 "옥 서까래에 밝은 달빛 들어오네"라고 했다. 산곡의 「제고군정적헌題高君正 適軒」에서 "문을 열어 해와 달을 받아들이고"라고 했다.

見上.

高會無吏譏 琵琶二十四 : 앞의 여릉군의 잔치에서 군의 동료들에게 보낸 「팔월십사일야도갱구대월봉기왕자난자문적용八月十四日夜刀坑口對月 奉寄王子難子聞適用」에서 "오늘 밤 술잔 돌리는 곳 참으로 어디인가, 응당 스물네 명 비파 타는 기생이 없겠는가"라고 했는데, 당시에 길주 관기 의 비파를 연주하는 숫자를 말한 것으로 동파가 「약공택음約公擇飮」에 서 "비파 한 줄 사십 현"이라고 한 것과 같다.

前有詩言廬陵郡燕遊寄郡僚云, 今夕傳杯定何處, 應無二十四琵琶. 當是言 吉州官妓琵琶之數, 如東坡云琵琶一抹四十絃也.

明粧百騎隨 : 명원 포조鮑照의 시에서 "밝게 화장하여 비단옷을 걸치 고"라고 했다. 한유의 「이화李花」에서 "깨끗이 씻고 밝게 단장하여 받

드는 사람 있어, 나는 입에도 올리지 않는 듯하네"라고 했다.

鮑明遠詩, 明粧帶羅綺. 退之詩, 淨濯明粧有所奉, 顧我未肯置齒牙.

爲公置樂飮 纔可慰路岐 : 『열자』에서 양자楊子의 이웃 사람이 양을 잃어버려서 자신의 집안사람을 동원하고 또 양자에게 양자의 종들을 요청하여 양을 뒤쫓았다. 양자가 "아, 잃어버린 양은 한 마리인데 어찌하여 뒤쫓는 자들이 이리 많은가"라 물었다. 이에 이웃 사람은 "갈래 길이 많아서이다"라 대답했다. 이윽고 그들이 되돌아오자, "양을 잡았는가"라 물었는데, "잃어버렸습니다"라고 했다. 또한 "갈래 길 안에 또다시 갈래 길이 있어서 양이 어디로 갔는지 알 수가 없어 결국 돌아왔습니다"라고 했다. 이 구의 의미는 이별하였다는 것이다.

列子, 岐路又有岐焉. 詩言分携也.

矧公妙顧曲 : 『오지吳志·주유전』에서 "연주가 틀린 부분이 있으면 반드시 알았으며 알고 나면 반드시 그쪽을 돌아보았다"라고 했으니, 성이 같은 것을 취하였다.

周瑜傳, 曲有誤, 周郞顧. 取同姓也.

調笑才不羈 : 『옥대신영』에서 풍자도를 읊은 신연년辛延年의 「우림랑羽林郞」에서 "술집의 호녀 희롱하였네"라고 했다. 『한서·추양전』에서 "작은 예절에 구애받지 않는 선비"라고 했다. 『한서』에서 사마천의

「보임안서報任安書」 "어릴 적부터 얽매이지 않는 재주를 자부했다"라고
했다.

玉臺新詠馮子都詩, 調笑酒家胡. 鄒陽傳, 不羈之士. 司馬遷傳, 僕少負不
羈之才.

幕中佳少年 多欲從汝嬉 人事喜乖牾 : 도연명의 「답방참군答龐參軍」의 서
에서 "사람의 일이란 어그러지기를 잘하는 것이어서 금세 헤어진다는
말을 해야 하게 되었습니다"라고 했다. 반고의 「답빈희」에서 "어긋나
서 통할 수 없는 것은 군자의 법이 아닙니다"라고 했다. 두보의 「신혼
별」에서 "인간사 어긋나는 일 많아도, 그대와 영원히 마주 보고 살았
으면"라고 했다.

淵明集, 人事好乖, 會當語離. 班固答賓戲, 乖忤而不可通者, 非君子之法
也.[23] 老杜新婚別, 人事多錯迕, 與君永相望.

曾莫把一卮 朝雲高唐觀 : 송옥宋玉의 「고당부」에서 "양왕이 고당관을
바라보았다"라고 했으며, 또한 "첩은 무산의 남쪽, 높은 구릉의 험한
곳에 있습니다. 아침에는 아침 구름이 되고 저녁에는 내리는 비가 되
어 아침이면 아침마다 저녁이면 저녁마다 양대의 아래에 있을 것입니

---

23 [교감기] 저본에는 '者非君子之法也' 여덟 글자가 탈락되어 있었는데, 『문선』 45
    권에 의거하여 보충하였다. 또한 『문선』에 '牾'는 '迕'로 되어 있다. 살펴보건대
    '牾'와 '悟'와 '迕'는 모두 어긋난다는 의미이다.

다"라고 했다.

高唐賦, 襄王望高唐之觀. 又云, 妾在巫山之陽, 高唐之岨. 旦爲朝雲, 暮爲
行雨.

客枕勞夢思 : 두보의 「영회고적詠懷古跡」에서 "운우의 무도無道한 양대
를 어찌 꿈에서라도 생각했으리"라고 했다.

杜詩, 雲雨荒臺豈夢思.

主翁悲琴瑟 : 예에 상이 있거든 금슬을 철거하여 연주하지 않는다.
정진공의 「유화」에서 "주인이 보고 좋아하는 것을 괴이하게 여기지 말
라, 온 집안이 동정에서 새로 구경하러 오나니"라고 했다. 왕안석의
「화왕회和王會」에서 "날이 저물자 주인옹은 수레 굴대를 던져 손님 붙
잡네"라고 했다. 주덕부와 길주 수령은 동향 사람인데, 어느 군에서 벼
슬하는지는 알 수 없다. 주옹은 아마도 군장이 아내를 잃어 음악을 듣
지 않는 자를 가리킨다.

禮, 有喪事, 撤琴瑟而不御. 丁晉公榴花詩, 莫怪主翁相看好, 擧家新自洞
庭來. 王荊公詩, 日暮主翁留客轄. 周與吉守同鄕, 不知官於何郡. 主翁, 蓋指
其郡將以悼亡, 不聽音樂也.

生憎見蛾眉 : 두보의 「송로육시어입조送路六侍御入朝」에서 "면화보다 흰
버들솜에 미움이 이네"라고 했다.

杜詩, 生憎柳絮白于綿.

君亦晚坎坷 : 『초사‧칠간』에서 "나이가 이미 반백을 지났는데, 곤경에 빠져 막혀 있는 것이 근심스러워라"라고 했다. 작자 미상의 「고시」에서 "곤경에 빠져 오래도록 고생하며 살터이니"라고 했다.

楚辭七諫云, 年旣過半百兮, 愁懻軻而滯留. 古詩, 坎軻常苦辛.

有句怨棄遺 : 한유의 「증최립지贈崔立之」에서 "자주 버림받은 풍자하는 원망하는 시구를 자주 받았으니"라고 했다.

退之詩, 頻蒙怨句刺棄遺.

夜光暗投人 : 『한서‧추양전』에서 "명월주와 야광벽을 어두운 밤에 길가에서 사람에게 던지면 모두 칼을 어루만지면서 서로를 흘겨봅니다. 왜 그렇겠습니까. 아무런 까닭 없이 앞에 나타났기 때문입니다"라고 했다.

見上.

所向蒙詆嗤 相思秋日黃 : 두보의 「송영주이판관送靈州李判官」에서 "맹렬한 전투에 천지는 피로 물들고, 음산한 기운에 해와 달은 노랗네"라고 했으며, 또한 「회금수거지懷錦水居止」에서 "금성은 해 어둑하여 누렇게 보였네"라고 했다.

杜詩, 血戰乾坤赤, 氛迷日月黃. 又, 錦城曛日黃.

西嶺含半規 : 사령운의 「유남정遊南亭」에서 "빽빽한 숲은 비온 뒤의 청량함을 머금었고, 먼 봉우리는 반원의 태양을 가리네"라고 했다. 이백의 「비청추부」에서 "서산에 기우는 해는 반쪽 원이 되어 섬에 그림자 만들며 지려하네"라고 했다.

謝靈運詩, 密林含餘淸, 遠峯隱半規. 李白悲淸秋賦云, 西陽半規, 映島欲沒.

老矣失少味 尙能詩酒爲 忽解扁舟下 何年復來玆 寄聲緩行李 : 포조鮑照의 「대문유차마객행代門有車馬客行」에서 "편지로 마음을 전할 수 있으니, 원컨대 그대 나그네에게 잘 부탁하길"이라고 했는데, 여기서는 그 뜻을 반대로 구사하였다.

鮑明遠詩, 願爾篤行李. 此反其意.

激箭無由追 : 가의의 「복조부鵩鳥賦」에서 "화살은 치면 멀리 나가니"라고 했다. 백거이의 「시사제示舍弟」에서 "세월은 쏜 화살 같네"라고 했다.

賈誼傳, 矢激則遠. 白樂天詩, 年光同激箭.

5. 구양종도가 금귤을 보내주기로 하였기에 시로 독촉하였다
歐陽從道許寄金橘以詩督之

원주에서 "종도가 참선하면서 일찍이 "자못 들었으니 자주 가무 자리에서 술을 마신다고"라 하였기에 시에서처럼 말하였다"라고 했다.

元注曰, 從道叅禪, 嘗有言句來, 頗聞數從歌舞飲, 故及之.

禪客入秋無氣息	선객이 가을 들어 소식이 없으니
想依紅袖醉琶鬄	붉은 소매 기녀에 의지해 취하여 춤을 추리라.
霜枝搖落黃金彈	서리 내린 가지 황금 탄환이 떨어지니
許送筠籠殊未來	대바구니에 보내준다던 아직도 오지 않구나.

【주석】

禪客入秋無氣息 : 백거이의 「인목감발因沐感發」에서 "거울 내리고 동쪽 절을 바라보고, 마음을 내리고서 선객에게 사례하네"라고 했다.

白樂天詩, 掩鏡望東寺, 降心謝禪客.

想依紅袖醉琶鬄 : 반악潘岳의 「사치부」에서 "아름다운 깃털을 힘차게 퍼덕이네"라고 했는데, '琶'의 음은 '薄'과 '回'의 반절법이며, '鬄'의 음은 '蘇'와 '來'의 반절법이다. 두 글자는 『옥편』에서 "봉황이 춤추는 모습이다"라고 했다.

射雉賦, 敷藻翰之陪鰓. 上薄回反, 下蘇來反, 二字, 玉篇云鳳舞.

霜枝搖落黃金彈 許送筠籠殊未來 : 『서경잡기』에서 "한언은 탄환 쏘기
를 좋아하여 황금으로 탄환을 만들었다"라고 했다. 두보의 「야인송주
앵野人送朱櫻」에서 "서촉의 앵두 절로 붉게 익어, 시골 사람 광주리에 가
득 보내오네"라고 했다.

西京雜記, 韓嫣好彈, 以黃金爲丸. 杜詩, 西蜀櫻桃也自紅, 野人相贈滿筠籠.

6. 길노의 짧은 시 열 편에 차운하다
次韻吉老十小詩

첫 번째 수其一

十襲發硎刀[24]	숫돌에 칼날을 열 번 갈았으니
無名自貴高	이름 없어도 스스로 고귀하게 여기네.
秋衣猶葛製	가을 옷은 아직도 갈옷이며
午飯厭溪毛	점심은 계곡물과 채소 질리게 먹었네.

【주석】

十襲發硎刀 : 『장자』에서 "칼날이 숫돌에서 막 간 것 같다"라 했다.
見上.

無名自貴高 秋衣猶葛製 : 한유의 「고한가」에서 "겹 갖옷에 좋은 음식
마련하여 대현을 모시는데, 찬 음식 갈옷에 신령도 불쌍히 여기네"라
고 했다.
重裘兼味養大賢, 冰食葛製神所憐. 退之苦寒歌也.

午飯厭溪毛 : 『좌전』에서 "진실로 신의만 있다면 산골 물이나 못가에

---

24 [교감기] '十'은 전본에는 '什'으로 되어 있다. 살펴보건대 두 글자는 통용하니,
많음을 말한다.

난 물풀이라 할지라도 귀신에게 음식으로 올릴 수가 있다"라고 했다.

澗溪沼沚之毛,[25] 見左傳.

두 번째 수其二

萬木霜搖落	만목에 서리 내려 잎이 지니
山呈斧鑿痕	산은 도끼 맞은 흔적이 보이누나.
癡蠅思附尾	어리석은 쇠파리는 꼬리에 붙을 생각하고
警鶴畏乘軒	놀란 학은 수레 타는 걸 두려워한다네.

【주석】

萬木霜搖落 : 송옥宋玉의 「구변九辯」에서 "슬프다! 가을 기운이여, 싸늘한 바람에 풀과 나무 온통 시들어 버렸도다"라고 했다.

見上.

山呈斧鑿痕 : 한유의 「조장적調張籍」에서 "부질없이 도끼와 끌 흔적만 보고, 물 다스려 건너는 배는 보지 못하였네"라고 했다.

退之詩, 徒觀斧鑿痕, 不矚治水航.

---

25   [교감기] '沚'는 원래 '池'로 되어 있었는데, 지금 영원본과 전본을 따르고 아울러 『좌전·은공 3년』에 의거하여 바로잡았다.

癡蠅思附尾：『사기·백이전』에서 "안연이 비록 독실하게 학문하였지만 천리마 꼬리에 붙어서 그 행실이 더욱 드러났다"라고 했는데, 『색은』에서 "쇠파리가 천리마 꼬리에 붙어서 천 리를 간다"라고 했다. 『후한서』에서 "쇠파리가 나는 것은 열 걸음에 지나지 않는데, 만약 천리마 꼬리에 붙으면 하루에 천 리를 간다"라고 했다.

史記伯夷傳, 顔淵雖篤學, 附驥尾而行益顯. 索隱曰, 蒼蠅附驥尾而致千里. 後漢書, 蒼蠅之飛, 不過十步, 若附驥尾, 日馳千里.

警鶴畏乘軒：『좌전·민공 2년』에서 "위나라 의공은 학을 좋아하여 수레를 타는 학도 있었다"라고 했다.

衛懿公好鶴, 鶴有乘軒者, 見左傳閔二年.

세 번째 수其三

日短循除廡	뜰과 행랑 도는 해는 짧아지고
溪寒出臼科	웅덩이에 지난 시내는 차갑네.
官居圖畫裏	관에 거함도 그림 속의 모습인데
小鴨睡枯荷	작은 기러기 시든 연꽃에 조는구나.

【주석】

日短循除廡 溪寒出臼科 : 한유의 「석고가石鼓歌」에서 "나를 위해 측량

하여 구덩이를 파냈네"라고 했다.

曰科, 見上.

官居圖畫裏 : 두보의 「즉사卽事」에서 "비각에 주렴 걷으니 그림 같은
경치인데"라고 했다.

杜詩, 飛閣捲簾圖畫裏.

小鴨睡枯荷 : 훈로를 이른다. 의산 이상은李商隱의 「촉루促漏」에서 "기
러기 조는 향로는 저녁 향기 바꾸네"라고 했다.

謂薰爐也. 李義山詩云, 睡鴨香爐換夕薰.

네 번째 수其四

眼看人換世	눈으로는 보는 사람은 속세로 돌아오고
手種木成陰	손으로 심은 나무는 그늘을 이루었네.
藏拙無三窟	졸렬하여 세 굴도 없고
談禪劇七禽	선을 논하니 칠종칠금 같아라.

【주석】

眼看人換世 :『문선』에 실린 육기陸機의 「탄서부」에서 "시냇물은 물방
울을 모아서 하천을 이루되, 그 물결은 도도하게 밤낮으로 흘러 지나

가며, 한 대代 한 대代는 사람들을 모아서 세대世代를 이루되, 그 사람들은 점점 늙어져 황혼으로 향해간다. 사람은 어느 세대에서건 새롭지 않았던가? 세상에 어떤 사람이든 죽지 않을 수 있었던가?"라고 했다. 구양수의 「몽중」에서 "바둑 끝나니 세속을 잊을 수 있고"라고 했다.

文選歎逝賦, 川閱水以成川, 水滔滔而日度. 世閱人而爲世, 人冉冉而行暮. 人何世而弗新, 世何人之能故. 歐陽公夢中詩, 碁罷不知人換世.

手種木成陰 : 두목의 「탄화歎花」에서 "푸른 잎 그늘 이루고 가지엔 열매 가득하네"라고 했다.

杜牧之詩, 綠葉成陰子滿枝

蔵拙無三窟 : 『진서·왕연전王衍傳』에서 왕연의 자는 이보夷甫로 비록 재상에 있었지만 자신의 안전을 기하는 계책을 만들었다. 이에 아우 왕징王澄을 형주 자사로 삼고 족제인 왕돈王敦을 청주 자사로 삼고서 이르기를 "그대 두 사람이 밖에 있고 내가 여기에 있으면 세 개의 굴이 될 것이다"라고 했다.

見上.

談禪劇七禽 : 선을 이야기하고 문답하는 것이 마치 공명이 맹획을 일곱 번 잡았다가 일곱 번 풀어준 것과 같다. 「제갈량전」의 주에서 인용한 『한진춘추』에서 제갈량이 남중에 이르러 가는 곳마다 싸워 이겼다.

맹획이 수시로 상황에 따라 오랑캐나 한나라에 복종한다는 것을 듣고 군사를 모아놓고 생포하라고 하였다. 이윽고 사로잡자 그에게 진영을 보여주었다. 맹획이 "지난번에 허실을 알지 못하여서 패하였는데, 만약 이와 같다면 쉽게 이길 수 있겠소"라 하였다. 제갈량이 웃으면서 풀어주고서 다시 싸웠다. 일곱 번 풀어줬다가 일곱 번 잡아들였는데, 제갈량은 여전히 맹획을 보내주려고 하였다. 맹획이 "공은 하늘의 위엄을 지녔소. 남쪽 사람들이 다시는 배반하지 않겠소이다"라고 했다.

談禪問答之間, 譬若孔明之於孟獲七縱七禽也. 詳見寄謝外舅詩注.

다섯 번째 수其五

寒水幾痕落	차가운 시내는 거의 물이 빠졌고
秋山萬竅號	가을 산에 만규가 울부짖네.
紅梨啄烏鵲	붉은 배를 오작이 쪼아 먹고
殘菊掛蠨蛸	시든 국화 갈거미가 걸려 있네.

【주석】

寒水幾痕落 秋山萬竅號 : 『장자·제물론』에서 "대지가 숨을 내쉬면 그것을 일러 바람이라고 한다. 바람이 일어나지 않으면 그만이지만 일단 일어나면 온갖 구멍이 소리를 낸다"라고 했다.

莊子齊物篇, 大塊噫氣, 其名爲風. 是惟無作, 作則萬竅怒號.

紅梨啄烏鵲 殘菊掛蠨蛸:『시경·동산』에서 "납거미가 문에 있다"라고 했다. 자후 유종원柳宗元의 「유조양암游朝陽巖」에서 "뜰에는 쑥대가 무성하고, 창틈에 갈거미가 걸렸네"라고 했다.

詩東山云, 蠨蛸在戶. 柳子厚詩, 庭除盛蓬艾, 隙牖懸蠨蛸.

여섯 번째 수其六

佳人斗南北	가인과 남두, 북두처럼 떨어지니
美酒玉東西	옥동서에 미주를 따르누나.
夢鹿分眞鹿	사슴 꿈을 꾸니 진짜 사슴인가
無雞應木雞	닭이 없으니 아마도 목계인가.

【주석】

佳人斗南北:『시집』의 「재답명략再答明略」에서 "벗과는 기성과 북두성처럼 떨어져 있네"라고 했으니, 이별을 말한다.

集中有詩云, 故人南箕與北斗. 言離別也.

美酒玉東西 : 옥동서는 술잔의 이름이다. 왕안석의 「기정급사寄程給事」에서 "무희는 비단 허리를 급히 돌리며 정급사를 맞이하니, 술이 올라 금잔이 동서를 비추네"라고 했다.

酒杯名. 王荊公詩, 舞急錦腰迎十八, 酒酣金盞照東西.

夢鹿分眞鹿 : 『열자』에서 "정나라의 어떤 사람이 들에서 나무하다가 사슴을 때려잡아 구덩이에 숨기고 파초 잎으로 덮어두었다. 얼마 뒤에 그 숨겨둔 곳을 찾지 못하자 결국 꿈으로 치부하고 길을 가면서 그 일을 노래로 불렀다. 이 노래를 들은 사람이 노랫말대로 추적하여 사슴을 찾아냈다. 나무꾼은 집에 돌아온 날 밤에 진짜 꿈을 꾸었는데, 숨겨둔 곳이 꿈에 나타났다. 꿈에 또 사슴을 가져간 사람이 나왔으므로 그대로 찾아가서 그 사람을 찾아내었다. 결국 송사[訟]를 벌여 다투자 옥관[獄官]이 절반씩 나누어 가지게 하였다"라고 했다.

列子曰, 鄭人有薪于野者, 遇駭鹿, 御之擊之,[26] 斃之. 恐人見之也, 遽而藏之隍中, 覆之以蕉. 俄而遺其所藏之處, 遂以爲夢焉. 順塗而詠其事.[27] 傍人有聞者, 用其言而取之. 薪者之歸, 不厭失鹿. 其夜眞夢藏之之處, 又夢得之之主. 旦爽, 案所夢而尋, 得之. 遂訟而爭之, 歸之士師. 士師請二分之.

無雞應木雞 : 『장자·달생』에서 기서자가 왕을 위해 투계를 길렀다. 왕이 "바라볼 때는 목계 같더니, 다른 닭들이 감히 대응하지 못하고서 도리어 달아나는구나"라고 했다.

莊子達生篇, 紀渻子爲王養鬪雞. 曰望之似木雞矣, 異雞無敢應者, 反走矣.

---

26 [교감기] '而'는 원래 '之'로 되어 있었는데, 『열자·주목왕』에 의거하여 바로잡았다.
27 [교감기] '塗而' 두 글자는 원래 없었는데, 『열자·주목왕』에 의거하여 보충하였다.

일곱 번째 수其七

斲鼻昔常尒[28]	코끝을 얇게 휘두르는 것은
絶絃知者稀	옛날 노상 그러했는데
無人與爭長	줄이 끊기자 아는 자가 드물어졌네.
惟有釣魚磯	사람과 더불어 장점을 다투지 말고
	다만 낚시터에서 물고기나 낚기를.

【주석】

斲鼻昔常爾 絶絃知者稀 : 『장자』에서 장자가 장례식에 참석하려고 혜자의 묘 앞을 지나가다가 따르는 제자를 돌아보고 말했다. "영 땅 사람 중에 자기 코끝에다 백토를 파리 날개만큼 얇게 바르고 장석匠石에게 그것을 깎아내게 하자 장석이 도끼를 바람소리가 날 정도로 휘둘러 백토를 깎았는데 백토는 다 깎여 졌지만 코는 다치지 않았고 영 땅 사람도 똑바로 서서 모습을 잃어버리지 않았다. 송나라 원군이 그 이야기를 듣고 장석을 불러 "어디 시험 삼아 내게도 해 보여 주게" 하니까 장석은 "제가 이전에는 그렇게 할 수 있었지만 지금은 그 기술의 근원이 되는 상대가 죽은 지 오래되었습니다" 하더니만 지금 나도 혜시가 죽은 뒤로 장석처럼 상대가 없어져서 더불어 이야기할 사람이 없어졌다"라고 했다. 『여씨춘추』에서 "종자기가 죽자 백아는 거문고 줄을 끊어버

---

28 [교감기] '尒'는 원래 '示'로 되어 있었으며, 건륭본과 전본에는 '爾'로 되어 있다. 지금 영원본을 따라 고친다.

렸으니, 세상에 자신의 음을 알아주는 이가 없기 때문이다"라고 했다.

並見前注.

여덟 번째 수其八

茵席絮剪繭	부들자리는 자른 고치처럼 너덜거리고
枕囊收決明	침낭에는 결명자 꽃을 넣누나.
南風入晝夢	남풍이 낮잠 꿈에 들어왔는데
起坐是松聲	깨어보니 바로 솔바람 소리로다.

【주석】

席絮剪繭 枕囊收決明 : 두보의 「추우탄」에서 "계단 아래 결명자 꽃 화사하게 피었네"라고 했다.

杜詩, 階下決明顔色鮮.

南風入晝夢 起坐是松聲 : 꿈속에서 바람 소리를 듣고 일어났는데, 바로 깨고 보니 소나무 소리였다. 『능엄경』에서 "깊이 잠든 사람이 있었는데, 그 집에 어떤 사람이 쌀을 빻고 있어 그 사람은 꿈에 절구질하는 소리를 들었다. 다른 사람들도 그러했으니, 어떤 이는 북을 두드리고 어떤 이는 종을 치는 소리를 들었다"라고 한 것과 같다. 송옥의 「고당부」에서 "내려다보니 산세는 가파르고 동굴은 어둑어둑하며, 그 바닥

은 보이지 않고, 다만 솔바람 소리만 들리네"라고 했다.

夢中聞風起, 及覺, 乃松聲也. 如楞嚴經云, 如重睡人, 其家有人搗練舂米, 其人夢中聞舂擣聲, 別作他物, 或爲擊鼓, 或爲撞鐘. 宋玉高唐賦云, 俯視崝嶸, 不見其底, 虛聞松聲.

아홉 번째 수其九

半菽一瓢飮	콩알 반쪽에 한 표주박 마시고
懸鶉百結衣	메추리처럼 백 번 꿰맨 옷 입었네.
蕭條鬼不瞰	쓸쓸하니 귀신도 넘겨보지 않으니
聊可與同歸	애오라지 함께 돌아갈 수 있어라.

【주석】

半菽一瓢飮 : 『한서·항적전』에서 "병졸들은 곡식과 채소를 반반 섞어 먹었다"라고 했다. 『논어』에서 "안자는 한 표주박의 물을 마셨다"라고 했다.

項籍傳, 卒食半菽. 論語, 顏子一瓢飮.

懸鶉百結衣 : 『순자』에서 "자하는 집안이 가난하여 옷이 메추리처럼 얼룩덜룩하였다"라고 했다. 동경은 백사에 은거하였는데, 헤진 실오라기 헌 솜으로 옷을 만들어 백결의라 불리었다. 두보의 「투간함화양현

제자投簡咸華兩縣諸子」에서 "해진 옷은 어찌 백 번만 꿰맸으랴"라고 했다.

荀子曰, 子夏家貧, 衣若懸鶉. 董京隱居白社, 以殘縷絮帛爲衣, 號百結衣. 杜詩, 敝衣何啻聯百結.

蕭條鬼不瞰 : 양웅의 「해조解嘲」에서 "부귀의 극에 이른 귀인의 집은 귀신이 그 교만한 뜻을 싫어해서 해치려고 틈을 엿본다"라고 했다.

鬼瞰其室, 見上.

聊可與同歸 : 양웅의 「축빈부」의 마지막 부분에서 "가난은 마침내 떠나지 않고, 나와 더불어 노닐게 되었다"라고 했는데, 여기서 그 뜻을 사용하였다. 백거이의 「석여미지昔與微之」에서 "세모 청산의 길에, 백수로 함께 돌아가길 기약하네"라고 했다.

揚雄逐貧賦, 其末云, 貧遂不去, 與我遊息. 此用其意. 白樂天詩, 歲晚靑山路, 白首期同歸.

열 번째 수其十

學似斲輪扁	배움은 수레바퀴 깎은 것 같고
詩如飯顆山	시는 반과산과 같도다.
室中餘一劍	방안에만 있는 검은
無氣斗牛間	두우간을 비추는 기운이 없구나.

【주석】

學似斲輪扁:『장자·천도天道』에서 제환공이 어전에서 책을 읽고 있는데, 윤편이라는 목수가 어전 뜰에서 수레바퀴를 깎고 있다가 말하기를 "소신이 하는 일을 두고 하시는 말씀입니다. 나무를 깎아 바퀴에 맞출 때 너무 쉽게 들어가면 견고하지 못하고, 너무 끼게 하면 잘 들어가지 않습니다. 너무 헐겁지도 않고 너무 끼지도 않게 하는 것은, 손으로 터득하여 마음으로 수긍할 뿐이지, 입으로 말할 수 없지요. 그 사이에 비결이 있는 것입니다. 옛날 사람들은 그들이 전할 수 없다는 것과 이미 죽었으니, 그대가 읽는 것들은 옛사람의 찌꺼기일 뿐입니다"라고 했다.

見上.

詩如飯顆山:『본사시』에 실린 이백의 「조두보」에서 "반과산 꼭대기에서 두보를 만났는데, 머리엔 대삿갓 썼고 해는 마침 정오로다. 묻노니 작별한 뒤로 어찌 그리 수척해졌나, 모두가 전부터 애써 시 읊조린 탓이로세"라고 했다.

本事詩, 李白嘲杜甫詩, 飯顆山頭逢杜甫, 頭戴笠子日卓午. 借問年來太瘦生, 總爲從前作詩苦.

室中餘一劒 無氣斗牛間:『진서·장화전張華傳』에서 "북두와 견우성 사이에 항상 자줏빛 기운이 있었다. 이에 뇌환雷煥이 "이것은 보검의 정기

가 하늘 위로 솟은 것으로 예장豫章의 풍성豐城입니다"라고 했다. 장화가 즉시 뇌환을 풍성령豐城令에 보임했다. 뇌환이 풍성현에 도착하여 감옥의 터를 파서 하나의 돌 상자를 얻었는데, 그 속에 두 개의 검이 있었다. 하나는 용천검龍泉劍이고 다른 하나는 태아검太阿劍이었다"라고 했다.

見上.

7. 길노의 「기군용」에 차운하다

次韻吉老寄君庸

何郎生事四立壁	하랑의 살림은 네 벽만 서 있지만
心地高明百不憂	심지는 높고 밝아서 전혀 근심하지 않네.
白眼醉來思阮籍	완적처럼 취해 백안으로 대하며
碧雲吟罷對湯休	탕휴처럼 언제 만날까 읊조리네.
諸公著力書交上	제공이 정성을 들여 편지를 보내지만
尺璧深藏價未酬	한 자의 구슬을 깊이 감춰 팔지 않누나.
空使君如巢幕燕	부질없이 그대로 하여금
	장막 위에 제비집 같게 하지만
將雛處處度春秋	장차 봉황 새끼처럼 시간 지나 자라리라.

【주석】

何郎生事四立壁 : 『한서‧사마상여전』에서 "집에는 다만 네 벽만 서 있다"라고 했다.

見上.

心地高明百不憂 : 두보의 「알문공상방謁文公上方」에서 "원컨대 궁극의 진리를 들어, 처음의 마음으로 돌아가고 싶네"라고 했다. '심지心地'는 본래 불가의 책에서 나온 말이다. 두보의 「서경이자가徐卿二子歌」에서

"서공이 어떤 일에도 근심치 않음을 내 아노니"라고 했다.

杜詩, 願聞第一義, 廻向心地初. 心地本出佛書. 杜詩又云, 吾知徐公百不憂.

白眼醉來思阮籍: 『진서·완적전阮籍傳』에서 "완적은 자기 눈을 청안靑眼과 백안白眼으로 곧잘 만들면서 예속禮俗에 물든 선비를 보면 백안으로 대했다"라고 했다.

見上.

碧雲吟罷對湯休: 『문선』에 실린 「의휴상인」에서 "해가 지면 푸른 구름도 서로 만나는데, 가인은 왜 이렇게 오지 않는지"라고 했다. 승려 혜휴의 본래 성은 '탕'이다.

文選江文通擬休上人詩, 日暮碧雲合, 佳人殊未來. 沙門惠休本姓湯.

諸公著力書交上 尺璧深藏價未酬 空使君如巢幕燕 將雛處處度春秋: 『좌전·양공襄公 29년』에서 오吳나라 계찰季札이 한가하게 음악을 즐기기나 하는 손임보孫林父에 대해서 "바람에 펄럭이는 군막 위에 제비가 둥지를 튼 것과 같다"라고 했다. 악부에 「봉장추」가 있다.

燕之巢於幕上, 見左傳. 樂府有鳳將雛.

8. 만안산에 있는 밭을 길노 현승이 감독한다는 것을 듣고
聞吉老縣丞按田在萬安山中

苦雨初聞喚婦鳩	장맛비에 암컷 비둘기 부르는 소리
	비로소 들나니
紅粧滿院木蕖秋	붉게 단장한 목부거는 정원에 가득하네.
樽前不記崔思立	술동이 앞에 최사립이 있지 않나니
應在諸山最上頭	응당 여러 산꼭대기에 있을 테지.

【주석】

苦雨初聞喚婦鳩 : 『춘추좌전·소공 4년』에 신풍이 이르기를 "얼음을 저장하기를 주밀하게 하고 꺼내어 쓰기를 두루 많은 사람이 사용하게 하면, 봄에 차가운 바람이 불지 않고 가을에 장마가 지는 일이 없으며 우레가 울려도 벼락이 치지 않고 서리와 우박의 재난이 생기지 않으며 역병이 발생하지 않아서 백성이 요절하지 않는다"라고 했다. 구양수의 「명구鳴鳩」에서 "하늘이 비가 내리려 하니, 산비둘기 쫓아낸 짝 찾아 숲에서 우니, 암비둘기 화가 난 듯 울음소리 좋지 않네. 하늘에 비가 그치자 비둘기 울어 암컷 돌아오자 지저귀며 기뻐하고, 암컷 빨리 돌아오지 않자 울며 멈추지 않네"라고 했다.

左傳昭四年, 申豐曰春無凄風, 秋無苦雨. 歐陽公詩, 天將陰, 鳴鳩逐婦鳴中林, 鳩婦怒啼無好音. 天雨止, 鳩呼婦歸鳴且喜, 婦不亟還呼不已.

紅粧滿院木蕖秋 : 목거는 즉 목부용이니, 또한 거상화라고도 부른다. 한유와 유종원은 모두 「목부용」이란 시를 지었다. 부용은 또한 부거라고도 한다. 한유의 「봉수노급사운부사형운운奉酬盧給事雲夫四兄云云」에서 "평보의 붉은 연꽃이 수면을 덮었구나"라고 했는데, 이는 수부용을 말하니, 즉 연꽃이다.

木蕖, 卽木芙蓉也, 亦名拒霜花. 韓柳皆有木芙蓉詩. 芙蓉亦曰芙蕖. 韓詩又云, 平鋪紅蕖蓋明鏡. 此言水芙蓉, 卽荷花也.

樽前不記崔思立 應在諸山最上頭 : 한유의 「남전현승청벽기」에서 "박릉 최사립은 벼슬에서 좌천되어 두 번 돌아 이 고을의 승이 되었다"라고 했다. 두보의 「봉황대鳳凰臺」에서 "어찌하면 만 길의 사다리 얻어, 임금 위해 꼭대기에 오를까"라고 했으며, 또한 「봉동곽급사탕동령추작奉同郭給事湯東靈湫作」에서 "동쪽 산 기운차게 하늘로 솟았는데, 궁전은 꼭대기에 있네"라고 했다.

韓文有藍田縣丞廳壁記云, 博陵崔思立黜官, 再轉而爲丞玆邑. 老杜詩, 安得萬丈梯, 爲君上上頭. 又詩, 東山氣濛鴻, 宮殿居上頭.

9. 길노가 집에 돌아와서 지은 절구 두 수에 차운하여 기쁨을 노래하다

次韻喜陳吉老還家二絶

첫 번째 수 其一

公庭無事吏人休	관가 뜰에 일이 없어 관리가 쉬니
垂箔寒廳對奕秋	발을 드리운 차가운 관청에서 바둑을 두누나.
催織靑龍篘白酒[29]	푸른 대바구니 짜라 재촉하여 막걸리 거르고
竹爐煨栗煮雞頭	대 화로에 밤을 굽고 계두를 삶네.

【주석】

公庭無事吏人休 : 『한서·설선전薛宣傳』에서 "동지와 하지가 되면 관리를 쉬게 하였는데, 적조연 장부張扶만이 홀로 기꺼이 쉬지 않고 관청에 앉아 일을 보았다"라고 했다.

日至休吏, 見上.

垂箔寒廳對奕秋 : 『맹자』에서 "혁추로 하여금 두 사람에게 바둑을 가르치게 하였다"라고 했다.

孟子云, 使奕秋誨二人奕.

---

29 [교감기] 저본에는 '篘'가 '蒭'로 되어 있었는데, 지금 영원본을 따른다. 또한 영원본과 전본, 그리고 건륭본에는 '龍'이 '籠'으로 되어 있다.

두 번째 수其二

夜寒客枕多歸夢	싸늘한 밤 나그네 베갯머리에
	돌아가는 꿈이 많아
歸得黃柑紫蔗秋	돌아오니 귤은 익고 사탕수수 붉게 되었네.
小雨對談揮塵尾	보슬비에 마주 대하여 이야기 나누며
	주미를 흔들고
靑燈分坐寫蠅頭	푸른 등불 앞에 서로 앉아서
	파리 대가리 같은 글씨 쓰네.

【주석】

夜寒客枕多歸夢 歸得黃柑紫蔗秋 小雨對談揮塵尾 : 『진서·손성전孫盛傳』에 서 "은호殷浩가 이르러 담론을 하면서 밥을 먹는데, 손성이 주미塵尾[30]를 던지자 그 털이 밥 가운데 모두 떨어졌다"라고 했다.

塵尾, 見上.

靑燈分坐寫蠅頭 : 『남사』에서 "제의 형양왕의 책 상자에 오경이 있는 데, 파리 대가리처럼 잔글씨로 쓰여 있다"라고 했다.

南史, 齊衡陽王, 巾箱五經, 蠅頭細書.

---

30 주미(塵尾) : 고라니의 꼬리털을 매단 불자(拂子)를 가리킨다. 위진(魏晉)시대 에 사람들이 항상 손에 쥐고서 청담(淸談)을 논하였으며, 나중에는 불교의 승려 들도 설법할 때에 많이 애용했다.

10. 다시 차운하여 길노에게 답하다. 2수

再次韻答吉老. 二首

첫 번째 수其一

水宿風餐甚勞苦	물에서 자며 풍찬노숙하니 고생이 많은데
勉旃吾子富春秋	우리 그대 힘쓰시게 나이가 젊으니.
我愧疲民欲歸去	나는 피폐한 백성에게 부끄러워 돌아가서
麥田春雨把鋤頭	보리밭 봄비에 호미를 잡고프네.

【주석】

水宿風餐甚勞苦 : 『문선』에 실린 포조鮑照의 「승천행」에서 "바람을 들이쉬고 이슬을 마시며 소나무에 기대어 잠을 자고, 구름에 누워 마음대로 하늘에서 떠다니네"라고 했다. 사령운의 「입팽려호구入彭蠡湖口」에서 "나그네로 떠돌며 배에서 자는 것도 질릴 테니, 풍파의 고생은 이루 다 말하기 어려워라"라고 했다.

文選升天行云, 風餐委松宿, 雲臥恣天行. 謝靈運詩, 客遊倦水宿, 風潮難具論.

勉旃吾子富春秋 : 한나라 양운의 「보손회종서報孫會宗書」에서 "더욱 힘써 일하시고 공연히 여러 말 마시기를"이라고 했다. 『한서 · 제양왕전齊襄王傳」에서 "황제는 앞으로 살날이 많습니다"라고 했는데, 주에서 "재

물에 비유하여 바야흐로 다하지 않는다는 말이다"라고 했다.

漢楊惲書, 願勉旃, 毋多談. 富春秋, 見上.

我愧疲民欲歸去 麥田春雨把鋤頭 : 『전등록·부대사송』에서 "빈손으로 호미를 쥐고, 걸어가며 물소를 타네"라고 했는데, 산곡은 자주 이 송을 썼다.

傳燈錄, 傅大士頌云, 空手把鋤頭, 步行騎水牛. 山谷屢寫此頌.

두 번째 수其二

賢勞王事一歸休	왕사에 수고롭다가 돌아와 쉬나니
霜落園林失九秋	서리에 진 정원은 90일 가을을 잃어버렸네.
想得君家烏鵲喜	생각건대 그대 집에 오작들이 기뻐 지저귀며
蛛絲縈繞玉搔頭	거미줄은 얽어매고 아낙은 옥비녀 꽂으리라.

【주석】

賢勞王事一歸休 : 『맹자·만장상』에서 "이것은 왕사가 아님이 없는 데, 나만 홀로 재능이 있어 수고롭구나"라고 했다.

孟子萬章上, 此莫非王事而我獨賢勞也.

霜落園林失九秋 想得君家烏鵲喜 蛛絲縈繞玉搔頭 : 『후한서·이고전』에

서 "비녀를 꽂고 머리를 매만지며 온갖 교태를 부리다"라고 했는데, 주
에서 인용한 『서경잡기』에서 "무제가 이부인 앞을 지나자, 이부인이
옥비녀를 취하여 머리에 꽂았다"라고 했다. 『서경잡기』에서 "눈이 자
주 깜빡거려지면 술과 음식을 얻게 되고, 등잔불에 불똥이 맺히면 돈
과 재물을 얻게 되고, 까치가 지저귀면 소식을 전할 사람이 오게 되고,
거미가 내려오면 오만 일이 기뻐진다"라고 했다.

李固傳, 搔頭弄姿. 注引西京雜記, 武帝過李夫人, 就取玉簪搔頭. 西京雜
記, 目瞤得酒食, 燈火花得錢財. 乾鵲噪而行人至, 蜘蛛集而百事喜.

11. 태화에서 길노 현승에게 삼가 올리다

太和奉呈吉老縣丞

山擁鳩民縣	산은 백성을 안집하는 고을을 에워싸고
江橫決事廳	강은 일을 결정하는 청사를 감싸도네.
土風尊健訟[31]	풍속은 송사를 좋아하고
吏道要繁刑	관리들은 형벌을 무겁게 적용하였네.
鮭鮞今無種	해씨와 치씨는 지금 남아 있지 않으니
蒲盧教未形	정사가 그들을 사라지게 하였구나.
里多齊瞷氏[32]	마을에 제씨와 간씨가 많은데
材謝宋庖丁	인재는 송의 포정이 없었네.
令尹三年課	영윤이 삼년을 다스리니
斯人萬物靈	이 사람들 만물의 영장이라.
吾方師豈弟	내 바야흐로 한아한 군자를 상관으로 모시니
僚友助丹靑	동료들은 맡은 일을 열심히 하누나.

【주석】

山擁鳩民縣:『좌전·은공 8년』에서 "임금께서 세 나라로 하여금 서+

---

31 [교감기] '土風'은 고본에는 '土風'으로 되어 있다.
32 [교감기] '瞷'은 원래 '日間'으로 되어 있었는데, 지금 전본과 옹교건륭본에 의거
하여 바로잡는다.

로 도모하려는 마음을 버리고 그 백성들을 안집安集시키게 하셨으니,
이는 임금님의 은혜입니다"라고 했는데, 주에서 "구鳩는 모여사는 것
이다"라고 했다.

左傳隱八年, 君釋三國之圖以鳩其民, 君之惠也. 注云, 鳩, 集也.

江横決事廳 土風尊健訟 吏道要繁刑 鮭鯬今無種 : '鮭'의 음은 '胡'와 '瓦'
의 반절법이고, '鯬'의 음은 '除'와 '倚'의 반절법이다. 이 두 성은 지금은
없다. 살펴보건대『후한서·임와단전』에서 "당시 중산의 해양홍도 또한
『맹씨역』의 교수로 이름을 날렸다"라고 했다. 또 살펴보건대 성씨의 책
에 "치성의 사람 가운데 옛날에 잘 듣는 자가 있었으니, 바로 치유이다"
라고 했다.『사기·급정열전汲鄭列傳』에서 무제武帝 때에 정위廷尉 장탕張湯
이 율령律令을 개정하여 강화하려고 하자 급암이 무제 앞에서 장탕을 비
판하기를 "어찌하여 고황제의 약속을 분분하게 고치려 드는가. 공은 이
일로 해서 멸족을 당할 것이다"라고 했다.

鮭, 胡瓦切. 鯬, 除倚切. 此兩姓, 今無人矣. 按後漢儒林洼丹傳, 時中山鮭
陽鴻, 亦以孟氏易教授, 有名. 又按姓氏書, 鯬姓古有善聽者, 鯬俞. 汲黯傳,
公以此無種矣.

蒲盧教未形 :『예기·중용』에서 "대저 정사의 신속한 효험은 포로와
같다"라고 했는데, 주에서 "포로는 과라로 나나니벌을 이른다"라고 했
다.『시경』에서 "명령의 새끼를 과라가 업어 데리고 가서 키우니"라고

했는데, 명령은 상충이다. 포로가 상충의 새끼를 업어다가 자신의 새끼로 만드니, 정사가 백성에 대해서도 또한 그러하다. 『석문』에서 인용한 『이아』에서 "과라와 포로는 지금의 세요봉이다"라고 했다.

禮中庸云, 夫政也者, 蒲盧也. 注云, 蒲盧, 蜾蠃, 謂土蜂也. 詩云, 螟蛉有子, 蜾蠃負之. 螟蛉, 桑蟲也. 蒲盧, 取桑蟲之子, 化爲己子. 政之於民亦然. 釋文云, 爾雅, 蜾蠃蒲盧, 今細腰蜂.

里多齊矙氏 : 원주에서 "간 씨는 『한서』에서는 음이 한인데, 지금 제남의 농부에 이 성을 가진 사람이 많다. 음은 '諫'이다"라고 했다.

元注云, 矙氏, 漢書音閑, 而今濟南田家有此姓, 音諫.

材謝宋庖丁 : 포정에 대해서 『장자』에서는 송宋은 말하지 않았으니, 마땅히 고찰해야 한다.

庖丁, 莊子不言宋, 當攷.

令尹三年課 斯人萬物靈 : 『서경 · 태서』에서 "오직 사람이 만물의 영장이다"라고 했다.

泰誓曰, 惟人, 萬物之靈.

吾方師豈弟 僚友助丹青 : 단청은 아전의 일을 유술儒術로 꾸민 것을 이른다. 양웅의 『법언法言』에서 어떤 사람이 묻기를 "성인의 말은 그림처

럼 찬란하다고 하는데, 그렇습니까"라 하였다.

丹靑, 謂緣飾吏事也. 楊子, 或問聖人之言, 炳若丹靑.

12. 지명의 「영화도중」에 차운하다

次韻知命永和道中知命名叔達

靈骨閟金鏁	영골은 금쇄를 감추고
梵宮超玉繩	범궁은 옥승 위로 우뚝하네.
道人往香火[33]	도인이 향화에 가서
獨先開淨行	홀로 먼저 정행을 열었어라.
呼船久無人	배를 불러도 오랫동안 사공이 없고
月沉河漢傾	달은 잠기는데 은하수는 기우네.
虛舟不受怒	빈 배는 노함을 받지 않으니
故在蓼灘橫	고로 여뀌 물가에 가로 비껴 있네.

【주석】

靈骨閟金鏁 : 『속현괴록』에서 "옛날 연주에 어떤 부인이 있었는데, 자못 자색이 아름다웠다. 소년들이 모두 그녀와 사랑을 나누었다. 몇 해가 지나 죽게 되자 사람들이 함께 길가에 그녀를 장사지냈다. 대력 연간에 호승이 그 묘에 공경히 예를 표하면서 "이 사람은 대성으로, 대자대비하여 희사하였으니 세속의 욕망을 모두 따라주었습니다. 이는 쇄골보살로, 인연이 이미 다하였습니다"라 했다. 뭇 사람이 묘를 파서 보니, 그 뼈가 갈고리처럼 서로 연결되어 모두 얽어있는 모습이었다.

33　[교감기] '聖'자는 원래 결락되었는데 『태평광기』 권 101에 의거하여 보충하였다.

세상에서 관음의 화신이라 전한다"라고 했다. 이른바 "금사탄의 마 씨 부인이 세상에서 말하는 관세음보살의 화신이다"라고 한 것이 이런 종류이다.

續玄怪錄, 延州有婦人, 少年子悉與之狎昵. 數歲而歿, 葬於道左. 大歷中, 有胡僧敬禮其墓, 曰此乃大聖,[34] 慈悲喜捨, 卽鏁骨薩薩也. 衆開墓, 視其骨, 鈎結如鏁狀. 世傳觀音化身. 所謂金沙灘頭馬郎婦, 類此.

梵宮超玉繩 : 『문선』에 실린 사조謝朓의 「잠사하도暫使下都」에서 "옥승 성이 건장궁에 낮게 드리웠네"라고 했으니, 옥승은 별자리이다. 즉 별자리 위로 우뚝 솟아 있다는 뜻이다.

選詩, 玉繩低建章. 玉繩, 星名, 言超出星辰之上.

道人往香火 獨先開淨行 : 유종원의 「손공원巽公園」에서 "비로소 삼공문[35]을 깨우쳤네. 화당은 맑은 곳에 열리고"라고 했다. 소식의 「단오端午」에서 "차를 마시며 맑은 법회를 연다"라고 했다. 산곡의 "홀로 먼저 정행을 연다"라고 한 것도 그 의미는 같다. 또한 산곡의 「위혜림충선사소향송」에서 "서구야니에 정토를 열고"라고 했다.

柳子厚詩, 始悟三空門, 華堂開淨域. 東坡云, 酌茗開淨筵. 山谷云, 獨先開

---

34 삼공문 : 해탈 즉 열반에 들어가는 세 가지 문으로 공(空), 무상(無相), 무원(無願)을 관조하는 세 가지 선정(禪定)이다.
35 [교감기] '往'은 전본과 건륭본에는 '住'로 되어 있다.

淨行. 其意一也. 又山谷爲惠林沖禪師燒香頌, 西瞿耶尼開淨.

呼船久無人 月沉河漢傾 : 두보의 「등자은사탑^{登慈恩寺塔}」에서 "북두칠성은 북쪽 문에 걸려 있고, 은하수는 서쪽으로 흐르는 소리 들리는구나"라고 했다.

杜詩, 七星在北戶, 河漢聲西流. 謂天河也.

虛舟不受怒 故在蓼灘橫 : 『장자』에서 "배를 나란히 하고 황하를 건널 때 빈 배가 와서 자기 배에 부딪히면 비록 속이 좁은 사람이라고 해도 화를 내지 않는다"라고 했다.

莊子山木篇, 方舟而濟於河, 有虛舟來觸舟, 雖有褊心之人不怒.

13. 길노와 지명이 함께 청원에 유람하며 지은 시에 차운하다. 2수

次韻吉老知命同遊靑原. 二首

첫 번째 수 其一

洗鉢尋思去	탁발을 씻고서 '사'자 찾으러 떠나며
論詩匡鼎來	시를 논하니 광형匡衡이 오네.
鴉窺錫處井	까마귀는 석장 세운 우물을 넘보고
魚泳釣時臺	물고기는 낚시터에서 때로 헤엄치네.
垂足收親子	발을 쭉 뻗고서 나의 아우 거둬주시며
存身亘劫灰	몸은 겁재토록 보존하리라.
僧雛手金鑰	어린 중이 열쇠를 쥐고서
一爲道人開	한 번 도인을 위해 열어주누나.

【주석】

洗鉢尋思去 : 『전등록·행사선사전』에서 "선사가 조계에게 법을 얻고서 길주의 청원산 정거사에서 머물렀다. 6조가 열반에 들려고 할 때 사미승 희천이 묻기를 "화상께서 열반에 드신 뒤에 희천은 누구에게 의지하리이까"라 하자, 6조가 "사思자를 찾아가라"라고 대답하였다. 조사가 세상을 떠난 뒤 희천은 매양 조용한 곳에 단정히 앉아 죽은 듯이 고요하니, 제1수좌가 "그대의 사형 가운데 행사화상이란 분이 지금

길주에 머무르고 있는데, 너의 인연은 거기에 있을 것이다. 네 스승의 말씀은 매우 정직했거늘 네가 스스로 미혹했을 뿐이다"라고 하니, 희천이 곧바로 절하고 물러나 곧바로 정거사로 갔다"라고 했다.

傳燈錄行思禪師傳, 師得法於曹溪, 住吉州靑原山靜居寺. 六祖將示滅, 有沙彌希遷問曰, 和尙百年後, 希遷當依附何人. 祖曰尋思去. 及祖順世, 遷每於靜處端坐, 第一坐曰, 汝有師兄行思和尙, 今住吉州, 汝因緣在彼. 師言甚直, 汝自迷耳. 遷便禮辭, 直詣靜居.

論詩匡鼎來 : 『한서 · 광형전匡衡傳』에서 "시에 대해 말하지 마라, 광형이 바로 온다"라고 했다.

見上.

鴟窺錫處井 : 나부산의 탁석천과 같은 것이다. 양나라 경태 선사가 이 산에 거처하였는데, 물이 없는 것이 아쉬웠다. 선사가 땅에 석장을 꽂자 샘이 수척이나 솟아올랐으니, 이에 샘으로 삼았다. 자서 당경唐庚이 「탁석천기」를 지었다. 또한 서주의 삼조산에 비석천이 있는데, 보공이 금릉에서 석장을 날려 이곳에 이르러 산의 골짜기에 절터를 보니, 샘물이 그를 위해 솟구쳤다. 이러한 내용은 『동안지』에 보인다.

如羅浮山卓錫泉也. 梁景泰禪師居此山, 病無水, 師卓錫於地, 泉涌數尺, 自是得井. 唐子西作記. 又如舒州三祖山飛錫泉, 寶公自金陵飛錫而至, 以相山谷寺基, 泉爲之湧出, 見同安志.

魚泳釣時臺 垂足收親子 : 선사가 희천에게 법을 전하고서 발 하나를 쭉 뻗으니, 희천이 절을 하였다. 곧이어 하직하고 남악으로 갔으니, 바로 그가 남악의 석두화상이다.

師既付法希遷, 垂一足, 遷禮拜, 尋辭往南嶽, 卽南嶽石頭和尙也.

存身亘刼灰 : 한 무제漢武帝 때 곤명지를 파다가 바닥에서 검은 재를 얻었다. 이에 대해 동방삭東方朔에게 물었는데, 동방삭이 말하기를, "저는 내막을 잘 모르겠고, 서역 사람들이나 아는 일입니다"라고 하였다. 그 뒤 세월이 지나 후한 명제明帝 때 서역 승 축법란竺法蘭이 온 후, 어떤 사람이 그에게 이 일을 질문하자 축법란이 다음과 말했다고 한다. "구세계가 끝날 때 온 세상을 깡그리 불태우는 겁화劫火가 발생하는데 이 재가 바로 그것입니다"라고 했다. 이러한 내용이 『고승전』에 보인다. 이백의 「유화성사游化城寺」에서 "남긴 즐거움이 만약 다한다면, 겁석이 모두 재가 될 것이라"라고 했다.

漢武帝穿昆明池, 悉是灰, 有外國胡僧曰, 此天地刼灰之餘. 見高僧傳. 李白詩, 留歡若可盡, 刼石盡成灰.

僧雛手金鑰 一爲道人開 : 두보의 「춘숙좌성春宿左省」에서 "잠 못 이루다 철커덩 열쇠 소리 듣고"라고 했다.

杜詩, 不寢聽金鑰

두 번째 수其二

至人來有會	지인이 와서 모임이 있으니
吾道本無家	오도는 본래 집이 없다네.
閱世魚行水	물고기가 물에서 헤엄치듯 세상을 살고
遺書鳥印沙	새가 모래밭에 발자국 남기듯 책을 남겼네.
齋盂香佛飯	재우에 불반이 향기롭고
法席雨天花	법석에 천화가 내리네.
時有淸談勝	때로 훌륭한 청담이 있으니
還同歎永嘉	영가로 돌아간 듯 감탄하네.

【주석】

至人來有會 吾道本無家 : 『장자·소요유逍遙遊』에서 "지인은 자기가 없고, 신인은 공功이 없고, 성인은 명예가 없다"라고 했다. 가의의 「복조부鵩鳥賦」에서 "지인은 세상일을 버려두고 홀로 도와 함께 하네"라고 했다.

莊子, 至人無己. 賈誼鵬賦, 至人遺物, 獨與道俱.

閱世魚行水 遺書鳥印沙 : 한유의 「성남연구城南聯句」에서 "백사장의 전서새발자국는 도장 찍듯 돌아나가며 평평하네"라고 했다.

見上.

齋盂香佛飯 法席雨天花 : 유마힐이 여러 보살에게 묻기를 "누가 능히

저 부처님의 음식을 가져올 수 있습니까"라고 했다. 즉 누군가가 신통력을 발휘하여 중향국衆香國에 가서 향적불香積佛의 음식을 가져올 수 있느냐고 물은 것이다. 『유마경』에서 "이때 유마힐의 방에 한 천녀天女가 있었는데, 여러 보살이 설법하는 것을 듣고서는 그녀는 곧바로 그 몸을 드러내어 하늘 꽃을 여러 보살과 대제자大弟子의 위에 뿌렸다"라고 했다.

並見維摩經.

時有淸談勝 還同歎永嘉: 『진서·위개전衛玠傳』에서 "영가永嘉 말에 다시 정시正始[36]의 음악 들으리라 생각지도 못했네"라고 했다.

晉書, 不意永嘉之末, 復聞正始之音.

36　정시(正始) : 처음을 바르게 한다는 뜻인데, 보통 『시경』의 주남(周南)과 소남(召南)을 가리킨다. 자하(子夏)의 「모시서(毛詩序)」에 「「주남」과 「소남」이야말로 왕도를 처음부터 단정하게 펴는 길이요, 제왕의 교화의 기초가 된다[周南召南, 正始之道, 王化之基]」라는 말에서 유래했다.

14. 지명이 청원산 입구에 들어가며 지은 시에 차운하다

次韻知命入靑原山口

坑路羊腸繞	구덩이 길이 양장처럼 휘감고
稻田棊局方	벼 논은 바둑판처럼 네모지네.
林間塔餘寸	숲 위로 탑은 조금 솟아나고
風外竹斜行	바람 앞에 대는 길가로 눕는구나.
吠客犬反走	길손에게 짖는 개는 반대로 내달리고
驚人鳥坌忙	사람 놀라게 하는 새는 바쁘게 날아드네.
山形與祖印	산과 절은
岑絶兩相當	멧부리 끝나는 곳에서 마주하네.

【주석】

坑路羊腸繞 : 위 무제 조조曹操의 「고한행苦寒行」에서 "구절양장 구불구불한 길에, 수레바퀴가 부서지누나"라고 했는데, 주에서 "태항산의 양장은 태원에 있다"라고 했다.

魏武苦寒行, 羊腸坂詰曲, 車輪爲之摧. 注, 太行羊腸, 在太原.

稻田棊局方 林間塔餘寸 風外竹斜行 吠客犬反走 驚人鳥坌忙 山形與祖印 岑絶兩相當 : 『전등록·중화초조달마전』에서 혜가가 "모든 부처님의 법인法印을 들을 수 있습니까"라고 했으며, 또한 "안으로 법을 전하여 마

음을 깨쳤음을 증명하다"라고 했다. 한나라 위청衛靑과 곽거병郭去病은 병사를 거느리고 흉노를 죽였는데, 항상 서로 그 숫자가 비슷하였다. 백거이의 「죽창竹窗」에서 "창문은 대나무와 마주하였다"라고 했다.

傳燈錄中華初祖達磨傳, 慧可曰, 諸佛法印, 可得聞乎. 又云, 內傳法印以契證心. 漢衛霍領兵與匃奴殺戮, 常相當. 白樂天詩, 窗與竹相當.

15. 길노가 청원산에서 노닐다가 돌아가려고 하면서 지은 시에 차운하다

次韻吉老遊靑原將歸

欣欣林皐樂	숲에서의 즐거움에 기뻐하여
賞心天際翔	하늘가에 날며 감상하누나.
淸樽鱠魴鯉	맑은 술에 방어, 잉어 회
朱果實圓方	붉은 과일이 여러 그릇에 가득하네.
醉罷聽疎雨	술에 취해 성긴 빗소리 들으니
衾寒夢國香	차가운 이불에 꿈자리 향기롭구나.
雨餘山吐月	비온 뒤에 산은 달을 토하고
的皪滿林霜	숲의 서리를 가득 비추누나.
展轉復展轉	뒤척이고 또 뒤척이는데
鍾魚曉瑯瑯	종과 풍경은 새벽에 덩덩, 쨍쨍 우는구나.
思歸笑迎門	돌아가면 문에서 웃으며 맞으며
兒女相扶將	아이와 부인이 서로 붙잡으리라.

【주석】

欣欣林皐樂 : 『장자·지북유知北游』에서 "산림과 못가의 땅에 가면, 나로 하여금 기뻐하면서 즐기게 하는구나"라고 했다.

莊子知北篇, 山林與皐壤與, 使我欣欣然而樂與.

賞心天際翔 : 사령운의 「의업중집시서擬鄴中集詩序」에서 "좋은 때 아름다운 경치, 즐기는 마음, 즐거운 일, 이 네 가지를 갖추기는 어렵다"라고 했다. 또한 「유산游山」에서 "신비한 경치가 진실로 사람을 잡아두니, 완상하는 마음은 공연히 생긴 것이 아니지"라고 했다. 은중문의 「흥촉興矚」에서 "하늘도 역시 광활하고 밝으니, 이때 나에게 즐거움을 준다"라고 했다.

文選謝靈運詩序, 賞心樂事. 又詩, 靈境信淹留, 賞心非徒設. 殷仲文詩, 雲天亦遼亮, 時與賞心遇.

淸樽膾魴鯉 :『시경 · 육월』에서 "자라를 삶고 잉어를 회 쳐서"라고 했다.『시경 · 소남』에서 "그 낚은 것이 무엇인가, 방어와 연어로다"라고 했다.

詩六月云, 炰鱉膾鯉. 采錄云, 其釣維何, 維魴及鱮.

朱果實圓方 : 사조의 「재군와병정심상서在郡臥病呈沈尙書」에서 "여름 자두 붉은 열매를 물에 담가두고"라고 했다.『문선』에 실린 장형張衡의 「남도부南都賦」에서 "진수성찬은 보옥처럼, 각종 그릇에 넘쳐나네"라고 했다. 왕찬王粲의 「공연시公宴詩」에서 "좋은 음식들이 그릇에 그득했고"라고 했다.

謝朓詩, 夏李沈朱實. 文選南都賦, 珍羞琅玕, 充溢圓方. 王仲宣詩, 嘉肴充圓方.

醉罷聽疎雨 : 맹호연의 시구에서 "성긴 빗방울 오동에 떨어지네"라고
했다.

孟浩然詩, 疎雨滴梧桐.

襲寒夢國香 : 『좌전·선공 3년』에서 "당초 정 문공에게 연길이라는
천첩이 있었는데, 꿈에 천사가 그에게 란을 주며 "나는 백조이니, 나는
너의 조상이다. 이 난으로 너의 아들을 만들어줄 것이니, 난은 국중의
꽃 중에 향기가 가장 뛰어나므로 사람들이 그를 난처럼 친애하고 사랑
할 것이다"라고 하였다. 이윽고 문공이 연길을 보고서 그에게 난을 주
며 시침하게 하자, 연길이 말하기를 "첩이 재능이 없는 몸으로 다행히
임신하더라도 사람들은 임금님의 아이로 믿지 않을 것이니, 감히 이
난을 증거로 삼아도 좋겠습니까?"라고 하니, 문공이 좋다고 승낙하였
다. 뒤에 목공이 태어나자 이름을 '난'이라고 하였다"라고 했다.

左傳宣三年, 初鄭文公有賤妾曰燕姞, 夢天使與已蘭曰, 余爲伯鯈, 余而祖
也, 以是爲而子. 以蘭有國香, 人服媚之, 如是. 旣而文公見之, 與之蘭而御之,
生穆公, 名之曰蘭.

雨餘山吐月 : 두보의 「월月」에서 "사경에 산은 달을 토해 내고"라고
했다.

杜詩, 四更山吐月.

的皪滿林霜 : 사마상여의 「상림부」에서 "명월주와 작은 진주의 광채가 강변에 찬란하네"라고 했다.

上林賦, 明月珠子, 的皪江靡.

展轉復展轉 : 『시경』에서 "누워서 몸을 이리저리 뒤척이다"라고 했다. 장적의 「완전해」에서 "뒤척이고 다시 뒤척이며, 자꾸 떠올려보지만 다시 오지 않네"라고 했다.

詩, 展轉反側. 張籍宛轉行云, 宛轉復宛轉, 憶憶更未夾.

鍾魚曉瑯瑯 思歸笑迎門 兒女相扶將 : 고시에서 "돌아오니 아이와 부인이 웃으면 문에서 맞는다"라고 했다. 『전한서・효경왕황후전孝景王皇后傳』에서 "딸이 책상 아래로 도망쳐 숨으니, 데리고 나와 절을 하게 했다"라고 했다.

古詩, 歸來兒女笑迎門. 扶將出拜, 見上.

16. 아우 지명이 청원에서 돌아온 것을 기뻐하다

喜知命弟自靑原歸

爲吏困米鹽	관리가 되어 쌀과 소금으로 곤욕 받으니
正覺荷鋤便	참으로 호미 진 농사가 편한 줄 알겠어라.
曲肱夢靈泉	팔베개하고서 영천을 꿈꾸니
諒非調鼎手	참으로 국정 보좌할 인재가 아니라.
在公雖勤苦	공무에 비록 힘이 들지만
歸喜叔山禪³⁷	퇴근하니 참선하는 숙산이 반갑구나.
去我忽數日	나를 떠난 지 벌써 여러 날이 지나
草蟲傍牀煎	풀벌레가 침상 곁에서 울어대누나.
屋角鳥鳥樂	지붕 모서리에 새가 지저귀고
行輿響檐肩³⁸	가마를 매고 가며 노래 부르네.
包解分柿栗	보따리 풀어 감과 밤을 나눠주는데
兒女鬧樽前	아이와 아낙은 술상 마련하느라 분주하네.
白紵繞祖塔	백저가 조사의 탑을 돌 때
香携靑原煙	향은 청원산의 이내로 이어졌네.
玄珠一百八	검은 염주 108개

---

37 [교감기] '王'은 원래 '主'로 되어 있었는데, 지금 영원본과 전본을 따르고 아울러
   『문선』에 실린 반악의 「금곡집작시(金谷集作詩)」에 의거하여 바로잡는다.
38 [교감기] '叔'은 고본에는 '滿'로 되어 있다.

夜紉湘縷穿	밤에 실로 꿰매 이었네.
高林風落子	높다란 숲에 바람 불어 열매 지니
老僧選霜堅	노승은 서리 맞아 익은 것 고르네.
袖中出新詩	소매에서 새로 지은 시 꺼내니
山水含碧鮮	산수는 푸른빛은 머금었네.
五言吾老矣	오언시는 이제 내 늙었으니
佳句付惠連	가구를 혜련에게 부탁하노라.

【주석】

爲吏困米鹽:『한서·함선전咸宣傳』에서 "쌀과 소금을 관리하는 사소한 일부터 모든 일을 자신이 직접 하였다"라고 했다.

見上.

曲肱夢靈泉 諒非調鼎手 正覺荷鋤便:『문선』에 실린 반악의 「금곡집작시金谷集作詩」에서 "왕생은 국정을 보좌하고"라고 했다. 도연명의 「귀전원거歸田園居」에서 "달빛 받고서 호미 메고 돌아오네"라고 했다.

文選潘岳詩, 王生和鼎實.[39] 淵明詩, 帶月荷鋤歸.

在公雖勤苦:『시경』에서 "새벽부터 밤까지 공소에 있네"라고 했다.

---

39 [교감기] '檐'은 고본에는 '擔'으로 되어 있다. 살펴보건대 '檐'은 '擔'고 통용하니,
    이후로 나오면 교정하지 않는다.

詩, 夙夜在公.

歸喜叔山禪 : 『장자·덕충부』에서 "노나라에 형벌로 다리가 잘린 숙산무지라는 사람이 공자를 찾아왔다"라고 했다. 지명은 산곡의 아우로 발을 절었기에 숙산에 비견하였다.

莊子德允符篇, 魯有兀者, 叔山無趾, 踵見仲尼. 知命, 山谷弟也. 足蹇故比之叔山.

去我忽數日 草蟲傍牀煎 : 『시경·빈풍』에서 "시월에는 귀뚜라미가 내 침상 아래에 들어온다"라고 했다. 백거이의 「문충」에서 "수심 겨운 사람이 잠들까 걱정하여, 찌륵찌륵 침상 앞으로 점점 다가오네"라고 했다.

詩, 十月蟋蟀, 入我牀下. 樂天聞蟲詩, 猶恐愁人暫得睡, 聲聲移近臥牀前.

屋角鳥鳥樂 : 두보의 「우과소단雨過蘇端」에서 "집 모퉁이에 붉게 핀 많은 꽃"이라 했다.

見上.

行輿響檐肩 : 한유韓愈와 맹교孟郊의 「성남연구城南聯句」에서 "익은 것 베어 날라 어깨 붉어졌네"라고 했다.

退之聯句, 刈熟檐肩頳

包解分柿栗 : 두보의 「북정」에서 "보따리 안의 화장품 풀어"라고 했다.
老杜北征詩, 粉黛亦解包.

兒女鬧樽前 白紵繞祖塔 : 지명은 포의이다. 그러므로 백저라고 칭하
였다. 포조의 문집에 「백저가」가 있으며, 심약은 「사시백저가」를 지었
다. 사공탑에 대해서는 「차운주법조유청원사次韻周法曹遊靑原寺」에 보인
다. 즉 『전등록·행사선사전行思禪師傳』에서 선사는 길주 안성 사람이다.
조계의 법석을 듣고서 이에 가서 참례하였다. 묻기를 "어떤 수행을 힘
써야 분별계급에 떨어지지 않습니까"라 하니, 육조六祖가 매우 훌륭하
게 여겼다. 선사가 이윽고 불법을 깨치자 길주 청원산의 정거사淨居寺에
머물렀다. 사미승 희천希遷이 묻기를 "조계대사께서 아직도 화상을 아
십니까"라 하자, 선사가 "네가 나를 아느냐"라 하니, "압니다만 또한
어찌 알겠습니까"라고 하자, 대사가 "여러 뿔이 비록 많으나, 기린 한
마리면 충분하다"라고 했다.

知命, 布衣也, 故稱白紵. 鮑照集有白紵歌, 沈約有四時白紵歌. 思公塔, 見
前次韻周法曹遊靑原寺注.

香携靑原煙 玄珠一百八 : 『장자』에서 "황제가 적수 북녘을 여행하다
가 돌아오면서 현주를 잃어버렸다. 지知로 하여금 찾게 했으나 얻지 못
하고 눈이 밝은 이주와 말재주 좋은 끽후를 시켜 찾게 했는데 역시 얻
지 못했다. 그래서 멍청한 상망을 시켰더니 상망은 그것을 찾아냈다"

라고 했다.

莊子, 象罔得玄珠. 以言數珠也.

夜紉湘縷穿 :『예기·내측』에서 "바늘에 실을 꿰어 옷 깁기를 청한다"
라고 했다. '紉'의 음은 '女'와 '陳'의 반절법이다. 湘은 응당 '緗'으로
지어야 한다. 살펴보건대『설문해자』에서 "상緗은 연한 황색의 비단이
다"라고 했다.

內則, 紉箴請補綴. 紉, 女陳反. 湘當作緗. 按說文, 緗, 帛淺黃色也.

高林風落子 老僧選霜堅 : 두보의 「희위언위쌍송도기戲韋偃爲雙松圖歌」에
서 "솔잎 가운데 솔방울 중 앞에 떨어지네"라고 했다.

杜詩, 葉裏松子僧前落.

袖中出新詩 山水含碧鮮 五言吾老矣 佳句付惠連 : 사령운의 「석벽정사石
壁精舍」에서 "산수는 맑은 빛을 머금고"라고 했다. 사혜련은 사령운의
아우이다.『남사·사혜련전』에 보인다.

謝靈運詩, 山水含淸暉. 惠連, 靈運弟也. 事見南史本傳.

17. 장의보에게 주다

寄張宜父

建德之國有佳人	건덕국에 가인이 있어
明珠爲佩玉爲衣	명주를 차고 옥으로 옷을 하네.
去國三歲阻音徽	나라 떠난 지 3년에 소식도 끊겼는데
所種桃李民愛之	이른바 그가 심은 도리는
	백성들이 사랑하누나.
射陽城邊春爛熳[40]	사양성 주변에 봄은 무르익어
柳暗學宮鳥相喚	버들 그늘진 학궁에 새가 서로 부르네.
追隨裘馬多少年	부귀를 따르는 소년들이 많은데
獨忍長飢把書卷	홀로 오래 굶주림 참으며 책을 잡고 있네.
讀書萬卷不値錢	만권의 책을 읽어도
	한 전의 값어치도 되지 못하고
逐貧不去與忘年	가난을 쫓아도 떠나지 않아 벗을 삼았네.
虎豹文章被禽縛	호표의 문장으로도 새처럼 붙잡혔으니
何如達生自娛樂	어찌 삶을 통달하여 스스로 즐길 것인가.

40　[교감기] ‘邊’은 원래 ‘變’으로 되어 있었는데, 영원본과 전본, 그리고 건륭본에
　　의거하여 바로잡았다.

【주석】

建德之國有佳人 : 『장자·산목山木』에서 시남의 의료가 노군에게 말하기를 "남월에 고을이 있으니 이름하여 건덕국이라 합니다. 그곳 백성은 어리석고 질박하며, 사심이 적고 욕심이 적으며, 농사지을 줄만 알고 저장할 줄은 모르며, 남에게 주는 것 만 알고 보답을 바라지 않으며, 의義가 무엇인지 모르고 예禮가 무엇인지 모르며 마음 내키는 대로 마구 행동해도 대도大道를 밟습니다. 저는 임금께서 나라를 떠나 세속을 버리시고 도와 더불어 서로 도우면서 이 나라로 떠나가시기를 바랍니다"라고 했다. 장주가 자신의 의견을 담은 것이다. 『문선』에 실린 강엄江淹의 「잡의시」에서 "다행히도 건덕국에서 노닐었다"라 했으니, 또한 이 고사를 사용하였다. 지주에 건덕현이 있는데, 아마도 장의부는 이 고을 사람인 듯하다.

莊子山木篇, 市南宜僚謂魯君曰, 南越有邑焉, 名爲建德之國. 其民愚而朴, 少私而寡欲, 知作而不知藏, 與而不求其報. 猖狂妄行, 乃蹈乎大方. 吾願君去國捐俗, 與道相輔而行. 莊周蓋寓言也. 文選江文通雜擬詩云, 幸遊建德鄕. 亦用此事. 而池州有建德縣, 張宜父乃此縣人耶.

明珠爲佩玉爲衣　去國三歲阻音徽 : 『시경·사제』에서 "태사는 태임의 아름다운 덕을 이어받았다"라고 했는데, 전에서 "휘徽는 아름다움이다"라고 했다.

詩思齊, 太姒嗣徽音. 箋云, 徽, 美也.

所種桃李民愛之 :『설원·복은復恩』에서 조간자趙簡子가 양호陽虎에게 이르기를 "복숭아와 자두를 심은 사람은 여름에 그 아래에서 쉬고 가을에 그 과실을 먹을 수 있으나, 찔레를 심은 사람은 여름에 그 아래에서 쉬지 못하고 가을에 그 가시를 얻게 되는 것이오"라고 했다.

見前過太湖僧寺得宗汝爲寄山蕷白酒寄答詩注.

射陽城邊春爛熳 : 초주 산양현은 본래 익양현 지역이다. 장의보는 아마도 건덕 사람일 것인데, 산양에서 벼슬하였다가 당시에 이미 그만두고 떠났다.

楚州山陽縣, 本漢弋陽縣地. 張宜父當是建德人, 而仕於山陽, 時已解去.

柳暗學宮鳥相喚 追隨裘馬多少年 : 두보의 「장유」에서 "제와 조 사이를 떠도니, 갖옷에 말 타고 자못 얽매임 없었네"라고 했다. 한유의 「송문창사북유送文暢師北遊」에서 "이제부터 갖옷과 말이 많을 테니, 어찌 다시 채소나 먹으랴"라고 했다. "살진 말과 가벼운 갖옷"은 『논어』에 보인다. 즉 『논어·옹야雍也』에서 "공서적이 제나라에 갈 적에 살찐 말을 타고 가벼운 갖옷을 입었다"라고 했다

老杜壯遊詩, 放蕩齊趙間, 裘馬頗清狂. 退之云, 從玆富裘馬, 寧復茹藜蕨. 肥馬輕裘, 本出論語.

獨忍長飢把書卷 : 진나라 도옥의 「귀공자행」에서 "문득 우습구나 유

생이 책을 부여잡고서, 안자가 굶주린 것을 배우는 것"이라고 했다.

秦韜玉貴公子行, 却笑儒生把書卷, 學得顏回忍飢面.

讀書萬卷不値錢 : 달리 "붓에 신령이 돕는 듯[筆有神]"으로 된 본도 있다. 두보의 「봉증위좌승奉贈韋左丞」에서 "만 권을 책을 읽었으며, 신이 들린 듯 글을 지었지요"라고 했다. 『한서·관부전』에서 관부는 관현灌賢에게 꾸짖으면서 "평소에 정불식이 일전의 가치도 없다고 비방하더니, 오늘 어른이 술을 권하는데 계집애들처럼 정불식과 귓속말이나 주고받다니"라고 했는데, 여기서 그 글자를 사용하였다. 이백의 「답왕십이答王十二」에서 "북창 아래에서 시를 읊조리고 시를 지으니, 만 마디 말이 한 잔 술에 미치지 못하네"라고 했는데, 여기서 그 의미를 사용하였다.

一作筆有神. 杜詩, 讀書破萬卷, 下筆如有神. 漢灌夫傳, 夫曰平生毁程不識不直一錢. 此用其字. 太白詩, 吟詩作賦北窻裏, 萬言不値一杯水. 此用其意.

逐貧不去與忘年 : '忘年'은 달리 '交親'으로 된 본도 있다. 양웅은 「축빈부」를 지었다. 『장자』에서 "나이를 잊어버리고 마음속의 편견을 잊어버려서 경계 없는 경지에서 자유자재로 움직인다"라고 했다. 예형이 약관의 나이에 공융은 40살이었는데, 망년우를 맺었다. 『남사·강총전』에서 "장찬 등과 망녕우를 맺었다"라고 했다. 두보의 「구월일일九月一日」에서 "청담에서 깊은 맛을 보니, 그대들과 망년우를 맺을 수 있구나"라고 했다.

一作交親. 揚雄有逐貧賦. 莊子, 忘年忘義. 禰衡始弱冠, 孔融年四十, 爲忘年友. 南史江總傳, 與張纘等爲忘年友. 杜詩, 淸談見滋味, 爾輩可忘年.

虎豹文章被禽縛 : 『주역』에서 "대인이 범이 변하듯 함이니 그 문채가 빛나며, 군자가 표범처럼 변하니 그 문채가 성대함이다"라고 했다.

易, 大人虎變, 其文炳也. 君子豹變, 其文蔚也.

何如達生自娛樂 : 『장자』에 「달생」이 있다.

莊子有達生篇

18. 주부 언부를 보내다

送彦孚主簿

언부의 성은 황이다. 그러므로 '우리 친척'이란 말이 있다.

彦孚姓黃, 故有吾宗之語.

斯文當兩都	사문은 양경兩京에 흥성하였는데
江夏世無雙	강하는 세상에 둘도 없네.
叔度初不言	숙도는 애초에 말하지 않았는데
漢庭望風降	한나라 조정에서 그의 풍모 보고 따랐지.
中間眇人物	중간에 인물이 없어서
潛伏老崆谾	암혈에서 숨어 지내며 늙어갔네.
本朝開典禮	본조에서 전례를 열어
棫樸作株橦	땔나무도 말뚝으로 사용하였네.
世父盛文藻	백부의 문장은 훌륭하여
如陸海潘江	바다의 육기, 강의 반악 같았네.
三戰士皆北	세 번 싸워 상대방이 모두 달아나니
韔弓錦韜杠	활을 넣고 깃대를 비단으로 감추었네.
白衣受傳詔	포의로 조서를 받았으나
短命終螢窗	명이 짧아 반딧불 창에서 생을 마쳤네.
夢升臥南陽	몽승은 남양에 누웠으니

耆舊無兩麗	두 방 씨만 한 어른이 없어라.
空鑱歐陽銘	구양의 비명만 부질없이 새겼으니
松風悲隴瀧	솔바람은 농의 급류에 슬퍼라.
四海羣從間[41]	사해의 여러 종질 간에
爾來頗琤淙	근래 자못 이름을 날리네.
主簿吾宗秀	주부는 우리 종씨 중 빼어나
其能任爲邦	그 능히 나라를 감당할 만하네.
軀幹雖眇小	체구는 비록 작지만
勇沉鼎可扛	힘은 빠진 솥을 끌어낼 수 있네.
擇師別陳許	스승을 택해 진상과 허행을 가리고
取友觀羿逄	벗을 취하되 예와 방몽을 보았네.
折腰佐髯令	허리 굽혀 수염 난 수령을 보좌하고
邑訟銷吠尨	시끄럽던 고을 송사 멈췄네.
時邀府中飲	때로 부중의 술을 가져와
下箔蠟燒缸	발을 내려 납초가 등불에 환하네.
紅裳笑千金	붉은 치마 기녀 웃음 천금인데
淸夜酒百缸	맑은 밤에 술은 넘쳐나네.
同僚有惡少	동료에 거친 젊은이
嘲謔語亂哤	조롱하며 말이 시끄럽네.
君但隱几笑	그대 다만 안석에 기대 웃으니

---

41 [교감기] '間'은 영원본에는 '間'으로 되어 있다.

諸老嘆敦厖	제노들이 돈실함에 탄복하네.
況乃工朱墨	더구나 주묵에 뛰어나며
氣和信甚矼	온화한 기운에 신의가 두텁도다.
持此應時須	이 임무 맡은 것은 시대의 요구에 부응함이라
十年擁麾幢	십 년에 태수 깃발 잡으리.
相逢常鞅掌	만나보니 항상 몰골이 말랐으니
衙鼓趨鼜鼜⁴²	관아의 울리는 북을 좇아가네.
簿書敗淸談	장부는 청담을 깨버리고
汗顔吏摐摐⁴³	얼굴에 땀이 흐르는 관리는 매우 바쁘네.
臨分何以贈	이별에 무엇을 줄까
要我賦蘭茳	나에게 아름다운 시를 지어 달라 하네.
黃華雖衆笑	「황화」는 비록 대중이 웃지만
白雪不同腔	「백설」은 곡조가 같지 않네.
野人甘芹味	들사람이 미나리가 맛나다고 하는데
敢饋厭羊羫	감히 양고기를 실컷 주누나.
顧予百短拙	나를 돌아보건대 너무나 졸렬한데
飽腹戀脟肛	배 불리 먹어 배만 볼록 어리석구나.
惟思解官去	다만 벼슬을 버리고 떠나서

42　[교감기] '鼜'자는 고본의 원주에서 "음은 방이다[音龐]"라고 했다.

43　[교감기] '摐'은 원래 '樅'으로 되어 있었으니, 협운이 아니다. 지금 영원본에 의거하고 아울러 「자허부」에 의거하여 고쳤다. 주의 문장은 따라 고치니 따로 교정하지 않는다.

一丘事耕耰	언덕에 농사나 지었으면.
君當取富貴	그대는 응당 부귀하리니
鐘鼓羅擊撞	종과 북을 벌여놓고 연주하리라.
伏藏鼪鼯徑	족제비가 다니는 길에 숨어서
猶想足音跫	발소리 내며 찾아올 걸 상상하네.

【주석】

斯文當兩都 江夏世無雙 :『후한서·황향전』에서 경사에서 그를 노래하기를 "천하에 견줄 자 없으니 강하의 황향이라"라고 했다.

後漢黃香傳, 京師號曰天下無雙, 江夏黃童.

叔度初不言 漢庭望風降 :『후한서·황헌전』에서 "황헌의 자는 숙도이다"라고 했다. 범엽^{范曄}이 그를 노하여 말하기를 "황헌의 언론과 풍지는 전하여 알려진 것이 없으나 선비와 군자 중에 그를 만나 본 자들은 그의 심원함에 감복하여 자신의 잘못과 인색한 마음을 버리지 않는 이가 없었다"라고 했다.

黃憲傳, 憲字叔度. 論曰黃憲言論風旨, 無所傳聞, 然士君子見之者, 靡不服深, 遠去玼吝.

中間眇人物 : 왕희지의 「도하이첩^{都下二帖}」에서 "채공蔡公이 마침내 위독하게 되니 매우 근심스럽다. 지금 인재가 없는데 이처럼 아프니 사

람으로 하여금 기운을 떨어뜨리게 한다"라고 했다.

王逸少帖云, 當今人物眇然, 而艱疾若此, 令人短氣.

潛伏老崆谾 : 원주에서 "谾의 음은 '許'와 '江'의 반절법이다"라고 했다.

元注云, 許江切.

本朝開典禮 : 『주역·계사전』에서 "성인이 천하의 동태를 살펴보고 회합과 유통의 상태를 관찰하여, 이에 맞게 제도와 의례를 행하게 하였다"라고 했다.

易繫辭云, 觀其會通, 以行其典禮.

械樸作株椿 : 『시경·대아·역박』은 문왕이 관료를 적절하게 기용한 것을 읊었다. 그 시에서 "더부룩한 떨기나무를, 베어다가 불을 때도다"라고 했다. 시인은 작은 나무는 땔나무로 쓸 수 있음을 노래하였는데, 산곡은 말뚝으로 만들 수 있다고 하였으니, 모두 재목을 버리지 않음을 말하였다. 『장자』에서 공자가 곱사등이 노인이 매미를 마치 물건을 줍는 것처럼 손쉽게 잡는 것을 보았다. 공자가 "재주가 좋군요. 무슨 비결이라도 있습니까"라 물었다. 이에 곱사등이 노인이 "나는 내 몸을 나무 그루터기처럼 웅크리고 비록 천지가 광대하고 만물이 많지만 오직 매미 날개만을 알 뿐입니다. 나는 돌아보지도 않고 옆으로 기울지도 않아서 만물 중 어느 것과도 매미 날개와 바꾸지 않으니 어찌하여

매미를 잡지 못하겠습니까"라고 했다.

大雅棫樸, 文王能官人也. 芃芃棫樸, 薪之槱之, 詩人謂小木可爲薪, 山谷以爲可作株椿, 皆言無棄材也. 莊子, 吾處也, 若櫟株拘. 退之詩, 寧齕齗株櫟. 又云, 槧伐枡與椿.

世父盛文藻 : 산곡의 문집에 「풍성」이 있는데, 자주에서 "백부 장선의 「석제기」가 있다"라고 했다. 한유의 「천사」에서 "국조에 문장이 홍성하였다"라고 했는데, 이 말은 본래 송옥의 「신녀부」에서 나왔으니, 즉 "화려하게 꾸민 것은 나羅, 환紈, 기綺, 괴繢로 무늬를 이루어"라고 했다.

集中有豐城詩, 自注云, 有世父長善石隄記. 韓退之薦士詩云, 國朝盛文章. 本出宋玉神女賦, 其盛飾也, 則羅紈綺繢盛文章.

如陸海潘江 : 종영의 『시품』에서 "육기의 재주는 바다와 같고 반악의 재주는 강과 같다"라고 했다.

鍾嶸詩品云, 陸才如海, 潘才如江.

三戰士皆北 : 관중이 "내가 일찍이 세 번 싸워 세 번 달아났는데, 포숙은 나를 겁쟁이라고 여기지 않았다"라고 했는데, 여기서 전사가 모두 달아났다는 말은 이겼다는 것이다.

管仲曰, 吾嘗三戰三北, 鮑叔不以我爲怯. 今云士皆北, 言其勝也.

韔弓錦韜杠 :『단궁하』에서 "상양商陽이 오나라 군을 추격하여 한 사람을 활로 쏴서 죽일 때마다 활을 활집에 넣었다"라고 했다. 『모시』에서 "그대가 사냥을 나갈 땐, 활을 활집에 넣어 드리네"라고 했다. 『이아』에서 "흰 비단으로 깃대를 동여매고"라고 했는데, 주에서 "깃발의 대이다"라고 했다.

檀弓下, 射之斃一人, 韔弓. 毛詩, 之子于狩, 言韔其弓. 爾雅, 素錦綢杠. 注, 旗之竿.

白衣受傳詔 短命終螢窗 :『논어』에서 "안자는 불행하게도 명이 짧았다"라고 했다. 『진서』에서 "차무자는 집이 가난하여 항상 기름을 구할 수 없으므로, 주머니를 만들어 반딧불 수십 마리를 넣어서 책을 읽었다"라고 했다. 한유의 「답장철答張徹」에서 "편안히 거처하며 반딧불 창을 지키네"라고 했다.

論語, 顔回不幸短命. 晉, 車武子, 家貧不常得油. 練囊盛數十螢火以照書. 退之詩, 安居守螢牕.

夢升臥南陽 耆舊無兩龐 : 방덕공과 그의 조카 사원을 이른다. 『후한서·방덕공전』과 『촉지·방통전』에 보인다.

謂龐德公及其從子士元也. 見後漢德公傳及蜀志龐統傳.

空鏡歐陽銘 松風悲隴瀧 : '瀧'의 음은 '雙'이다. 한유의 「증장적贈張籍」

에서 "장적은 이에 고갯마루의 급류라"라고 했다. 또한 「농리瀧吏」라는 시를 지었는데, 음은 '闉'와 '江'의 반절법이다. 『구양문충집』에 있는 「황몽승묘지명」에서 "휘는 강이다"라고 했다.

音雙. 退之詩, 籍乃嶺頭瀧. 又有瀧吏詩, 亦音闉江切. 歐陽文忠集有黃夢升墓誌銘云, 諱江.

四海羣從間 爾來頗琤淙 : '琤'의 음은 '士'와 '耕'의 반절법이다. '淙'의 음은 '士'와 '江'의 반절법이다. 한유의 「성남연구城南聯句」에서 "샘물소리는 하얀 옥이 쟁쟁 울린 듯하네"라고 했다. '淙'의 음은 두 개다.

士耕切. 士江切.[44] 退之聯句, 泉音玉淙琤. 淙兩音.

主簿吾宗秀 : 이옹의 「등력하정登歷下亭」에서 "우리 종씨는 참으로 빼어나서, 사물을 묘사함에 매우 뛰어나네"라고 했다.

李邕詩, 吾宗固神秀, 體物寫謀長.

其能任爲邦 : 『논어·자로子路』에서 "착한 사람이 나라를 백 년 동안 다스리면 또한 잔악한 자를 이겨내고 형법을 제거할 수 있다"라고 했다.

論語, 善人爲邦百年.

軀幹雖眇小 : 두보의 「송위십육평사送韋十六評事」에서 "그대 비록 작은

---

44 [교감기] 두 '士'자는 원래 잘못 '土'로 되어 있었는데, 영원본에 의거하여 고쳤다.

체구지만, 노성한 기개는 중국을 감싸네"라고 했다.

杜詩, 子雖軀幹小, 老氣橫九州.

勇沉鼎可扛 :『한서·항적전』에서 "힘은 솥을 끌고"라고 했다.

項籍傳, 力扛鼎.

擇師別陳許 :『맹자』에서 "진상이 허행을 보고서 매우 기뻐하여 그가 배운 것을 모두 버리고 그에게 배웠다"라고 했다.

孟子云, 陳相見許行而大悅, 盡棄其學而學焉.

取友觀羿逢 :『맹자』에서 "방몽이 예에게 활쏘기를 배워 예의 기술을 모조리 익혔다. 이에 천하에 오직 예가 자신보다 낫다고 여겨 예를 죽였다. 맹자는 이 또한 예도 죄가 있다"라고 했으며, 또한 "윤공지타는 단정한 사람이니 그가 취한 벗도 또한 단정할 것이다"라고 했다.

孟子云, 逢蒙學射於羿, 盡羿之道, 思天下惟羿爲愈己, 於是殺羿 孟子曰, 是亦羿有罪焉 . 又云, 其取友必端矣.

折腰佐髥令 :『진서·도연명전』에서 "내가 쌀 다섯 말 때문에 허리를 구부릴 수는 없다"라고 했다.

陶潛傳, 不能爲五斗米折腰.

邑訟銷吠尨：『시경·야유사균野有死麕』에서 "삽살개를 짓게도 하지 마오"라고 했다.

詩, 無使尨也吠.

時邀府中飲 下箔蠟燒釭：두보의 「상종행相從行」에서 "구리 쟁반에 초를 태우니 해처럼 밝은데"라고 했다. 사희일의 「송비뢰」에서 "금 등잔은 따뜻한데 옥좌는 차갑고"라고 했다.

杜詩, 銅盤燒蠟光吐日. 謝希逸宋妃誄, 金釭煖兮玉座寒.

紅裳笑千金：『이문실록』에서 "양귀가 소응사에서 독서할 때 붉은 치마를 입은 한 여인이 자주 보였다. 자세히 살펴보니 바로 경당[45] 안의 등불이었다"라고 했다. 『열녀전』에서 "초 성왕의 부인은 정무이다. 애초에 성왕이 대에 올랐을 때 무는 곧바로 가면서 돌아보지 않았다. 왕이 "나를 돌아보면 너에게 천금을 주겠다"고 하였는데, 정무는 한 번도 돌아보지 않았다"라고 했다. 명원 포조鮑照의 「대백저곡代白苧曲」에서 "천금으로 돌아보는 웃음 방년을 샀네"라고 했다. 이백의 「무곡가사舞曲歌辭」에서 "미인의 한 번 웃음 천금이라네"라고 했다.

異聞實錄, 楊續於昭應寺讀書, 每見一紅裳女子, 驗之乃經幢中燈. 列女傳, 楚成王夫人鄭瞀, 初成王登臺, 瞀直行不顧, 王曰[46]顧吾與汝千金. 瞀不一顧.

---

45 경당：여러 모가 지게 깎고 다듬은 뒤에, 그 위에 돌려 가며 경문을 새긴 돌을 말한다.

鮑明遠詩, 千金顧笑買芳年. 太白詩, 美人一笑千黃金.

清夜酒百缸 同僚有惡少 嘲譃語亂哤：『관자』에서 "사농공상이 뒤섞여 살게 되면 그 말이 많아진다"라고 했는데, 주에서 "방哤은 어지러운 것이다"라고 했다. 한유의 「증장적贈張籍」에서 "그대 말이 시끄럽지 않은가"라고 했다.

管子曰, 四民雜處, 則其言哤. 注, 哤, 亂也. 退之詩, 子言得無哤.

君但隱几笑：『장자』에서 "안석에 기대어 앉아 있었다"라고 했다.

莊子, 隱几而坐.

諸老嘆敦厖：『좌전·성공 16년』에서 "백성들의 삶이 넉넉해지다"라고 했다.

左氏成十六年, 傳曰民生敦厖.

況乃工朱墨：『후주서·소작전蘇綽傳』에서 "소작이 문서의 정식과 지출은 붉은색으로 수입은 검은색으로 쓰는 법을 제정하였다"라고 했다.

見上.

46　[교감기] '成王'은 원래 '成主'로 되어 있었으며, '直行'은 '宜行'으로, '王曰'은 '玉曰'로 되어 있었는데, 지금 영원본과 전본, 그리고 건륭본에 의거하여 바로잡았다.

氣和信甚矼 : 『장자』에서 "덕이 두텁고 신의가 단단하다"라고 했는
데, 주에서 "각실한 모습이다"라고 했다.

莊子, 德厚信矼. 注云, 慤實貌.

持此應時須 : 두보의 「입주행入奏行」에서 "두 씨가 검찰 됨은 시대의
요구에 부응함이라"라고 했다.

杜詩. 竇氏檢察應時須.

十年擁麾幢 : 한유의 「병중증장십팔病中贈張十八」에서 "내 그 기운을 가
득 차게 하고 싶어, 펄럭이는 깃발을 보지 못하게 했네"라고 했다.

退之詩, 不令見麾幢.

相逢常鞅掌 : 『시경·북산』에서 "누구는 왕사 때문에 몰골이 말이 아
니네"라고 했다.

詩北山, 或王事鞅掌.

衙鼓趨鼖鼖 : 『시경·영대』에서 "악어 북이 둥둥 울리네"라고 했다.

詩靈臺, 鼉鼓逢逢.

簿書敗淸談 : 『진서·왕융전』에서 완적이 "속물이 또 와서 사람의 흥
을 깨버린다"라고 했는데, 여기서 그 고사를 사용하였다.

王戎傳, 阮籍曰俗物已復來敗人意. 此摘其事.

汗顏吏摝摋 : 사마상여의 「자허부」에서 "쇠 징을 쳐서 울리고"라고
했다. 한유의 「증장적贈張籍」에서 "가까이 오게 하여 말하라 하니, 그 곡
절이 애초부터 진진하더라"라고 했다. '摋'의 음은 '窓'이다.

　子虛賦, 摋金鼓. 退之詩, 扶几導之言, 曲節初摝摋. 音窓.

臨分何以贈 : 한유의 「시상示爽」에서 "헤어지는 마당에 너에게 거짓말
하랴, 가는 즉시 벼슬 떠나 고향으로 가리라"라고 했다.

　退之云, 臨分不汝誑, 有路卽歸田.

要我賦蘭茝 : 「자허부」에서 "동쪽에는 향초들이 자라, 강리와 미무
등이 있네"라고 했다.

　子虛賦, 茝蘺蘪蕪.

黃華雖衆笑 : 『장자·천지天地』에서 "정대한 음악은 시골 사람의 귀에
들어가지 않고, 「절양」과 「황화」를 부르면 입을 벌리고 웃는다"라고
했는데, 주에서 "「절양」과 「황화」는 옛날 속세의 짧은 곡조이다"라고
했다. 『악부해제』에 「절양류」와 「황화자」가 있다. 서원여의 『비염계
고등문』에서 "「주남」의 풍골을 「양류」와 「황화」에 집어넣었다"라고
했다. 이백의 「답왕십이答王十二」에서 "「절양」과 「황화」는 유속에 맞는

데, 진공이 어떻게 「청각」 같은 금곡을 들을까"라고 했다.

莊子天地篇, 大聲不入於里耳, 折楊皇華, 則嗑然而笑. 注, 折揚黃華, 古之
俗中小曲. 樂府解題有折揚柳黃華子. 舒元輿悲剡溪古籐文, 使周南風骨, 折
入於楊柳黃華中. 李白詩, 折楊黃華合流俗, 晉君聽琴枉淸角.

白雪不同腔 :『문선』에서 송옥宋玉이 초왕의 물음에 답하기를 "영중郢
中에서 노래를 부르는 객이 있었는데 처음에는 「하리下里」와 「파인巴人」
을 부르자 나라 안에 따라 부르는 자가 수천 명이었습니다. 그가 「양아
陽阿」와 「해로薤露」를 부르자 나라 안에 따라 부르는 자가 수백 명이었
습니다. 그가 「양춘」과 「백설」을 부르자 따라 부르는 자가 수십 명에
불과했습니다. 곡조가 높고 어려울수록 따라 부르는 자가 더욱 적었습
니다"라고 했다.

陽春白雪歌, 見前寄李師載詩注.

野人甘芹味 :『문선』에 실린 숙야 혜강嵇康絶의 「절교서」에서 "야인이
등에 쬐는 햇볕을 고맙게 생각하고 미나리 맛을 좋게 여기고는, 이것
을 임금님에게 바치려고 하였는데, 또한 매우 현실을 모르는 것이다"
라고 했다. 이 고사는『열자』에 보인다.

文選嵇叔夜絶交書云, 野人有快炙背而美芹子者, 欲獻之至尊, 亦已疏矣.
事見列子.

敢饋厭羊羫 : 한유의 「증장적贈張籍」에서 "술잔에 양고기를 올려"라고
했다.

退之云, 酒壺綴羊羫.

顧予百短拙 : 『전등록·선주박엄명철선사전宣州柏嚴明哲禪師傳』에서 약
산藥山이 "절름거리면서 온갖 추하고 졸렬한 꼴로 그럭저럭 세월을 보
낸다"라고 했다.

百拙, 見答魏道輔詩注.

飽腹戇脻肛 : '戇'의 음은 '麗'이다. '肛'의 음은 '許'와 '江'의 반절법
이다. 한유의 「증장적贈張籍」에서 "연일 지닌 것을 잡고 있으니, 체구가
문득 뚱뚱해졌네"라고 했다.

音麗. 許江切. 退之詩, 連日挾所有, 形軀頓脻肛.

惟思解官去 一丘事耕稯 : '稯'의 음은 '窓'이다. 『집운』에서 "밭을 갈지
않고 씨를 뿌린 것이다"라고 했다.

音窓. 集韻云, 不耕而種.

君當取富貴 鐘鼓羅擊撞 : 『한서·전분전』에서 "전당에는 종고가 나열
되어 있고 곡전을 세웠으며"라고 했다. 한유의 「증장적贈張籍」에서 "악
기를 날마다 연주하며"라고 했다.

漢田蚡傳, 前堂羅鐘鼓立曲旃. 退之詩, 金石日擊撞.

伏藏鼪鼬徑 :『장자 · 서무귀』에서 "혼자 빈 골짜기에 도망쳐 사는 자가 명아주가 우거져 겨우 족제비나 다닐법한 좁은 길에서 서성거릴 때 저벅저벅 사람의 발소리만 들어도 기쁘기 마련입니다"라고 했다.

莊子徐無鬼篇, 逃虛空者, 藜藋柱乎鼪鼬之徑, 聞人足音, 跫然而喜矣.

猶想足音跫 :『장자음의』에서 "공跫은 거공으로 음은 '曲'과 '恭'의 반절법이며, 또는 '苦'와 '江'의 반절법이다.

莊子音義云, 跫, 巨恭, 曲恭反. 又苦江反.

19. 여간 서은보에게 부치다

寄餘干徐隱甫

여간현은 요주에 속한다.

餘干縣, 屬饒州.

江行長遭回[47]	강은 구불구불 길게 흘러가는데
風水憂索米	비바람에 쌀을 구하기 근심스럽네.
相逢解人頤	서로 만나면 대단히 즐거우니
豪士徐孺子[48]	호걸의 선비 서유자로다.
鸕鶿葭葦間	가마우지 갈대숲에서
煮茗當酌醴	차를 끓이니 술을 따른 것 같네.
夜船餉蒸鵝	밤배에 삶은 거위 배불리 먹으니
白髮厭甘旨	백발에 좋은 음식 실컷 먹누나.
東江始分風	동강에 비로소 바람이 부니
苔網饋百紙	이끼 낀 그물에 백 장의 종이 보내오네.
遣兵夜賦詩	병사 보내 밤에 시를 지으니
月泠石齒齒	달은 차갑고 돌은 가지런하네.
別來星環天	이별한 뒤로 한 해가 지났는데

---

47 [교감기] '長'은 영원본에는 '吾'로 되어 있다.
48 [교감기] '豪'는 전본에는 '高'로 되어 있다.

再見艶桃李　　　　도리가 활짝 핀 것을 보누나.

寄聲良勞勤　　　　안부 전해 수고로움 위로하였더니

報我闕雙鯉　　　　나에게 편지도 보내지 않았었네.

但聞佳邑政　　　　다만 듣건대 고을 정치 좋아서

枡械生菌耳　　　　죄수 차는 칼에 곰팡이 슬었다고 하네.

頗聞延諸儒　　　　자못 들으니, 여러 선비 맞이하여

破訟作詩禮⁴⁹　　　송사 멈추고 시례의 교화 펼친다 하네.

顧予白下邑　　　　그러나 나의 백하읍은

庭聚雨前蟻　　　　뜰에 비 오기 전 개미처럼 백성 많다네.

珥筆誦漢章⁵⁰　　　귀에 붓을 꽂고 한나라 법을 외며

錐刀爭未已　　　　송곳의 끝까지 다투기를 멈추지 않네.

初無得民具　　　　애초부터 민심 얻지 못하니

名實正爾爾　　　　명분과 실질이 참으로 그럭저럭이구나.

願聞庖丁方　　　　원컨대 포정의 방법을 들어서

江湖天到水　　　　강호의 물에 하늘이 비추듯 하였으면.

遙知解千牛　　　　멀리서 알겠어라, 천 마리 소를 해체하는데

袖手笑血指　　　　소매에 손을 넣고 피 흘리는 사람 웃는 것을.

書來儻垂教⁵¹　　　편지가 오니 혹 가르침을 주었는가

49　[교감기] '破訟作'은 고본에는 '披訟皆'로 되어 있다.
50　[교감기] '誦漢'은 영원본에는 '通文'으로 되어 있다.
51　[교감기] '垂敎'는 고본의 원교에서는 "달리 '敎吾'로 된 본도 있다"라고 했다.

改事從此始 이제부터 방법을 고쳐보리라.

【주석】

江行長遭回 : 굴원의 「구가九歌」에서 "내 길을 돌아 동정호로 가려네"라고 했다. 가의의 「석서惜誓」에서 "참으로 빙 돌면서 멈추지 않네"라고 했다.

楚辭, 遭吾道兮洞庭. 又云, 固遭回而不息.

風水憂索米 : 『한서·동방삭전』에서 문제文帝가 "어찌하여 난쟁이들을 두렵게 만들었느냐"라 묻자 동방삭은 "난쟁이들은 배불러서 죽을 지경이요, 신 동방삭은 굶어서 죽을 지경입니다. 신이 올린 말씀이 쓸 만하면 특별한 예우를 해주시기 바라옵고, 쓸 만하지 못한다면 내쫓아서 부질없이 장안長安의 쌀이나 축내게 하지 마십시오"라고 했다.

東方朔傳, 無令但索長安米.

相逢解人頤 : 『한서·광형전』에서 "광형이 시를 말하면 사람의 턱을 빠지게 했다"라고 했다.

匡衡傳, 匡說詩解人頤.

豪士徐孺子 : 후한 서치의 자는 유자이다.

後漢徐穉字孺子.

鸘鸘葭葦間 煮茗當酌醴：『시경』에서 "손님들에게 올리고, 맛좋은 술도 권하네"라고 했다. 백거이의 「숙남계대월宿南溪待月」에서 "에오라지 차를 마시니 술을 대신하네"라고 했다.

詩, 以御賓客, 且以酌醴. 樂天詩, 聊將茶代酒.

夜船餉燕鵝 白髮厭甘旨：『예기·내측』에서 "맛있는 음식으로 부모에게 사랑을 다하고"라고 했다.

禮記內則, 慈以旨甘.

東江始分風：『신선전』에서 "여산묘에 신령이 있는데, 바람을 일으켜 나그네의 배를 보낸다"라고 했다.

廬山廟有神, 分風送客舟. 見神仙傳.

苔網饋百紙：『후한서·채륜전』에서 "채륜은 이에 생각하여 나무껍질과 삼끄트마리 및 폐물이 된 베, 어망을 써 이로 종이를 만들었다"라고 했다.

後漢蔡倫傳, 造意用樹膚麻頭, 及敝布魚網以爲紙.

遣兵夜賦詩 月泠石齒齒：한유의 「나지묘비」에서 "계수나무 사이에는 이슬이 동글동글 맺혀있고, 흰 돌들은 가지런하다"라고 했다.

退之羅池廟碑, 桂樹團團兮, 白石齒齒.

別來星環天 : 『좌전·양공 9년』에서 "나이가 12세라면 이것을 일종이라고 이르니, 세성 즉 목성木星이 끝까지 한 번 천체天體를 돈다는 것이다"라고 했는데, 주에서 "세성이 12년에 한 번 천체를 돈다"라고 했다. 한유의 「유생劉生」에서 "하늘의 별이 돌기를 자주하여 막 한 바퀴 돌았네"라고 했는데, 한 해를 이른다.

左傳襄九年, 是謂一終, 一星終也. 注, 歲星十二歲一周天. 韓文公詩, 天星回環數纏周. 謂周歲也.

再見艶桃李 : 한유의 「기노동寄盧仝」에서 "우연히 밝은 달에 도리 빛나는 것 보았네"라고 했다. 포조鮑照의 「학유공간체學劉公幹體」에서 "고운 햇살은 복사, 오얏의 계절이요"라고 했다.

退之詩, 偶逢明月曜桃李. 選詩, 艶陽桃李節.

寄聲良勞勤 : 문집에 있는 「답종녀위시」에서 "소식을 전하여 수고로움을 위로하였는데"라고 했으니, 참으로 부지런함을 위로한다는 의미이다. 『한서·조광한전』에서 "계상의 정장이 나에게 안부를 전하라고 했는데, 어찌 전하지 않는가"라고 했다. 『한서·장이전』에서 "수고로움을 위문하는 것이 평생의 즐거움이었다"라고 했는데, 안사고는 "노고는 매우 수고로움을 위문한다는 말이다"라고 했다.

集中有答宗汝爲詩, 寄聲甚勞苦, 卽良勞勤也. 趙廣漢傳, 寄聲謝我. 張耳傳, 勞苦如平生歡. 師古曰, 勞苦, 相勞問其勤苦也.

報我闕雙鯉 : 장형의 「사수四愁」 시에서 "미인이 나에게 금착도金錯刀를 주니, 무엇으로 보답할까 영경요英瓊瑤로세"라고 했다. 『고악부·고시』에서 "객이 멀리서 와서, 나에게 두 마리 잉어를 주었네"라고 했다.

並見上.

但聞佳邑政 枏械生菌耳 : 『연경·보문품』에서 "큰 칼을 차고 감옥에 갇히게 되어 손발에 쇠고랑을 채웠더라도, 관세음을 생각하며 염하면 거룩한 힘에 저절로 풀어져서 자유를 얻으리라"라고 했다.

蓮經普門品云, 或囚禁枷鎖, 手足被枏械.

頗聞延諸儒 破訟作詩禮 顧予白下邑 : 산곡의 「차운답양자문견증(次韻答楊子聞見贈」에서 "노란 인끈 찬 지금 백하의 수령이 되었으니"라고 했는데, 자주에서 "태화현은 옛날의 백하다"라고 했다. 살펴보건대 『환우기』에서 "태화는 한나라 때 여릉현이며, 수나라 때는 태화가 되었으며, 당 정원 3년 백화로 옮겼는데 역 서쪽 건물이 지금의 치소이다"라고 했다.

山谷先有詩, 黃綬今爲白下令. 自注云, 太和縣, 古白下. 按寰宇記, 太和, 漢爲廬陵縣也, 隋改爲太和, 唐貞元三年移歸白下, 驛西置, 卽今治也.[52]

庭聚雨前蟻 : 의산 이상은의 「동정어洞庭魚」에서 "시끄럽기는 비 내리

---

52 [교감기] '治'는 원래 '理'로 되어 있었는데, 전본에 의거하여 고쳤다.

기 전의 개미 같고, 가을 뒤의 파리보다 많네"라고 했는데, 의산은 동
정호의 고기를 말하였고 산곡은 현 뜰의 사람이 모인 것을 말하였다.

李義山詩, 鬧若雨前蟻, 多於秋後蠅. 義山以言洞庭魚, 山谷以言縣庭人聚.

珥筆誦漢章 錐刀爭未已 : 산곡이 「강서도원부江西道院賦」의 서에서 "강
서의 풍속은 백성들도 사납고 드세어 송사를 끝장내는 것을 능사로 여
긴다. 그러므로 "붓을 귀 뒤에 꽂는 백성[珥筆之民]"이라 불린다"라고 했
다. 『좌전·소공 6년』에서 "송곳의 끝까지 모두 다투었다"라고 했는데,
주에서 "송곳의 끝은 자잘한 일을 비유한다"라고 했다.

珥筆錐刀, 見上.

初無得民具 : 『주례·태재』에서 "첫 번째는 목이니 땅으로써 민심을
얻고, 두 번째는 장이니, 귀함으로써 민심을 얻는다"라고 했으니, 민심
을 얻는 것이 아홉 가지이다.

周禮太宰, 一曰牧, 以地得民, 二曰長, 以貴得民. 言得民者九.

名實正爾爾 : 이이는 위진시대의 말이다. 『위지·최염전』에서 "딸을
낳다니 글렀구나"라고 했다. 『진서·완함전』에서 "그렇지만 어쩔 수
없다"라고 했다.

爾爾, 魏晉間語也. 崔琰傳, 生女爾爾. 阮咸傳, 聊復爾爾.

願聞庖丁方 江湖天到水 遙知解千牛 : 『장자』에서 포정庖丁이 문혜군文惠君을 위해 소를 잡는데, 획획하고 소리가 나면서 칼질하는 대로 싹둑싹둑 잘려나갔는데, 그 음향이 모두 음률에 맞았다. 이에 문혜군이 "기술이 어찌 이런 경지에 이를 수 있는가"라 하자 포정이 칼을 내려놓고 대답하길 "제가 좋아하는 것은 도道인데, 이것은 기술에서 더 나아간 것입니다. 틈이 넓은 곳을 벌리고 그곳에 칼을 넣는 것은 본래의 생김새를 따르는 것이고, 근육과 뼈가 엉켜 있는 복잡한 궁계에도 아직까지 칼날이 다쳐 본 적이 없는데, 하물며 큰 뼈와 같은 것이겠습니까"라고 했다.

庖丁解牛, 見上.

袖手笑血指 : 한유의 「제자후문」에서 "잘 다듬지 못하면 손에서 흘린 피가 얼굴을 적시는데, 뛰어난 장인은 도리어 소매 속에 손을 넣고 곁에서 구경만 하고 있었다"라고 했다.

退之祭柳子厚云, 不善爲斲, 血指汗顔, 巧匠旁觀, 縮手袖間.

書來儻垂敎 改事從此始 : 『좌전·선공 12년』에서 "그 사직을 없애지 말고 잘못을 고쳐 임금을 섬기게 한다면"이라고 했다. 한유의 「제관부궐除官赴闕」에서 "그대 힘써 허물을 용서하시게, 나 또한 잘못을 고칠 것이니"라고 했다.

左傳宣十二年, 不泯其社稷, 使改事君. 退之詩, 君其務貰過, 我亦請改事.

20. 이화보가 대신 편지 삼아 보낸 두 절구에 받들어 화답하다
奉答李和甫代簡二絶句

첫 번째 수其一

山色江聲相與淸	산의 경치와 강물 소리 서로 어울려 맑으니
卷簾待得月華生	발을 거두고 달이 나오기 기다리네.
可憐一曲竝船笛	가련하다 한 곡조 배에서 들리는 젓대 소리
說盡故人離別情	벗과 이별의 정을 다 말하는 듯하구나.

【주석】

山色江聲相與淸 : 두보의 「서당書堂」에서 "호수와 숲의 바람이 서로 맑고"라고 했다.

杜詩, 湖水林風相與淸.

卷簾待得月華生 : 구양수의 「생사자生査子」에서 "난간에 기대어 달이 나오기를 기다리네"라고 했다.

歐陽公歌曲云, 欄干倚處, 待得月華生.

두 번째 수其二

夢中往事隨心見	꿈속에 지난 일이 심경에 따라 나타나고

醉裏繁華亂眼生　취중에 눈꽃이 눈에 어지러이 피어나네.

長爲風流惱人病　길이 풍류가 사람을 힘들게 하니

不如天性總無情　천성이 전혀 무정함만 같지 않아라.

【주석】

夢中往事隨心見 醉裏繁華亂眼生 : 이백의 「고풍古風」에서 "모르겠어라 부귀한 사람들, 허둥지둥 무엇에 쫓기는지"라고 했다.

太白詩, 不知繁華子, 擾擾何所迫.

21. 왕환중에게 주다

贈王環中

丹霞不蹋長安道	단하선사는 장안 길을 밟지 않았으니
生涯蕭條破席帽	자리와 모자를 깨뜨려 생애가 쓸쓸하네.
囊中收得刼初鈴	주머니 속에서 겁초의 종을 꺼내어
夜靜月明師子吼[53]	고요한 밤 달 밝을 때 사자후를 토하누나.
那伽定後一爐香[54]	나가가 정한 후에 화로에 향 사르니
牛沒馬回觀六道	소는 사라지고 말은 나타나 육도 윤회를 보네.
耆域歸來日未西	기역이 돌아온 뒤 해가 지지 않으니
一鋤識盡婆娑草	한 번 하늘거리는 풀을 뽑아버려야
	함을 아네.

【주석】

丹霞不蹋長安道 : 『전등록』에서 "단하천연선사는 처음에 유학을 배워 장차 장안에 들어가 과거에 응시하려고 했었다. 바야흐로 여관에 숙박하다가 홀연히 백광白光이 만실滿室함을 꿈꾸었는데 점쟁이가 가로되 '해공지상解空之祥'이라 하였다. 우연히 한 선객을 만나서 묻기를 "인자는 어디로 가는가"라 하니, "관리에 뽑히러 갑니다"라 대답하였다.

---

53 [교감기] '師'는 영원본과 전본에는 '獅'로 되어 있다.
54 [교감기] '那'는 고본에는 '郍'로 되어 있다.

선객이 "관리에 뽑힘이 어찌 부처에 뽑힘만 같으리오"라 하였다. 이에 드디어 곧바로 강서로 가서 마대사를 만났다"라고 했다.

傳燈錄, 丹霞天然禪師初習儒學, 將入長安應擧, 方宿逆旅, 偶一禪客, 問曰仁者何往. 曰選官去. 客曰選官何如選佛. 遂直造江西, 見馬大師.

生涯蕭條破席帽 囊中收得㘉初鈴 : 『보적경』에서 선순보살이 겁초 때의 염부금령을 얻었다. 사거리에서 고성으로 이르기를 "이 사위국에서 누가 가장 가난한가. 응당 이 종을 줄 것이다"라고 했다. 당시 노인인 최승장자가 있었는데, "내가 이 성에서 가장 빈궁하니 나에게 보시하라"라 하였다. 보살이 "너는 가난한 자가 아니다. 파사닉왕 가장 가난한 자로 보시할 만하다. 지금 이 종을 가져가서 그에게 주려 한다"라고 했다. 다시 게를 말하기를 "만약 사람이 많이 욕심을 내어 구하여, 재물을 모아 만족함이 없다면, 이와 같은 광란한 자는, 이름하여 가장 가난한 사람이다"라 하였다. 왕이 이 말을 듣고서 내심으로 부끄럽게 여기고서 "인자여, 네가 비록 선을 권하지만 내가 아직도 믿지 못하겠으니, 그대가 스스로 말을 하였지만 증명할 수 있는가"라 하였다. 이에 답하기를 "너는 듣지 못하였는가. 여래지진등정각이 마땅히 대왕이 이 빈궁한 사람임을 증명하리라"라 하였다. 왕이 "내가 원컨대 서로 함께 가서 여래를 뵙자"라 하였다. 이에 선순보살이 게를 설하고 멀리서 여래를 요청하니 여래가 땅에서 솟아 나왔다. 이때 세존이 고하기를 "대왕은 마땅히 알라. 혹은 법이 있어서 선순이 빈궁하고 왕이 마땅히 부

귀하며, 혹은 법이 있어서 왕이 빈궁하고 선순이 부귀하다. 그 까닭은
무엇인가. 몸이 왕위에 올라 세상에 자재함은 왕이 부귀하고 선순이
빈궁하며, 부지런히 범행을 지니고 시라를 즐겨 유지함은 선순이 부귀
하고 왕이 빈궁하다"라고 했다.

寶積經云, 善順菩薩得刼初時閻浮金鈴, 於四衢中高聲言, 此舍衛中誰最貧
窮, 當以此鈴而施與. 時有耆舊最勝長者云, 我於此城最爲貧窮, 可施於我. 菩
薩曰, 汝非貧者, 有波斯匿王, 最爲貧者, 而施與之, 今齎此鈴, 願以相奉. 復
說偈言, 若人多貪求, 積財無厭足. 如是狂亂者, 名爲最貧人. 王聞斯語, 內懷
慙愧. 曰仁者, 汝雖善勸, 我猶未信, 爲汝自說, 爲有證乎. 答曰汝不聞耶, 如
來至眞等正覺, 當證大王是貧窮人. 王言, 我願相與往見如來. 於是善順菩薩
說偈, 遙請如來, 從地湧出. 爾時世尊告言, 大王當知, 或有於法, 善順貧窮,
王當富貴. 或有於法, 王爲貧窮, 善順富貴. 所以者何. 身登王位, 於世自在.
王爲富貴, 善順貧窮, 勤持梵行. 樂持尸羅, 善順富貴, 王爲貧窮.

夜靜月明師子吼:『전등록』에서 "석가모니불이 도솔천에 태어나 손을
나누어 하늘과 땅을 가리키시며 사자후의 소리를 내었다"라고 했다.

傳燈錄, 釋迦牟尼佛生兜率天, 分手指天地, 作獅子吼聲.

那伽定後一爐香:『석범』에서 "나가는 용을 이른다"라고 했다.

譯梵曰, 那伽, 此云龍也.

牛沒馬回觀六道 : '소머리가 사라지니 말 머리가 나타난다. 조계의 거
울에 먼지가 전혀 없다'는 게를 산곡을 즐겨 썼다. 『전등록·보지십
찬』에서 "육도의 윤회가 멈추지 않는다"라고 했다.

牛頭沒, 馬頭回, 曹溪鏡裏絶塵埃. 山谷喜書此偈. 傳燈錄寶誌十讚云, 輪
廻六道不停結.

耆域歸來日未西 一鋤識盡婆娑草 : 『고승전·기역전』에서 "기역은 천
축 사람이다. 대단히 신기하였으며, 마음 내키는 대로 행하였다. 행적
이 보통과 다르며 또한 의술에 뛰어났다"라고 했다.

高僧傳, 耆域, 天竺人, 神奇, 任性, 迹行不常, 且善醫. 見本傳.

22. 우사승이 왕순노에게 쌀을 빌린 시에 장난삼아 화운하다

戲和于寺丞乞王醇老米

君不見	그대는 보지 못하였나
公車待詔老詼諧	공거로 궁정에서 늙어가며 해학하다가
幾年索米長安街	몇 년 동안 장안 거리에서 쌀을 축낸 것을.
君不見	그대는 보지 못하였나
杜陵白頭在同谷	두릉이 흰머리로 동곡에 있으면서
夜提長鑱掘黃獨	밤에 긴 삽을 잡고 황독을 캐던 것을.
文人古來例寒餓	문인은 옛날부터 으레 춥고 굶주렸으니
安得野蠶成繭天雨粟	어찌하면 들판 누에가 고치가 되고
	하늘에서 곡식이 내릴까.
王家圭田登幾斛	왕가의 규전에서 몇 섬이나 수확할까
于家買桂炊白玉[55]	우씨 집에서는 계수를 사고
	백옥으로 밥을 짓네.

【주석】

君不見公車待詔老詼諧 幾年索米長安街 : 동방삭을 이른다. 『한서·동 방삭전』 찬에서 "대응하는 해학이 마치 광대 같았다"라고 했다. 또한 문제文帝가 "어찌하여 난쟁이들을 두렵게 만들었느냐"라 묻자 동방삭

---

55 [교감기] '于'는 고본과 전본에는 '千'로 되어 있다.

은 "난쟁이들은 배불러서 죽을 지경이요, 신 동방삭은 굶어서 죽을 지경입니다. 신이 올린 말씀이 쓸 만하면 특별한 예우를 해주시기 바라옵고, 쓸 만하지 못한다면 내쫓아서 부질없이 장안長安의 쌀이나 축내게 하지 마십시오"라고 했다.

謂東方朔, 並見上.

君不見杜陵白頭在同谷 夜提長鑱掘黃獨 : 두보의 시집에 「건원중우거동곡현작가칠수乾元中寓居同谷縣作歌七首」가 있는데, 그중 한 수에서 "긴 삽아, 흰 나무 자루의 긴 삽아, 나의 삶은 너에게 맡겨 목숨을 유지하네. 산에 눈이 덮이면 황독은 싹이 보이지 않는데, 짧은 옷 자주 당기지만 정강이 가리지 못하네"라고 했는데, 산곡이 이르기를 "옛날 유자들은 황독의 의미를 알지 못하였기에 황정으로 고쳤으며 학자들이 그것을 따랐다. 내가 살펴보니 황독이 옳다"라고 했다. 『본초』에서 "자괴는 육질이 희고 껍질이 노랗다. 파촉 사람들은 쪄서 먹으며 강동에서는 토우라고 이르고 강서에는 토란이라 부른다. 쪄서 먹는데, 우괴와 비슷하다"라고 했다.

老杜集云, 乾元中寓居同谷縣作歌七首. 其一云, 長鑱長鑱白木柄, 我生託子以爲命. 黃獨無苗山雪盛, 短衣數挽不掩脛. 山谷云, 往時儒者不解黃獨義, 改爲黃精, 學者承之. 以予考之, 蓋黃獨是也. 本草, 赭魁肉白皮黃, 巴漢人蒸食之, 江東謂之土芋, 江西謂之土卵, 蒸煮食之, 類芋魁.

文人古來例寒餓 安得野蠶成繭天雨粟 : 『후한서·광무기』에서 "들 누에가 고치가 되어 산언덕을 뒤덮었다"라고 했다. 『회남자』에서 "옛날 창힐이 글자를 만드니, 하늘에서 곡식이 쏟아져내렸다"라고 했다. 『사기』에서 "창힐이 글자를 만들자 하늘에서 곡식이 내리고 귀신이 밤에 울었다"라고 했다.

漢光武紀, 野蠶成繭, 被於山皐. 淮南子, 昔者蒼頡作書, 而天雨粟. 史記, 天雨粟, 鬼夜哭.

王家圭田登幾斛 : 『맹자』에서 "경 이하는 반드시 규전이 있으니, 규전은 오십묘이다"라고 했다.

孟子, 卿以下必有圭田, 圭田五十畝.

于家買桂炊白玉 : 『전국책』에서 소진이 "계수나무로 불 때어 옥으로 밥을 지어 먹게 하더라도 임금을 만나기가 더 어렵다"라고 했다. 『산곡 전집』의 「기배중모寄裵仲謨」에서 "계수처럼 비싼 섶으로 옥 같은 쌀을 끓이네"라고 했다.

戰國策, 蘇秦曰使臣食玉炊桂. 山谷前集又有詩云, 薪桂炊白玉.

23. 영신의 종령이 석이를 보내준 것에 답하다

答永新宗令寄石耳

영신과 태화는 모두 길주에 속하는 고을이다.

永新與太和, 皆吉州屬邑.

饑欲食首山薇	굶주리니 수양산의 고사리 먹고프고
渴欲飮潁川水	목마름에 영천의 물을 마시고 싶어라.
嘉禾令君淸如冰	가화의 수령은 얼음처럼 맑으니
寄我南山石上耳	나에게 남산 바위의 석이를 보내주네.
筠籠動浮煙雨姿	대바구니에 연우에 젖은 자태 담겨 있는데
瀹湯磨沙光陸離	깨끗하게 씻어서 반짝반짝 빛이 나네.
竹萌粉餌相發揮	죽순의 분자와 구이로 섞어서
芥薑作辛和味宜	매운 겨자와 생강을 뿌리니 맛이 좋네.
公庭退食飽下筯	공무에서 물러나 젓가락으로 배부르게 먹으니
杞菊避席遺蓱虀	기국이 자리 피하고 버무린 부추는 제쳐두네.
鴈門天花不復憶	안문의 천화가 다시 생각나지 않는데
況乃桑鵝與楮雞[56]	더구나 상아와 저계 쯤이랴.
小人藜美亦易足	소인의 국도 맛있어 쉽게 배부른데

---

56 [교감기] '楮'는 영원본에는 '猪'로 되어 있으며, 주에서 인용한 소식의 시에는 '豬'로 되어 있다.

嘉蔬遣餉荷眷私	좋은 채소 보내주어 깊은 사랑 받았네.
吾聞石耳之生	내 들으니, 석이가 나는 곳은
常在蒼崖之絶壁	항상 푸른 벼랑의 절벽에
苔衣石腴風日炙	이끼가 돌에 더부룩하여
	풍일에 구워진다고 하네.
捫蘿挽葛采萬仞	넝쿨과 칡을 부여잡고 만길 높이 캐어
仄足委骨豺虎宅	승냥이, 범의 집에 발을 들이고 뼈를 맡기네.
佩刀買犢劍買牛	찬 칼로 송아지를 사고 검으로 소를 사니
作民父母今得職	백성의 부모가 되어
	지금 백성들이 생업 얻었구나.
閔仲叔不以口腹累安邑	민중숙이 구복으로 안읍에
	누를 끼치지 않았는데
我其敢用鮭菜煩嘉禾	내가 규채를 먹지 감히 가화를 번거롭게 하랴.
願公不復甘此鼎	원컨대 공은 다시 이것을 솥에 익히지 말아
免使射利登嵯峨	좋은 것 따려고 백성을 높은 곳에
	오르게 하지 말기를.

【주석】

饑欲食首山薇 : 『사기・백이전伯夷傳』에서 "백이 숙제는 의리상 주나라 곡식을 먹을 수 없다고 하면서 수양산에 숨어 고사를 캐 먹었다"라고 했다.

史記伯夷傳, 義不食周粟, 隱於首陽山, 采薇而食之.

渴欲飮穎川水 : 『장자·양왕』에서 "그러므로 옛날의 은자 허유는 영수의 북쪽에 숨어 살면서 즐거워하였다"라고 했다. 『후한서·일민전』의 서에서 "요는 하늘의 원리를 본받아 영수 북쪽 고결한 선비의 뜻을 꺾지 않았다"라고 했는데, 주에서 "영양은 소부巢父와 허유를 가리킨다"라고 했다. 사형 육기陸機의 「맹호행」에서 "목말라도 도천盜泉의 물은 마시지 않고, 무더위도 악목惡木의 그늘에선 쉬지 않는 법"이라고 했다. 이백의 「행로난行路難」에서 "귀 있다고 영천의 물로 귀를 씻지 말 것이요, 입 있다고 수양산의 고사리 캐 먹지 말 것이라"라고 했다.

莊子讓王篇, 故許由娛於潁陽. 後漢逸民傳序云, 堯稱則天, 不屈潁陽之高. 注云, 潁陽謂巢許. 陸士衡猛虎行, 渴不飮盜泉水, 熱不息惡木陰. 太白詩, 有耳莫洗潁川水, 有口莫食首陽蕨.

嘉禾令君淸如冰 : 『문선』에 실린 포조鮑照의 「백두음白頭吟」에서 "맑기가 마치 옥 병의 얼음 같아라"라고 했다. 『환우기』에서 "영신현의 서북쪽에 화산이 있다"라고 했다.

文選白頭吟, 淸如玉壺氷. 寰宇記, 永新縣西北有禾山.

寄我南山石上耳 筠籠動浮煙雨姿 淪湯磨沙光陸離 : 『장자·지북유』에서 "당신은 재계해서 당신의 마음을 소통시키고 당신의 정신을 깨끗하게

씻어내고"라고 했다. 사마상여의 「상림부」에서 "짐승들이 갑자기 이곳저곳으로 흩어지기도 하고, 갑자기 떼를 지어 달려가고 멀리 달아나기도 하네"라고 했다.

莊子知北遊云, 疏瀹而心, 澡雪而精神. 上林賦, 牢落陸離, 爛漫遠遷.

竹萌粉餌相發揮 : 『이아』에서 "순은 대의 싹이다"라고 했다. 『예기·내측』에서 "맛있는 음식은 구이와 분자이다"라고 했다. 유몽득의 「양류지사」에서 "복사는 붉고 이화는 희어 모두 자랑하는데, 모름지기 수양이 축축 늘어져야 한다네"라고 했다.

爾雅, 筍, 竹萌. 禮記內則, 糗餌粉酏. 劉夢得楊柳枝詞云, 桃紅李白皆誇好, 須得垂楊相發揮.

芥薑作辛和味宜 : 『예기·왕제』에서 "중국과 이만과 융적이 모두 편안히 거처하는 집과 좋은 음식과 편안한 옷이 있다"라고 했다.

禮記王制, 中國夷蠻戎狄, 皆有安居和味宜服.

公庭退食飽下筯 : 『시경·고양羔羊』에서 "공소公所에서 물러 나와 식사를 하니"라고 하였다. 『진서·하증전何曾傳』에서 날마다 만 전의 음식을 차려놓고 먹으면서도 오히려 "젓가락을 놓을 곳이 없다"라고 했다.

詩, 退食自公. 晋書, 無下筯處.

杞菊避席遺萍虀 : 육구몽은 「기국부」를 지었다. 『진서·석숭전石崇傳』에서 "부추 잎을 버무리고 부추 뿌리를 찧어서 보리 싹으로 섞었다"라고 했다. 『효경』에서 공자가 "너는 이것을 아느냐?" 증자가 자리를 피해 일어서서 말하였다 "저는 사리에 달통하지 못한데 어찌 그것을 알 수 있겠습니까"라고 했는데, 여기서 '석席'자를 따왔다.

陸龜蒙有杞菊賦, 韭萍虀, 見石崇傳. 借使孝經曾子避席字.

鴈門天花不復憶 : 대주 안문군 오대산에 천화심이 있다.

代州鴈門郡五臺山有天花蕈

況乃桑鵝與楮雞 : 상아桑鵝는 미상이다. 소식의 「화도시」에서 "오래된 닥나무에서 목이가 자라네"라고 했는데, 아마도 황이 버섯 종류인 듯하다.

桑鵝, 未詳. 東坡和陶詩云, 老楮生樹雞. 當是黃耳菌之屬.

小人藜美亦易足 嘉蔬遺飫荷眷私, 吾聞石耳之生 常在蒼崖之絶壁 : 두보의 「희제왕재화산수도가戲題王宰畫山水圖歌」에서 "그대 고당의 흰 벽에 걸려 있구나"라고 했는데, 여기서 그 구의 격률을 사용하였다.

老杜, 掛君高堂之素壁. 此用其句律.

苔衣石腴風日炙 : 『이아』에서 "담薝은 이끼[苔衣]이다"라고 했는데, 주

에서 "물이끼이다. 달리 석발이라고도 한다"라고 했다.

苔衣石髮, 見上.

捫蘿挽葛采萬仞 :『문선』에 실린 사령운의 「종근죽간월령계행從斤竹澗
越嶺溪行」에서 "벽리薜蘿가 눈앞에 있는 듯하다"라고 했으며, 또한 「석문
石門」에서 "칡넝쿨이 약하니 어찌 잡고 오를 수 있으리오?"라고 했다.

文選謝靈運詩, 薜蘿若在眼. 又云, 葛弱豈可捫.

仄足委骨豹虎宅 :『장자』에서 "무릇 천지는 넓고 또 크지 않은 것이
아니지만 실제로 사람이 필요로 하는 것은 발로 밟는 크기만큼의 공간
일 뿐이지. 그러나 그렇다고 해서 발의 크기를 측량하여 그 공간만 남
기고 주위의 나머지 땅을 깊이 파 황천까지 도달하게 한다 치면, 그러
고서도 「발 딛는 공간이」 사람들에게 여전히 쓸모 있는 땅이 될 수 있
겠는가"라고 했다.

莊子, 側足而墊之及黃泉.

佩刀買犢劍買牛 :『한서 · 공수전』에서 공수가 발해 태수가 되었다.
백성 가운데 단도와 대검을 지닌 자가 있으면 검을 팔아 소를 사게 하
고 단도를 팔아 송아지를 사게 하였다. 그렇지 않은 이들이 있으면 "어
찌 소와 송아지를 차고 다니는가"라고 했다.

漢龔遂傳, 民有帶持刀劍者, 使賣劍買牛, 賣刀買犢曰, 何爲帶牛佩犢.

作民父母今得職 : 『한서·조광한전』에서 "조광한이 경조윤이 되어 청렴하고 명민하여 세력이 강한 자들을 위엄으로 제압하니, 백성들이 직분을 얻었다"라고 했는데, 주에서 "직職은 생업이다"라고 했다

漢趙廣漢傳, 威制豪強, 小民得職. 注云, 職, 常也.

閔仲叔不以口腹累安邑 : 『후한서』에서 태원의 민중숙은 세상에서 절사라 칭하였다. 객으로 안읍에 거처하고 있었는데, 하루는 돼지 간 한 조각을 사려 하였는데, 백정이 주지 않으려 했다. 안읍령이 듣고서 아전에게 명령을 내려 항상 주게 하자, 중숙이 "민중숙閔仲叔이 어찌 먹는 것 때문에 안읍에 누를 끼치겠는가"라고 했다.

後漢書, 太原閔仲叔, 世稱節士. 客居安邑. 日買猪肝一片, 屠者或不肯與. 安邑令聞, 敕吏常給焉. 仲叔曰閔仲叔豈以口腹累安邑耶.

我其敢用鮭菜煩嘉禾 : 『남사·유고지전庾杲之傳』에서 임방이 희롱하기를 "누가 유랑을 가난하다고 하는가. 항상 27종의 규채를 먹는걸"[57]이라고 했다.

---

57 임방이 (…중략…) 먹는걸 : 규채는 생선과 채소 반찬을 범칭한 말이다. 남제(南齊) 때의 문신 유고지(庾杲之)가 본디 청빈하여 먹는 것이라고는 오직 '부추김치[韮菹]', '삶은 부추[瀹韮]', '생부추[生韮]' 등 잡채(雜菜)뿐이므로, 임방(任昉)이 그를 희롱하여 위에서처럼 말하였다. 27종이란 곧 구(韮)의 음이 구(九)와 같으므로, 세 종류의 부추 나물을 3×9=27로 환산하여 말한 것인데, 유고지는 실상 세 종류의 부추만을 먹었을 뿐 규채는 없었지만, 임방이 장난삼아 그에게 많은 종류의 규채를 먹는다고 하였다.

鮭菜, 見上.

願公不復甘此鼎 免使射利登嵯峨 :『문선』에 실린 좌사左思의 「오도부」
에서 "부유한 백성들은 이익을 늘려야 하는 기회이니, 시기를 이용하
여 이득을 얻으면 재산이 풍부해져서 거부가 된다"라고 했다. 사마상
여의 「애이세부哀二世賦」에서 "층층이 높게 솟은 궁전으로 함께 들어가
네"라고 했다.

文選吳都賦, 富中之阡, 貨殖之選, 乘時射利, 財豊巨萬. 司馬相如賦, 坌入
曾宮之嵯峨.

24. 주방의 이도인에게 주다

贈朱方李道人

顴骨橫穿壽門過	광대뼈가 수문을 가로질러 났으니
年比數珠剩三顆	나이가 수주에 비해 세 알이 남네.
橫吹鐵笛如怒雷	철피리를 가로로 부니 마치 우레가 노한 듯
國初舊人惟有我	국초 옛사람 가운데 오직 이 사람만 남았네.

【주석】

顴骨橫穿壽門過 年比数珠剩三顆 : 『전등록 · 조주종심선사전』에서 속세의 나이로 120세가 되었다. 일찍이 어떤 사람이 "선사의 나이는 얼마나 됩니까"라 물으니, 선사가 "한 번 꿴 수주108개로는 셈이 부족하다"라고 했다.

傳燈錄趙州從諗禪師傳, 俗壽一百二十歲, 嘗有人問, 師年多少. 師云一穿數珠數不足.

橫吹鐵笛如怒雷 國初舊人惟有我 : 유우석의 「여가자미가영」에서 "옛사람 가운데 오직 미가영만 있었네"라고 했다.

劉禹錫與歌者米嘉榮云, 舊人惟有米嘉榮.

25.『전정록』에 써서 이백유에게 주다. 2수

題前定錄贈李伯牖. 二首

첫 번째 수其一

五賊追奔十二宮	오적이 십이궁에서 달아난
白頭寒士黑頭公	백두의 가난한 선비와 흑두공.
明朝一飯先書籍	내일 아침 식사는 미리 문서에 적혀 있으니
安用研桑作老翁	어찌 계연, 상양홍 같은 노인이 되랴.

【주석】

五賊追奔十二宮 :『유마경』에서 "법의 즐거움은 오욕을 떠나는 것이며, 법의 즐거움은 오음을 원수나 도적처럼 보는 것이다"라고 했으니, 오음은 즉『다심경』에서 말한 "오온이 다 공이다"라 한 것으로, 색, 수, 상, 행, 식 등이 오음이다. 소식의 「차운진태허次韻秦太虛」에서 "오온이 모두 도적인 줄 그대는 아는가"라고 했다. 십이궁은 즉 십이진이다.

維摩經云, 樂離五欲, 樂觀五陰如怨賊. 五陰卽多心經五蘊皆空也, 色受想行識, 是爲五陰. 東坡詩, 君知五蘊都是賊. 十二宮, 卽十二辰也.

白頭寒士黑頭公 : 왕순이 약관에 사현과 같이 환온의 존중을 받았다. 환온이 일찍이 말하기를 "사현은 나이 40에 반드시 절도사가 될 것이고 왕순은 틀림없이 흑두공젊은 나이의 재상이 될 것이다"라고 했다.

晉王珣與謝玄, 俱爲桓溫所重. 溫曰, 王椽當作黑頭公.

明朝一飯先書籍:『전정록』에서 한나라 진황 공이 중서성에 있을 때 일찍이 한 관리를 불렀는데, 때가 되어도 오지 않자 장차 매질하려고 했다. 관리가 "저는 불행하게도 염라에도 속하여 있는데, 3품 이상의 식료를 맡고 있습니다"라고 했다. 공이 "만약 그렇다면 나는 내일 아침 무엇을 먹는고"라 하자, 관리가 "종이에 써서 올리겠습니다"라고 했다. 다음날 임금을 뵈었는데, 마침 태관이 염소 죽을 내왔다. 임금이 반을 공에게 주었는데, 먹어보니 맛이 좋았다. 이에 임금이 또 주었다. 물러나 배가 거북하자, 귤피탕을 먹었으며 밤에 장수죽을 먹었다. 아침에 일어나 그 글을 보니 모두 그 내용과 같았다. 인하여 묻기를 "인간들이 먹는 것을 모두 장부에 적는가"라고 하니, 대답하기를 "그렇습니다. 3품 이상은 매일 기록하고, 5품 이상은 열흘에 한 번 기록하고, 6품에서 9품까지는 계절에 한 번 기록하고 서인을 일 년에 한 번 기록합니다"라고 했다.

前定錄, 韓晉公滉在中書, 嘗召一吏, 不時至, 將撻之. 吏曰某不幸兼屬陰司, 主三品以上食料. 公曰若然, 吾明日當何食. 吏請疏於紙. 明旦旣對, 適太官進餻糜, 上以半賜公. 食之美, 又賜焉. 退而腹脹, 進橘皮湯, 夜啗漿水粥. 及旦視其書, 皆如其說. 因問, 以人間所食, 皆有籍耶. 對曰然. 三品以上日支, 五品旬支, 六品至九品季支, 庶人歲支.

安用研桑作老翁班 : 반고의 「답빈희」에서 "계연計研과 상홍양桑弘羊[58]
의 헤아림이 끝이 없는 것과 같은 일"이라고 했는데, 연은 계연이고 상
은 상홍양이다.

班固答賓戲, 研桑心計於無垠. 研, 計然, 桑, 桑宏羊.

두 번째 수其二

萬般盡被鬼神戲	만반으로 귀신의 희롱을 당하니
看取人間傀儡棚	인간 세상이 인형의 무대임을 보노라.
煩惱自無安脚處	번뇌는 절로 발붙일 곳이 없으니
從他鼓笛弄浮生	저 북과 피리 맞춰 뜬 인생 희롱해보세.

【주석】

萬般盡被鬼神戲 看取人間傀儡棚 :『악부잡록』에서 "인형은 한 고조가
평성에서 흉노에게 포위되었을 때 생겼다. 진평이 흉노를 찾아가 흉노
묵특의 아내 알씨가 투기가 심한 것을 알고서 나무 인형을 만들었는
데, 사람처럼 움직이도록 기관을 운용하여 성첩 사이에서 춤을 추게
하였다. 알씨가 이를 멀리서 보고는 살아 있는 사람이라 여기고서는,
성이 함락되면 묵특이 저 여자를 반드시 들일 것이라 여겼다. 이에 마

---

58 계연과 상양홍 : 범려(范蠡)가 스승으로 삼았다던 계연(計研)과 중농억상(重農
    抑商)을 주장했던 상홍양(桑弘羊)을 말한다.

침내 군사를 물리쳤다. 후에 이를 번안하여 희극으로 만들었다"라고 했다. 『구당서·악지』에서 "또한 굴뢰자 등의 놀이가 있었다"라고 했다.

樂府雜錄, 傀儡起漢平城之圍. 陳平訪知閼氏妬忌, 造木偶, 運機關, 舞埤間. 閼氏望見, 謂是生人. 慮下城冒頓必納之, 遂退軍. 後翻爲戲. 舊唐書樂志云, 又有窟儡子等戲.

煩惱自無安脚處 從他鼓笛弄浮生 : 『전등록·양보지십찬』에서 "중생의 몸은 허공과 같으니, 번뇌가 어느 곳에 붙겠는가"라고 했다.

傳燈錄梁寶誌十讚云, 衆生身同太虛, 煩惱何處安脚.

26. 정거사 상방에서 남쪽으로 오솔길 따라가면 낚시터가
    나온다. 그 경치가 매우 예스러운데 세속에서 무망의라고
    부른다. 일찍이 은군자가 그 위에서 낚시하였다고 하니
    감개가 일어 시를 지었다
    靜居寺上方南入一徑 有釣臺 氣象甚古 而俗傳謬妄意 嘗有隱君子漁釣其上
    感之作詩

길주 청원산 정거사는 행사선사의 도량이다.

吉州靑原山靜居寺, 行思禪師道場.

避世一丘壑	한 골짜기에서 세상을 피하니
似漁非世漁	어부 같은데 세속의 어부가 아니네.
獨吟嘉橘頌	홀로 「가귤송」을 읊조리며
不遺子公書	자공에게 편지를 보내지 않누나.
筍蕨園林晚[59]	죽순과 고사리가 정원에 늦도록 자라고
絲緡歲月除	낚시하며 세월을 보내누나.
安知冶容子	어찌 알랴, 아름답게 꾸민 자가
紅袖泣前魚	붉은 소매로 앞의 물고기에 울 지를.

---

59 [교감기] ‘園林’은 영원본에는 ‘瑤林’으로 되어 있다.

【주석】

避世一丘壑 : 『논어‧미자微子』에서 "또 그대는 사람을 피하는 선비를 따르는 것보다는 세상을 피하는 선비를 따르는 것만 하겠는가?"라고 했다. 『전한서‧서전叙傳』에서 반사班嗣가 말하기를 "한 골짜기에서 낚시한다면 만물이 그 뜻을 범하지 않고 한 언덕에서 깃들어 살면 천하가 그 즐거움을 바꾸지 않는다"라고 했다.

論語, 且而與其從辟人之士也, 豈若從辟世之士哉. 漁釣於一壑, 栖遲於一丘, 見班固叙傳.

似漁非世漁 : 유종원의 「요아비」에서 "대대로 파수에서 물고기 잡았다"라고 했다.

柳子厚饒娥碑, 世漁鄱水.

獨吟嘉橘頌 : 굴원의 「구장」에 「가귤송」이 있다. 두보의 「여리십이백동심범십은거與李十二白同尋范十隱居」에서 "지금껏 「귤송」을 읊었으니, 뉘와 고향의 순채국 찾아볼까"라고 했다.

屈原九章有嘉橘頌. 老杜詩, 向來吟橘頌, 誰欲計蓴羹.

不遺子公書 : 『한서‧진함전』에서 진함이 진탕에서 주는 편지에서 "자공의 도움을 받아 궁궐에 들어가게 되었으니 죽어도 여한이 없다"라고 했다.

漢陳咸傳, 予陳湯書曰, 卽蒙子公力, 得入帝城, 死不恨.

笱蔽園林晚 絲緡歲月除：『시경·하피농의何彼穠矣』에서 "낚시는 어떻게 하지. 실을 꼬아서 낚싯줄을 만드네"라고 했다.

詩, 其釣維何, 維絲伊緡.

安知治容子：『주역·계사전』에서 "얼굴을 다듬는 것은 음란을 가르치는 것"이라고 했다.

易繫辭曰, 冶容誨淫.

紅袖泣前魚：『문선』에 실린 완적의 「영회詠懷」에서 "예전의 아름다웠던 사람으로는, 안릉군安陵君과 용양군龍陽君이 있네"라고 했는데, 주에서 인용한 『설원』에서 "안릉 전은 초 공왕에게 총애를 받았다"라고 했다. 『전국책』에서 용양군이 고기 10여 마리를 낚고 나서 울음을 터뜨렸다. 왕이 그 까닭을 물으니, 대답하기를 "저는 처음 걸려든 고기를 낚고 나서 아주 기뻤습니다. 그러나 그 뒤 더 큰 놈이 잡히자 처음 잡았던 것은 버리고 싶어졌습니다. 저는 이렇게 못생겼으면서도 임금을 위해 침석을 털며 가까이 모시고 있습니다. 저의 작위는 군에까지 이르렀고, 정원에 사람을 부리고, 길을 나서면 사람들이 저를 위해 길을 비킬 정도로 높아졌습니다. 이 하늘 아래 미인은 얼마든지 있습니다. 그들이 제가 임금께 이런 사랑을 받고 있다는 말을 들으면 반드시 옷을 걸고 임금께 달려올 것입니다. 그러면 저는 방금 말씀드린 처음 잡힌 고기와 같을 것이며 저는 버림받을 것이니, 어찌 눈물을 흘리지 않을 수 있겠습니까?"라고 했다. 한경 육궐陸厥의 「중산왕유자첩가中山王孺子妾歌」에서 "미자하彌子瑕는 군왕의 수레를 사칭해서 탔으며, 안릉군은 전에 낚은 물고기 때문에 울었다네"라고 했는데, 주에서 "물고기 보고 운 것은 용양군이지 안릉군이 아니다"라고 했다.

文選阮嗣宗詩, 昔日繁華子, 安陵與龍陽. 注云, 說苑曰, 安陵纏得幸於楚恭王云云. 戰國策云, 龍陽君釣十餘魚而泣下, 王問之, 對曰臣始得魚甚喜, 後得益多, 而遂欲棄前所得也. 今臣得拂枕席, 爵至人君, 走人於庭, 避人於途. 四海之內, 美人甚多矣, 聞臣得幸於王, 褰裳而趨王. 臣亦曩之所得魚也, 亦將棄矣. 陸韓卿詩云, 子瑕矯後駕, 安陵泣前魚. 注云, 泣魚是龍陽, 非安陵.

27. 고지가 말하기를 "집의 채마밭에 정자를 지어 어버이를 섬기는데, 사방의 풍경이 풍부한 것을 모두어 계정이라 명명하였다"라 하고는 나에게 시를 지어 달라 부탁하였다. 우리 선군의 허름한 집이 고지가 지은 정자와 불과 소가 열 번 울 거리에 있다. 그러므로 내가 올라가 보지 않아도 그곳이 경치 좋은 곳임을 안다

高至言築亭於家圃以奉親總其觀覽之富 命曰溪亭乞余賦詩 余先君之敝廬望高子所築不過十牛 鳴地耳 故余未嘗登之而得其勝處

【주석】

高至言築亭於家圃以奉親總其觀覽之富 : 한유의 「남산」에서 "험준한 산이 높다라니, 비로소 넉넉하게 구경하겠구나"라고 했다.

退之南山詩, 崎嶇山軒昻, 始得觀覽富.

命曰溪亭乞余賦詩余先君之敝廬 : 『좌전』에서 "만약 죄가 없다면 외려 선인의 낡은 집이 있으니"라고 했다.

左傳, 猶有先人之敝廬在.

望高子所築不過十牛鳴地耳 : 불가의 책에서 "5리는 소가 우는 소리가 들린다"라고 했다. 왕안석의 「의여망지擬呂望之」에서 "조수 드나드는 동쪽 길에 두 소가 울고, 십묘의 연못에 초정이 있네"라고 했다. 또한 「차

운장자야죽림사次韻張子野竹林寺」에서 "서울 고개 성남에 깊이 아른거리는데, 두 마리 소가 우는 곳에 선림이 있네"라고 했다.

釋氏書, 五里爲一牛鳴. 王荊公詩, 潮溝東路兩牛鳴耳,[60] 十畝連猗一草亭. 又詩, 京峴城南隱映深, 兩牛鳴地得禪林.

逸人生長在林泉	은자는 임천에서 나고 자랐는데
更築亭皐名意在	다시 정자를 쌓으니 이름에 의미가 담겨 있네.
明月淸風共一家	명월과 청풍이 한 집안이 되었으니
全以山川爲眼界	온전히 산천으로 안계를 삼았어라.
鳥度雲行閱古今	새가 구름을 건너 지나가니 고금을 살펴보고
溪濱木末聽竽籟	시냇가 나무 끝에서 아쟁 소리를 듣누나.
老夫平生行樂處	노부가 평소 즐기던 곳
只今許公分一派[61]	지금 공에게 한 갈래 나눠주노라.

【주석】

逸人生長在林泉 : 이백의 「야범동정夜泛洞庭」에서 "지나다가 은거하는 배공에게서 쉬니, 암혈에 거하며 붉은 잔도 건너네"라고 했다.

太白詩, 過憩裵逸人, 巖居陵丹梯.

---

60 [교감기] '鳴耳'는 전본에는 '鳴地'로 되어 있다.
61 [교감기] '今'은 고본에는 '兮'으로 되어 있으며 원교에서 "달리 '今'으로 된 본도 있다"라고 했다.

更築亭皐名意在 : 사마상여의 「상림부」에서 "평평한 땅이 되어 천 리에 이르는 물가의 평야가 개척되지 않은 곳이 없네"라고 했다.

上林賦, 亭皐千里, 靡不被築.

明月淸風共一家 :『전등록』에서 장졸의 게송에서 "범인과 성인이 신령함을 지녀 모두 우리 일가로다"라고 했다.『남사·사혜전』에서 "나의 방에 들어오는 것은 다만 맑은 바람이고, 나와 마주하여 술 마시는 것은 다만 밝은 달뿐이다"라고 했다.

傳燈錄, 張拙頌云, 凡聖含靈共我家. 南史謝譓傳, 入吾室者, 但有淸風, 對吾飮者, 惟當明月.

全以山川爲眼界 :『다심경』에서 "무안계 내지 무의식계"라고 했다.

多心經, 無眼界, 無意識界.

鳥度雲行閱古今 : 이백의 「청계행淸溪行」에서 "사람은 밝은 거울 속으로 가는 듯하고, 새는 병풍 속을 지나는 듯하네"라고 했다.『주역·건괘』에서 "구름이 가고 비가 내리자 만물이 형태를 갖추고 움직이기 시작한다"라고 했다.

太白詩, 人行明鏡中, 鳥度屛風裏. 易云, 雲行雨施.

溪濱木末聽笙籟 : 두보의 「옥화궁玉華宮」에서 "바람 소리는 참으로 생

황이며"라고 했는데, 이 말은 본래 송옥의 「고당부」에 보이니, 즉 "가
는 가지 사이에서 들리는 슬픈 울음은 우竽나 뢰籟의 소리와 같아"라고
했다.

杜詩, 萬籟眞笙竽. 本出高唐賦, 纖條悲鳴, 聲似竽籟.

老夫平生行樂處 : 『한서 · 양운전』에서 "사람은 태어나면 즐길 뿐이
니, 모름지기 부귀는 어느 때인가"라고 했다.

前漢楊惲傳, 人生行樂耳.

只今許公分一派 : 『동파집』에 있는 「문여가화죽기」에서 "내가 서주
를 다스릴 때 여가가 편지를 나에게 보내면서 "근래 사대부와 이야기
를 나누다가 내 묵죽 한 유파가 팽성에 있으니 가서 달라고 하라"라 했
다"라고 했다.

東坡集中文與可畵竹記云, 余爲徐州, 與可以書遺余曰, 近語士大夫, 吾墨
竹一派近在彭城, 可往求之.

28. 식헌에 쓰다

題息軒

僧開小檻籠沙界	승려가 작은 함의 모래 같은 세계를 여니
鬱鬱參天翠竹叢	빽빽하게 하늘에 닿은 푸른 대나무 떨기.
萬籟參差寫明月	만뢰가 들쭉날쭉 밝은 달 쏟아지고
一家寥落共淸風	온 집안 쓸쓸하여 맑은 바람이 불어오네.
蒲團禪板無人付	부들자리와 선판을 줄 사람이 없는데
茶鼎薰爐與客同	차 솥과 훈로를 객과 함께 하네.
萬水千山尋祖意	만천의 산수에서 조사의 뜻을 찾다가
歸來笑殺舊時翁	돌아와 웃는 옛날의 늙은이여.

【주석】

僧開小檻籠沙界 : 『금강경』에서 "항하의 모래 같은 숫자인 삼천대천
세계"라고 했다. 『문선』에 실린 왕건王巾의 「두타사비」에서 "비췀이 없
는 밝음을 널리 펴서 모래같이 펼쳐진 광활한 세계[沙界]를 비추어 다하
였네"라고 했는데, 이선의 주에서 또한 『금강경』을 인용하였다.

金剛經, 以恒河沙數三千大千世界. 文選頭陀老碑, 演勿照之明, 而鑒窮沙
界. 李善注亦引金剛經.

鬱鬱參天翠竹叢 : 두보의 「고백행」에서 "검푸른 빛 하늘에 닿아 이천

척이네"라고 했다.

老杜古柏行, 黛色參天二千尺.

萬籟參差寫明月 一家寥落共淸風: 『장자·제물론』에서 자유子游가 "감히 천뢰에 대해 묻습니다"라고 하니, 자기子綦가 "대저 천뢰라는 것은 온갖 것에 바람을 모두 다르게 불어넣으니 제 특유의 소리를 내는 것이다"라고 했다. 『순자』에서 "사해의 안이 마치 한집안 같다"라고 했다. 형공 왕안석의 「잡영雜詠」에서 "만물은 나와 한 몸이고, 구주는 나와 한 집안이라네"라고 했다.

萬籟一家, 並見上.

蒲團禪板無人付: 『전등록·용아선사전龍牙禪師傳』에서 "용아선사가 취미翠微에 있을 때에 취미에게 "무엇이 조사의 뜻입니까"라고 물었다. 취미가 "나에게 선판禪板[62]을 가져다 다오"라고 했다. 이에 용아선사가 선판을 가져다주니, 취미가 그 선판을 받아 용아선사를 때렸다. 또한 임제臨濟에게 "무엇이 조사의 뜻입니까"라고 물었다. 임제는 "나에게 부들방석을 갖다 주시게"라고 했다. 용아선사가 방석을 가져다주니, 임제가 부들방석을 받고서 그것으로 용아선사를 때렸다"라고 했다.

過禪板來, 過蒲團來, 見上.

---

62   선판(禪板) : 좌선할 때, 피로를 덜기 위하여 손을 얹거나 몸을 기대는 데 쓰는 판자를 말한다.

茶鼎薰爐與客同：『문선』에 실린 사혜련謝惠連의 「설부」에서 "향로를 태우며 밝게 불을 붙이고"라고 했다.

文選雪賦, 燎薰爐兮炳明燭.

萬水千山尋祖意 歸來笑殺舊時翁：관휴의 「진정헌촉황제陳情獻蜀皇帝」에서 "병 하나 바리 하나로 늙어가고, 많은 물 많은 산을 지나 기어코 찾아왔네"라고 했다. '조사의祖師意'는 바로 위의 주에 보인다.

僧貫休詩, 萬水千山得得來. 祖師意見上.

29. 신이인수탑에 쓰다

題神移仁壽塔

十二觀音無正面	십이관음은 정면의 얼굴이 없는데
誰令塔戶向東開	누가 탑문을 동쪽으로 열었는가.
定知四梵神通力	참으로 알겠어라, 사범의 신통력이
曾借六丁風雨推[63]	일찍이 육정에게 풍우를 빌려 열었음을.
蠅說氷霜如夢寐	파리가 얼음, 서리 말함이 마치 잠꼬대 같고
鷃聞鍾鼓亦驚猜	메추리가 종과 북소리 들으면
	또한 놀라 의심하네.
從今不信維摩詰[64]	지금부터 믿지 않겠는가, 유마힐이
斷取三千世界來	삼천세계를 움켜잡았다는 것을.

【주석】

十二觀音無正面 : 승가가 임회에 이르러, 일찍이 하발씨의 집에 누워 있다가 12면관음의 모습을 드러내었다. 이에 그 집안사람들이 기뻐하고서 드디어 그 집을 희사하니, 지금의 절이다. 이러한 내용이 『송승전』에 보인다. "묻건대 12면관음은 어떤 것이 정면입니까"라는 내용

---

63 [교감기] '推'는 원래 '摧'로 되어 있었는데, 영원본과 전본, 그리고 건륭본에는 모두 '推'로 되어 있어서 지금 그에 의거하여 고친다. 또한 고본에는 '帷'로 되어 있다.

64 [교감기] '不'은 고본에는 '一'로 되어 있다.

이 『전등록·의현선사전』에 보인다.

僧伽至臨淮, 嘗臥賀跋氏家, 現十二面觀音形, 其家欣慶, 遂捨宅焉, 卽今寺也. 見宋僧傳. 問十二面觀音, 阿那面正, 見傳燈錄義玄禪師傳.

誰令塔戶向東開 : 대의선사가 적멸한 뒤 그다음 해 4월 8일에 탑의 문이 아무 까닭 없이 절로 열렸다.

大醫禪師示寂後, 明年四月八日, 塔戶無故自開.

定知四梵神通力 : 『아함경』에서 "세존이 사범의 복에 대해 말하면서, 만약 오래된 사찰을 보수한다면 이것이 이범의 복이라 이른다"라고 했다. 이 내용은 『초학기』에 보인다.

阿含經曰, 世尊說四梵福, 若能補理故寺, 是謂二梵之福. 見初學記.

曾借六丁風雨推 : 노군의 『육정부도』에서 "정묘의 신은 사마경이요, 정축의 신은 조자옥이요, 정해의 신은 장문통이요, 정유의 신은 성문 공이요, 정미의 신은 석숙통이요, 정사의 신은 최거경이다"라고 했다. 한유의 「조장적調張籍」에서 "선관이 육정에게 명령하여, 우레를 타고 내려와 가져갔네"라고 했다.

老君六丁符圖云, 丁卯神司馬卿, 丁丑神趙子玉, 丁亥神張文通, 丁酉神成文公, 丁未神石叔通, 丁巳神崔巨卿. 退之詩, 天官敕六丁, 雷電下取將.

蠅說氷霜如夢寐 : 『장자·추수』에서 "우물 안의 개구리는 바다에 대해 말할 수 없고, 여름벌레는 얼음에 대해 말할 수 없다"라고 했다.

莊子秋水篇, 井蛙不可以語於海, 夏蟲不可以語於氷.

鸚聞鍾鼓亦驚猜 : 『장자·달생』에서 "지금 저 손휴는 작은 구멍 열어 보듯 보는 것이 좁고, 들은 것이 적은 사람인데 내가 지인至人의 덕을 이야기해 주었으니 비유하면 새앙쥐를 수레나 말에 태우고 메추라기를 종 치고 북 치는 음악으로 즐겁게 해주려는 격이니 그가 또 어찌 능히 놀람이 없을 수 있겠는가"라고 했다.

達生篇, 譬之若載鼷以車馬, 樂鴳以鍾鼓也. 彼又烏能無驚乎哉.

從今不信維摩詰 斷取三千世界來 : 『유마경』에서 "삼천대천세계를 움켜쥐기를 마치 도공이 흙덩어리를 오른쪽 손바닥에 쥐고서 항하의 모래알과 같이 수많은 세계 밖으로 던져 버리는 것과 같다"라고 했다.

維摩經, 斷取三千大千世界, 如陶家輪著右掌中, 擲過恒沙世界之外.

30. 해수좌의 벽에 쓰다
題海首座壁

騎虎度諸嶺	호랑이를 타고 여러 고개를 넘으며
入鷗同一波	갈매기와 함께 파도 속으로 들어가네.
香寒明鼻觀	향기가 차가운데 코끝을 밝게 보고
日永稱頭陀	해가 기니 두타와 어울리네.

【주석】

騎虎度諸嶺 : 『전등록』에서 "천태 풍천선사는 천대산 국청사에 거처하였다. 일찍이 도가를 노래하면서 호랑이를 타고 솔문에 들어오니 뭇 승려들이 경외하였다"라고 했다. 두보의 「기사마산인寄司馬山人」에서 "때론 사나운 호랑이 타기도 하고, 빈방에서 선동을 부리기도 하네"라고 했다.

天台豐千禪師居天台山國淸寺, 嘗誦唱道歌, 乘虎入松門, 衆僧驚畏. 見傳燈錄. 杜詩, 有時騎猛虎, 虛室使仙童.[65]

入鷗同一波 : 『왕립지시화』에서 인용한 방시민이 한 말에 왕안석이 "갈매기처럼 놀라지 않는 종류는 어떻게 시어를 써야 좋은가"라고 했다. 그러므로 산곡이 "갈매기와 함께 파도 속으로 들어가네"라고 했다.

---

65 [교감기] 두보 시 이하의 주는 영원본에 없다.

王立之詩話云, 方時敏言荆公云, 鷗鳥不驚之類, 如何作語則好. 故山谷有云, 入鷗同一波.

香寒明鼻觀 : 『능엄경』에서 "세존이 나로 하여금 코끝의 흰 것을 보게 하였다"라고 했다.

楞嚴經云, 世尊敎我觀鼻端白.

日永稱頭陀 : 『문선』에 실린 왕건王巾의 「두타사비」의 이선의 주에서 "천축에서 두타를 말하는데, 이는 두수와 같다. 대개 번뇌를 흔들어 떨쳐낸다는 뜻이다"라고 했다. 백거이의 「희증소처사청선시戲贈蕭處士淸禪師」에서 "백납百衲[66]으로 수도하는[67] 자유로운 스님"이라고 했다.

文選頭陀寺碑, 李善曰, 天竺言頭陀, 此言斗數, 蓋斗藪煩惱也. 白樂天詩, 百衲頭陀任運僧.[68]

---

66 백납(百衲) : 중생이 쓰다 버린 옷가지를 주워 백 번 꿰맨 누더기 장삼이라는 뜻이다.
67 수도하는 : '두타(頭陀)'는 속세의 번뇌를 끊고 청정하게 불도를 닦는 수행하는 것을 말한다.
68 [교감기] 영원본에는 백거이 시의 주가 없다.

31. 인상좌의 소나무 그림에 쓰다

題仁上座畫松

偃蹇松枝隔煙雨	서려 있는 소나무 가지 이내와
	비 너머에 있으니
知儂定是歲寒材	참으로 세한의 재목인 줄 알겠어라.
百年根節要老硬	백년의 뿌리와 마디는 늙을수록 단단해지는데
將恐崩崖倒石來	절벽에서 구르는 바위가 닥칠까 두렵구나.

【주석】

偃蹇松枝隔煙雨 知儂定是歲寒材 百年根節要老硬 : 『전등록』에서 암두巖頭가 "덕산노인德山老人의 한 줄기 등뼈는 쇠처럼 강해서 휘어도 꺾이지 않는다"라고 했다.

傳燈錄巖頭云, 德山老人, 一條脊骨硬如鐵.

將恐崩崖倒石來 : 이백의 「촉도난蜀道難」에서 "절벽에서 구르는 돌에 온 골짜기 우레 치는 듯"이라고 했다.

太白詩, 崩崖轉石萬壑雷.

32. 왕마힐의 그림

摩詰畫

丹靑王右轄[69]	단청은 왕우승이요
詩句妙九州	시구는 구주에 뛰어나네.
物外常獨往	세속 너머에서 항상 홀로 가고
人間無所求	인간 세상에서 구함이 없네.
袖手南山雨	남산의 비에 소매에 손을 넣고
輞川桑柘秋	오디 익는 가을에 망천에서 즐기누나.
胸中有佳處	흉중에 아름다운 것 있어
涇渭看同流	경수, 위수가 함께 흘러감을 보네.

【주석】

丹靑王右轄 詩句妙九州 :『당서·왕유전』에서 "왕유의 자는 마힐로, 상서우승을 지냈다. 산수가 평평하고 멀리 펼쳐진 곳이나 구름과 바위가 좋은 곳에 이르면 그림을 그려 천기를 드러냈으니 학자들이 미치지 못하였다. 별서는 망천에 있으니 시를 지어 즐겼다"라고 했다.

唐王維傳, 維字摩詰, 遷尙書右丞. 畫思入神, 至山水平遠, 雲勢石色, 繪工以爲天機所到, 學者不及也. 別墅在輞川, 賦詩爲樂.

---

69 [교감기] '轄'은 고본에는 '丞'으로 되어 있다.

物外常獨往: 『문선』에 실린 평자 장형張衡의 「귀전부歸田賦」에서 "세상 밖에서 얽매임 없이 내 마음대로 하니, 또한 어찌 영욕이 어떠한지 알랴"라고 했다. 한유의 「노낭중운부기시盧郎中雲夫寄示」에서 "깊은 이치 탐색하여 자못 마음대로 지냈는데, 물외의 세월은 본래 바쁘지 않네"라고 했다. 『회남자』에서 "강해의 선비와 산곡의 사람은 천지를 가볍게 여기고 만물을 하찮게 여기며 홀로 간다"라고 했다.

物外見上. 淮南子, 江海之士, 山谷之人, 輕天地, 細萬物而獨往.

人間無所求 袖手南山雨 輞川桑柘秋 胸中有佳處 涇渭看同流: 『시경·곡풍』의 주에서 "경수와 위수가 서로 합쳐 흘러 들어가는데 맑은 물과 탁한 물이 구별된다"라고 했다. 두보의 「추우탄秋雨歎」에서 "탁한 경수 맑은 위수 어떻게 구별할까"라고 했다.

詩谷風, 注云涇渭相入而有淸濁. 杜詩, 濁涇淸渭何當分.

33. 내가 서강에 배를 대던 일을 추억하며 차운하다
追憶予泊舟西江事次韻

「강서박주후작」의 주에서 "태화의 작은 배의 갑판 위 진흙더미에서 이 시를 얻었다"라고 했다. 「보전 이재보」에서 "강물이 어둡고 모래와 돌은 검은데, 한 척의 배 지나가니 봄은 이미 깊었네. 물결의 꽃은 넝쿨이 푸르러 비단 띠를 끄는 듯, 작은 갈대 물을 찔러 옥비녀를 뽑아내는 듯. 굶주린 물고기 파도 위의 대롱을 물고 자맥질하지 않고, 작은 배는 시내 바람에 비껴 있네. 맑은 빛 깨끗하여 먼 산이 푸르게 비치고, 흰 새는 푸른 이내 감싼 떨기에 날아드네"라고 했다.

江西泊舟後作注云, 太和小船板上塵土中得此詩. 莆田李才甫, 江水冥冥沙石陰, 一舸行盡春已深. 浪花綠蔓曳錦帶, 短蘆刺水抽玉簪. 飢魚未沉波面筒, 小舫正橫溪上風. 淸輝濯淨遠山碧, 白鳥飛入蒼煙叢.[70]

老大無機如漢陰	기심 없는 한음의 노인과 같아
白鳥不去相知深	흰 까마귀 떠나지 않으니 서로 잘 알아.
往事刻舟求墜劍	지난 일은 배에 새겨 떨어진 칼을

---

70 **[교감기]** 영원본과 고본에서는 「江西泊舟後作」은 제목으로 되어 있고 그 아래는 소주로 첨부하였고, 그 아래에 칠언시를 인용하여 '追憶予泊舟西江事次韻'의 앞에 두었다. 다만 고본에서는 '莆田李才甫' 다섯 글자가 탈락되어 있다. 또한 살펴보건대 이재보는 산곡의 선배이다. 권11에 산곡과 수창한 시가 있다. 이곳에 첨부한 이재보의 원시는 마땅히 주로 처리해야 하며 서문에 들어가서는 안 된다.

찾던 것과 같고

懷人揮淚著亡簪	사람을 그리워함은 비녀 잃어
	눈물 뿌리던 여인 같네.
城南鼓罷吹畫筒	성남에 북소리 그치자 그림 통소 불고
城北歸帆落晚風	성북에 돌아가던 배에 저물녘 바람 부네.
人煙犬吠西山麓	서산의 산록에 민가에
	연기 피어오르고 개가 짖으며
鬼火狐鳴春竹叢	봄날 대숲에선 도깨비 불이 날고 여우가 우네.

【주석】

老大無機如漢陰 : 『장자』에서 자공이 한수 남쪽을 지나다가 한 노인이 마침 밭일을 하는 것을 보았다. 굴을 뚫고 우물에 들어가 항아리를 안아 내다가는 밭에 물을 주고 있었다. 자공이 "여기에 기계가 있습니다. 나무에 구멍을 뚫어 기계를 만들고 뒤쪽은 무겁게 앞쪽은 가볍게 하면 흐르듯이 물을 떠낼 수 있습니다. 그 기계 이름은 두레박이라고 합니다. 해보실 의향이 있습니까"라 하자, 밭일을 하던 자가 "내 들으니, 기계란 것은 반드시 기계에 의한 일이 생겨나고 그런 일이 생기면 반드시 기계에 사로잡히는 마음이 생겨나오. 내가 두레박을 모르는 것이 아니요. 부끄러워서 하지 않는 것이요"라고 했다.

見上.

白鳥不去相知深 : 『문선』에 실린 문통 강엄江淹의 「장정위작張廷尉綎」에서 "끊임없이 맑은 현도玄道를 생각하여, 가슴 속의 기교를 제거하였네. 물아를 모두 가슴 속에서 지운다면, 갈매기도 길들일 수 있으리"라고 했다. 이백의 「백명고가」에서 "백구가 날아오니, 그대와 서로 친하구나"라고 했다.

文選江文通詩, 疊疊玄思淸, 胷中去機巧. 物我俱忘懷, 可以狎鷗鳥. 李太白鳴皐歌云, 白鷗兮飛來, 與君兮相親.

往事刻舟求墜劍 : 『여씨춘추·찰령』에서 "가을 건너는 초나라 사람이 있었는데, 그의 검이 배에서 강물 속으로 떨어져 급히 배에 표시를 해두고서 "여기가 내 검이 떨어진 곳이다"라고 하였다. 배가 멈추자 표시한 부분에서 물속으로 들어가 찾았는데, 배는 원래 그 자리에서 이미 떠났기에 검을 찾을 수 없었다"라고 했다.

呂氏春秋察令篇, 楚人有涉江者, 其劍自舟中墜於水, 遽契其舟, 曰是吾劍之所從墜. 舟止, 從其契者入水求之, 舟已行矣, 而劍不可求.

懷人揮淚著亡簪 : '著'의 음은 '直'과 '略'의 반절법이다. 『한시외전』에서 공자가 소원의 들녘에서 노닐 때 어떤 부인이 못 가운데서 대단히 슬프게 울고 있었다. 제자를 시켜 묻게 하니, 부인이 "얼마 전에 섶을 베다가 내가 착용하던 비녀를 잃어버려 슬프기 때문에 운다"라 하였다. 제자가 "비녀를 잃어버렸다고 어째서 슬퍼하오"라 하자, 부인이

"비녀를 잃어버려서 슬픈 것이 아니라 대개 잊을 수 없기 때문이오"라고 했다.

直略反 韓詩外傳, 孔子出遊少源之野, 有婦人中澤而哭, 甚哀. 使弟子問焉, 婦人曰向者刈薪, 亡吾蓍簪, 是以哀也. 弟子曰亡蓍簪, 有何悲焉. 婦人曰非傷亡簪也, 蓋不忘故也.

城南鼓罷吹畫筒 城北歸帆落晚風 人煙犬吠西山麓 鬼火狐鳴春竹叢 : '吹'는 연주하다는 의미의 거성이다. 두보의 「옥화궁玉華宮」에서 "무덤에는 도깨비불이 푸르고"라고 했다. 『한서·진승전』에서 수풀 사이의 사당에 밤에 모닥불을 놓자 여우가 울면서 "대초가 흥하고 진승이 왕이 된다"라 했다.

去聲 杜詩, 陰房鬼火靑. 漢陳勝傳, 叢祠中夜篝火狐鳴.

34. 궁호정

宮亭湖

『심양지』에서 "강주 덕화현 동쪽 45리에 팽려호가 있다"라고 했다.
『형주기』에서 "궁정호는 즉 팽려택이다. 달리 팽택이라고도 하며 또
달리 회택이라고도 한다"라고 했다. 산곡이 계해년에 태화에서 벼슬을
그만두고 돌아가는 도중에 지었다. 대개 돌아가는 배는 호숫가에서 수
강으로 들어가서 무녕을 지나 분녕에 이른다.

尋陽志, 江州德化縣東四十五里有彭蠡湖. 荊州記曰, 宮亭湖卽彭蠡澤, 又
謂之彭澤, 又謂之滙澤. 山谷癸亥解太和, 歸途作. 蓋歸舟自湖濱入修江, 由武
寧而至分寧耳.

左手作圓右手方	왼손으로 원을 그리고
	오른손으로 네모를 그리니
世人機敏便可爾	세상 사람의 기민함은 문득 그러하구나.
一風分送南北舟	남북의 배에게 배를 한 번 나눠 보내주고
斟酌鬼神宜有此	귀신과 술잔을 주고받는 곳 응당 이곳이라.
江津留語同濟僧	강나루에 함께 타던 승려에게 말을 남겨두니
他日求我於宮亭	훗날 궁정에서 너를 구하리라.
吁嗟人蓋自有口	오호라! 사람은 대개 입이 있는데
獨爲欒公不擧酒	다만 난공은 술을 들지 않누나.

欒公千歲湖冥冥	난공은 천년의 아득한 호수 찾아왔으니
白茅縮酒巫送迎	백모로 술 걸러 무당이
	신령을 맞이하고 보내네.
朱幡皂蓋來託宿	붉은 깃대와 검은 일산으로 와서
	유숙을 부탁하여
不聽靈君專此屋	영군이 이 집을 독차지하게 두지 않았네.
雄鴨去隨鷗鳥飛	수기러기 갈매기 따라 날아가니
老巫莫歌望翁歸	늙은 무당 노인 돌아오기 바라는
	노래 부르지 않네.
貝闕珠宮開水府	패궐과 주궁이 수부에 열리니
雨棟風簾豈來處	비 내리는 기둥 바람 부는 주렴에
	어찌 올 곳인가.
平生來往湖上舟	평소 호상의 배로 오가는데
一官四十已包羞	낮은 관리 40살로 이미 부끄러움 많구나.
靈君如願儻可乞	영군의 여원을 혹 빌릴 수 있다면
收此桑榆老故丘	늘그막에 고향으로 돌아가리라.

【주석】

左手作圓右手方:『사기·귀책전』에서 "사람이 비록 재주가 좋다고 하더라도 왼손으로 네모를 그리고 오른손으로 원을 그릴 수는 없다"라고 했다. 『한비자·공명』에서 "오른손으로 원을 그리고 왼손으로 네모를 그리면 둘 다 성공할 수 없다"라고 했다.『북사·유림전』에서 "유현은 어려서부터 총명함으로 칭송을 받았으며 기억력이 좋고 널리 알아 상대할 이가 없었다. 왼손으로 원을 그리고 오른손으로 네모를 그렸으며 입으로 암송하고 눈으로는 헤아렸으며 귀로 듣는 세 가지 이를 동시에 하여도 실수하지 않았다"라고 했다. 산곡의「대서기취암신선사代書寄翠巖新禪師」에서 "손 가는 대로 네모 원 그리니, 하나하나 모두 법도에 맞았다네"라고 했다.

史記龜策傳, 人雖賢, 不能左畫方, 右畫圓. 韓非子功名篇, 右手畫圓, 左手畫方, 不能兩成. 北史儒林傳, 劉炫少以聰敏見稱, 強記博識, 莫與爲儔. 左畫圓, 右畫方, 口誦目數耳聽三事, 同擧無所遺失. 玉川詩,[71] 信手斫方圓, 規短一一中.

世人機敏便可爾 一風分送南北舟 斟酌鬼神宜有此 江津留語同濟僧 他日求我於宮亭 吁嗟人蓋自有口 獨爲欒公不擧酒 :『열선전』에서 "당시 여산의 사당에 신이 있었는데, 휘장 뒤에서 사람들과 말을 나누고 술을 마셨다. 능히 궁정호에 배를 타고 다니는 자들에 바람을 나눠주어 돛을 올리고 각자 길을 가게 하였다. 난파가 도착하기 며칠 전에 사당 안의 신이 다시는 소리를 내지 않았다"라고 했다.『고승전』에서 "안청의 자는 세고이다. 스스로 말하기를 전세에 이미 출가하였다고 했다. 한 동학이 화를 잘 내었는데, 세고가 그와 이별하면서 "그대는 명이 다하면

---

71 옥천 노동(盧仝)의 시가 아니라 황정견의 시이다.

응당 악한 몸을 받을 것이다. 내가 도를 얻게 되면 그대를 제도하리라"
라고 하였다. 영제 말기에 궁정호의 사당을 지났는데, 사당이 매우 신
령하여 바람을 일으켜 손님을 보낼 수 있었다. 장사치들의 배 30여 척
이 희생을 바치고 복을 구하였다. 그러면 강신하고서 축복하기를 "배
에 있는 사문을 불러서 오게 할 수 있는가"라 하였다. 세고가 사당에
들어가 신령의 모습을 보여 달라고 요청하자, 이에 큰 이무기가 나왔
는데 꼬리까지 길이를 알 수 없을 정도였다. 세고가 이무기를 향해 범
어로 말하자, 이무기가 눈물을 비처럼 흘리며 슬퍼하다가 곧바로 모습
을 감췄다. 후에 어떤 사람이 산서역에서 죽은 이무기 한 마리를 보았
는데, 길이가 두어 리나 되었다. 지금 심양군의 사촌을 사강산이라 부
른다"라고 했다. 두 일이 비슷하기에 그 대강의 내용을 골라 둘 다 실
었다.

神仙傳曰, 時廬山廟有神, 於帳中與人言語飮酒, 能令宮亭湖中分風船行
者, 擧帆相逢. 欒巴未到數日, 廟中神不復作聲. 高僧傳, 安淸字世高,
自言前身已經出家. 有一同學多嗔, 高與訣云, 卿命過當受惡形, 我若得道, 必當相
度. 靈帝末, 行過宮亭湖廟, 廟甚靈, 能分風送客, 商旅三十餘船, 奉牲求福,
乃降祝曰, 船有沙門可呼上. 高入廟請神出形, 乃出大蟒頭, 不知尾之長短. 高
向之胡語, 蟒悲淚如雨, 須臾還隱. 後人於山西澤中見一死蟒, 頭尾數里. 今尋
陽郡蛇村, 名曰蛇岡山. 兩事相類, 故擇其大槩兩存之.

欒公千歲湖冥冥 白茅縮酒巫送迎 : 『좌전』에서 "초나라에서 포모를 바

치지 않은 탓에 술을 거를 수 없어서 천왕天王의 제사를 지내지 못하게
하였기 때문이다"라고 했다.

　左傳, 爾貢苞茅不入, 王祭不供, 無以縮酒.

朱輀皀蓋來託宿 : 두보의 「배리북해연력하정陪李北海宴歷下亭」에서 "동번
태수의 푸른 덮개 수레 멈추고"라고 했다. 『후한서·여복지』에서 "중이
천석中二千石·이천석二千石은 모두 검정색 일산에다 붉은 두 표기 차림을
한다"라고 했다.

　杜詩, 東藩駐皀蓋. 後漢輿服志, 中二千石二千石, 皆皀蓋朱兩輀.

不聽靈君專此屋 雄鴨去隨鷗鳥飛 : 『심양기』에서 "주방이 상인과 더불
어 궁정묘에 들어가 잤다. 다음날 일어나 변소에 가다가 머리가 하얀
노인을 보고서 그를 쫓아내니 수기러기로 변하였다. 배로 돌아와 그것
을 구우려 하니 상인들이 다투어 빼앗으려 하자, 마침내 날아가 버렸
다"라고 했다.

　尋陽記曰, 周訪與商人共入宮亭廟宿. 明起如廁, 見一白頭翁, 訪逐之, 化
爲雄鴨. 還船欲煮之, 商人爭奪, 遂飛去.

老巫莫歌望翁歸 貝闕珠宮開水府 : 굴원의 『초사·구가』에서 "자패궁의
주궁이로다, 신령은 어찌하여 수중에 있는가"라고 했다. 『문선』에 목
화木華의 「해부」에서 "실린 저 물속 궁궐 안 가장 깊은 정원"이라고 했다.

九歌云, 紫貝闕兮珠宮, 靈何爲兮水中. 文選海賦, 水府之內, 極深之庭.

雨棟風簾豈來處: 왕발王勃의「등왕각서」에서 "채색 기둥 위에는 아침
마다 남포의 구름이 날고, 붉은 주렴을 저녁에 걷어올리면 서산의 비
가 내린다"라고 했다.

滕王閣序, 畫棟朝飛南浦雲, 朱簾暮捲西山雨.

平生來往湖上舟 一官四十巳包羞: 산곡이 스스로 말하길 평생 이곳에
오고갔다고 했다. 그러므로 다음 시에서 '경행'자주 지나다녔다이라 하였
다. 다만 "낮은 관리로 40세"라고 했는데, 대략 고찰해보면 산곡은 을
유년에 태어났으니 원풍 7년 갑자년은 꼭 40세가 된다. 당시 덕평진으
로 자리를 옮겨 감독하였다. 『주역 · 비괘』에서 "속에 품고 있는 것이
부끄럽다"라고 했다.

山谷自言, 平生往來於此, 故經行. 詩難辨其歲月, 惟一官四十, 粗可攷見,
山谷生於乙酉, 至元豊七年甲子, 恰四十歲, 時移監德平鎭. 易否卦, 六三包羞.

靈君如願儻可乞:『녹이전』에서 "여릉의 구양명은 장사치를 따라서
팽택호를 지나게 될 때 매번 배안의 물건들을 조금 호수 안으로 기도
하면서 던졌다. 후에 문득 한 사람이 와서 구양명을 맞이하면서 이르
기를 "청홍군께서 그대를 기다렸습니다"라 하자, 구양명이 매우 두려
위하였다. 관리가 "두려워할 필요 없습니다. 청홍군이 선생이 앞뒤로

예물을 바친 것에 대해 고맙게 여겨서 그대를 맞이하였으니, 반드시 귀중한 선물을 드릴 것입니다. 그대는 다른 것은 취하지 말고 오직 여원을 달라고 하십시오"라고 했다. 구양명이 이윽고 청홍군을 만나게 되지 곧바로 여원을 달라고 하니, 구양명을 따라가게 하였다. 여원은 바로 청홍군의 여종이었다. 구양명이 곧 돌아와서는 원하는 것은 곧바로 얻게 되니 수십 년 동안 큰 부자로 지냈다"라고 했다.

　錄異傳, 廬陵歐明從賈客道經彭澤湖, 每以舟中所有投湖中. 後忽見一人來候明云, 靑洪君感君前後有禮, 故要君, 必有重遺. 君勿取, 獨求如願爾. 明見靑洪君, 求如願, 使逐明去. 如願者, 靑洪君婢也. 明將歸, 所願輒得數十年大富.

　收此桑楡老故丘 : 『한서 · 풍이전憑異傳』에서 "동우에서는 잃었지만 상유에서 거두었다"[72]라고 했다.

　桑楡, 見上.

---

35. 원풍 계해년에 가는 길에 석담사를 들러 옛날에 화운했던 서섬의 시를 보니 대단히 형편없었다. 인하여 그 목판을 없애 원고를 없애고 다시 한 편을 화운하였다

豊癸亥經行石潭寺 舊和栖蟾詩 甚可笑 因削柎滅藁別和一

계해년은 바로 원풍 6년으로, 이 해 12월에 태화에서 덕평으로 자리를 옮겼는데 가는 도중에 지었다. 또 살펴보건대『찬이』에서 이 시의 다른 본을 보면 '천 리 내달려보니 두 달팽이 뿔이오, 백년에 흡족한 일은 대괴궁이로다. 꿈에서 깨면 몸은 행창의 해 아래 누워 있고, 사원은 고요하여 바람 부는 감나무에서 까마귀는 울어대네. 세파에 시들어 머리는 세어가고, 산승은 나를 비웃는데 뺨은 아직도 붉구나. 벽 사이 좋은 구절에 무덤은 많으니, 묻건대 뼈는 애오라지 수습하여 쑥대로 덮어줄 것인가'라 하였는데, 이 시의 제목은「계묘년 석담사를 지나다가 묵으면서 전조의 시승 서섬의 장구를 보고 화운하였다. 21년이 지난 뒤에 다시 와서 옛날 지은 시를 읽다가 다시 그 운을 써서 짓다.」이다. 살펴보건대『장력』에서 가우 8년은 계묘년이다. 원풍 6년 계해년보다 21년 전에 지은 시로 대개 가우 계묘년에 지은 것이다.

癸亥乃元豊六年, 是歲十二月, 自太和移德平經塗所作. 又按纂異一本云, 千里追奔兩蝸角, 百年得意大槐宮. 夢回身臥行窗日, 院靜鴉啼柿葉風. 世路侵人頭欲白, 山僧笑我頰猶紅. 壁間佳句多丘壠, 問訊髑髏聊襄蓬. 題云, 癸卯歲過宿石潭寺, 得前朝詩僧栖蟾長句, 和之. 歲行二十一, 重來讀舊詩, 復用其韻. 按長曆嘉祐八年, 歲在癸卯, 至元豐六年癸亥, 二十一年前詩, 蓋嘉祐癸卯作.

千里追犇兩蝸角	천 리 내달려보니 달팽이 두 뿔이요
百年得意大槐宮	백 년에 흡족한 일은 대괴궁이라.
空餘祗夜數行墨	부질없이 두어 줄 기야만 남았고
不見伽棃一臂風	승가리 한 팔도 보지 못하네.
俗眼只如當日白	속안이 그 당시 백안으로 보니
我顏非復向來紅	내 얼굴 이전의 붉은색 아니로다.
浮生不作遊絲上	거미줄 위의 떠도는 인생 되지 않으려 하나
卽在塵沙逐轉蓬	곧 먼지 따라 떠도는 쑥대가 되었네.

【주석】

千里追犇兩蝸角 : 『장자・즉양則陽』에서 "달팽이 왼편 뿔에 나라가 있으니 촉觸씨요, 달팽이 오른편 뿔에 나라가 있으니 만蠻씨이다. 이따금 서로 땅을 다투어 싸워 시체가 몇 만이요, 쫓기고 쫓아 열닷새 만에 돌아왔다"라고 했다.

蝸角見上.

百年得意大槐宮 : 『이문집異聞集』에 남가태수南柯太守 순우분淳于棼의 일이 실려 있는데, 다음과 같다. "순우분이 병이 났는데, 꿈에 두 사자를 보았다. 그 두 사자는 순우분을 데리고 집의 남쪽에 있는 오래된 홰나

무 구멍속으로 들어갔다. 앞쪽으로 수십 리를 가니 큰 성이 있었고 문루門樓에 '대괴안국大槐安國'이라고 쓰여 있었다. 괴안국의 왕은 자신이 딸 요방瑤芳을 순우분의 아내로 삼게 했으며, 순우분을 남가 군수로 삼았다. 순우분은 그 고을을 이십 년 동안 다스렸는데, 단라국檀蘿國이 침범해 왔고 왕의 명으로 인해 순우분이 가서 토벌했으나 패하고 말았다. 순우분의 아내가 병으로 죽자, 왕은 순우분에게 "잠시 고향으로 돌아가는 것이 좋겠소"라 했다. 이에 순우분이 수레에 올라 길을 갔는데, 잠시 후 하나의 구멍을 빠져나오자 고향 마을이 보였다. 그 문으로 들어가 보니 자신의 몸이 처마 아래 누워 있는 것이 보였다. 이에 처음처럼 잠에서 깨어났다. 꿈속에 한순간이 마치 일생을 보낸 듯하여, 드디어 두 객을 불러, 옛 홰나무 아래 구멍을 찾아보았다. 큰 구멍을 보니 훤히 뚫려 있고 흙이 쌓여 있었는데 성곽이나 대전의 모습이었다. 개미 몇 곡斛이 그 가운데 숨어서 모여 있었다. 가운데에 작은 누대가 있었고 두 마리의 큰 개미가 거기에 거처했는데, 곧 괴안국의 도읍이었다. 또 다른 구멍 하나를 파고 들어가 곧장 남쪽 가지 위로 오르니 또한 토성의 작은 누대가 있었으니, 이것이 바로 남가군이다. 집에서 동쪽으로 1리쯤 가니, 계곡 옆에 큰 박달나무가 있었고 등나무 넝쿨이 박달나무를 칭칭 감고 있었다. 그 옆에는 개미굴이 있었으니, 이것이 단라국이 아니겠는가"

見宿觀音院詩注

空餘祗夜數行墨 : 『열반경』에서 "본경을 인하여 게송한 것을 기야하고 부른다. 범어 기야를 번역한 것을 중송이라 이른다"라고 했다.

涅槃經云, 因本經以偈頌名祗夜, 譯梵祗夜, 此云重頌.

不見伽梨一臂風 : 범어 승가리를 번역하면 삼의라 한다.

譯梵僧伽梨三衣也.

俗眼只如當日白 我顏非復向來紅 : 말하자면 속이니 오히려 백안으로 나를 보는데 나도 또한 늙었다. 『진서·완적전阮籍傳』에서 "완적은 자기 눈을 청안靑眼과 백안白眼으로 곧잘 만들면서 예속禮俗에 물든 선비를 보면 백안으로 대했다"라고 했다.

言俗人猶以白眼相視, 而吾亦老矣. 白眼見阮籍傳.

浮生不作遊絲上 即在塵沙逐轉蓬 : 고시에서 "백 척의 거미줄 참으로 교태로운데, 청춘을 얽어매서 상천으로 돌아가고프네"라고 했다. 한유의 「동관협同冠峽」에서 "꽃잎은 천 길 아래로 떨어지고, 거미줄은 백 길 높이에서 흔들리네"라고 했다. 조식의 「잡시雜詩」에서 "굴러다니는 쑥대 뿌리에서 떨어져 나와, 긴 바람 따라 떠도네"라고 했다. 『보리객담』에서 "옛사람들이 전봉을 많이 사용하였는데, 어떤 물건인 줄 알지 못하였다. 외조 임공이 요동에 사신을 갔다가 쑥대의 꽃과 가지와 잎이 서로 연결되어 함께 뭉쳐 땅에 있다가 바람이 불면 곧 굴러갔다. 물

으니, 전봉이라고 하였다"라고 했다.

游絲轉蓬, 見上.

1. 밤에 분녕을 떠나면서 두간 어른에게 보내다
夜發分寧寄杜澗叟

산곡이 거주한 쌍정은 분녕현에 속한다.

山谷居雙井, 隷分寧縣.

陽關一曲水東流	양관 한 곡조에 물은 동으로 흐르고
燈火旌陽一釣舟	정양산 아래 낚싯배에 등불 켜졌네.
我自只如常日醉	나는 다만 항상 취하고자 하니
滿川風月替人愁	시내 가득한 풍월이 사람 근심 대신하누나.

【주석】

陽關一曲水東流 : 왕유王維「송원이사안서」에서 "위성의 아침 비가 가벼운 먼지를 적시니, 객사는 푸르고 푸르러 버들빛이 새롭구나. 한 잔 술 더 기울이라 그대에게 권한 까닭은, 서쪽으로 양관 나가면 친구가 없기 때문일세"라고 했는데, 마침내 가곡이 되었다.

渭城朝雨浥輕塵, 客舍靑靑柳色新. 勸君更盡一杯酒, 西出陽關無故人. 此王維送元二使安西詩, 遂爲歌曲.

燈火旌陽一釣舟 : 『환우기』에서 "정양산은 분녕현 동쪽 1리에 있다. 정양 허진군許眞君이 일찍이 노닐었기에 그렇게 이름을 지었다"라고 했다.

寰宇記, 旌陽山, 在分寧縣東一里, 旌陽許君曾遊, 故以爲名.

我自只如常日醉 : 구양수의 「별서주」에서 "나는 다만 매일 취하고자 하니, 배우의 음악으로 이별 노래 부르지 말게 하라"라고 했다.

歐陽公別滁州云, 我欲秖如常日醉, 莫教優管作離聲.

滿川風月替人愁 : 두목의 「증별贈別」에서 "촛불도 마음이 있는지 이별 애석해 하니, 사람 대신 해 뜰 때까지 눈물 흘리네"라고 했다. 왕안석의 「농동서隴東西」에서 "다만 밝은 달이 서쪽 바다에 있으니, 낭군이 수자리 가 사람 대신 근심하네"라고 했다.

杜牧詩, 燃燭有心還惜別, 替人垂淚到天明. 王介甫絶句, 只有明月西海上, 伴人征戍替人愁.

2. 두반간 어른의 명홍정에 쓰다

題杜槃澗叟冥鴻亭

시 안의 내용을 살펴보건대 정자는 여산에 있다.

按詩中語, 亭在廬山.

少陵杜鴻漸	소릉의 두홍점은
頗薰知見香	자못 지견향에 푹 젖었네.
風流有諸孫	풍류의 여러 자손
結屋廬山陽	여산의 남쪽에 정자 지었네.
藉交游俠窟[1]	유협의 소굴과 사귀어
獵艶少年場	젊은이들 마당에서 젊음 자랑하였네.
光怪驚隣里	광괴는 이웃 마을 놀라게 하더니
收身反摧藏	몸을 거두어 기개 꺾고 숨었네.
江湖拍天流	강호는 하늘에 닿을 듯 흐르고
羅網蓋稻粱	새 그물은 벼와 기장을 덮누나.
安能衙衙飽	어찌하면 즐겁고 배불리 먹을까
遂欲冥冥翔	마침내 하늘 높이 날아가려 하네.
畏影走萬里	그림자 두려워 만 리를 달아나니

---

1   [교감기] '藉'는 원래 '籍'으로 되어 있었는데, 지금 영원본과 전본, 그리고 견륭본을 따른다.

不如就陰凉	그늘에 들어감만 못하네.
亭東亭西陂煙水	정자의 동서 못에 안개가 일고
稻田衲子交行李	가사 입은 승려가 오가는구나.
古靈庵下倚寒藤	고령의 암자에 차가운 등나무 의지하니
莫向明窓鑽故紙	밝은 창 향해 옛 종이를 뚫지 말라.

【주석】

少陵杜鴻漸 頗薰知見香 : 『당서·두홍점』에서 "재상으로 성도윤을 겸하였다. 본성이 겁이 많고 특별히 원대한 지략이 없었다. 부도에 빠져서 살육을 두려워하였다"라고 했다. 불가의 책에 해탈지견향[2]이란 말이 있다.

唐杜鴻漸傳, 以宰相兼成都尹, 性畏怯, 無他遠畧, 而溺浮圖道, 畏殺戮. 釋氏書, 有解脫知見香.

風流有諸孫 結屋廬山陽 藉交游俠窟 : 곽박의 「유선시游仙詩」에서 "도성은 유협의 소굴이다"라고 했다. 두보의 「칠월삼일七月三日」에서 "쓸쓸하도다, 유협의 사귐이여"라고 했다.

郭璞詩, 京華游俠窟. 杜詩, 蕭條游俠窟.

---

2 해탈지견향 : 오분법신(五分法身) 가운데 해탈지견신(解脫知見身)을 향에 비유한 말. 해탈지견신이란 오분법신(五分法身)의 하나. 자신(自身)이 번뇌(煩惱)의 속박(束縛)에서 벗어난 자유자재(自由自在)한 몸임을 안다는 부처의 몸을 가리킨다.

獵艶少年場：『한서·유협전』에서 "곽해는 자신의 몸을 바쳐 벗을 도와주거나 벗의 원수를 갚아주었다"라고 했다. 『한서·윤상전』에서 "어디에서 아들의 시체를 찾았는가, 돌기둥 동편의 젊은이들 노는 곳에서"라고 했다.

漢書游俠傳, 郭解以軀藉友報仇. 尹賞傳, 安所求子死, 桓東少年場.

光怪驚隣里 收身反摧藏：한유의 「남내조하귀정동관南內朝賀歸呈同官」 시에서 "몸 수습해서 관동으로 돌아가, 죽음에 이르지 않기를 바라네"라고 하였다. 『문선』에 실린 유곤劉琨의 「부풍가」에서 "무릎을 껴안고 홀로 비통해하네"라고 했다.

收身見上. 選詩扶風歌云, 抱膝獨摧藏.

江湖拍天流：한유의 「제임롱사題臨瀧寺」에서 "바다 기운 어둑하고 물은 하늘을 치네"라고 했다.

退之詩, 海氣昏昏水拍天.

羅網蓋稻粱 安能衎衎飽：『주역·점괘』에서 "음식을 먹음이 즐겁고 즐거운 것은 헛되이 배부른 것이 아니다"라고 했다.

易漸卦, 飲食衎衎, 不素飽也.

逐欲冥冥翔：양웅의 『법언』에서 "기러기 하늘 멀리 날아가면 사냥꾼이 어찌 잡을 수 있으리"라고 했다.

見上.

畏影走萬里 不如就陰凉 :『장자·어부漁父』에서 "어떤 사람이 자신의 그림자를 두려워하고 자신의 발자국을 싫어하여 이것을 떨쳐내려고 달음질쳤는데, 발을 들어 올리는 횟수가 많아질수록 발자국도 더욱 많아졌고 달리는 것이 빠를수록 그림자가 몸에서 떨어지지 않았다. 이 사람은 그늘에 처하면 그림자가 사라지는 것을 몰랐으니, 어리석음이 또한 심한 것이다"라고 했다.

見上.

亭東亭西陂煙水 稻田衲子交行李 :『북산록北山錄』에서 "벼논으로 옷을 만들고 흙을 빚어 그릇을 만든다. 벼논은 가사이며 흙을 빚는 것은 바릿대이다"라고 했다. 승려 도학道學의 「묘고당妙高堂」에서 "언제나 이 가사를 말아서, 만년의 내가 돌아갈 생각 깊은 것 위로할까"라고 했다. 또한 승려 지율이 "부처가 왕사성에 머물러 제석석굴 앞에서 경행하다가 벼논의 밭두둑이 분명한 것을 보고 아난에게 말하기를 "과거에 제불의 가사는 이와 같았으니, 지금 이에 의거하여 가사를 만들어라"라 했다"라고 말하였다. 마힐 왕유의 「간반승공제看飯僧共題」에서 "공양밥 구하여 향적세계 좇고, 가사 만들기 위해 논을 배우네"라고 했다.『좌전』에서 "만약 정나라를 그대로 놔두어, 진秦나라가 동방으로 진출할

적에 길 안내 역할을 맡게 하시고, 사신들이 왕래할 적에 부족한 물자를 공급하게 하신다면, 임금에게도 손해될 것이 없을 것입니다"라고 했다.

稻田衲見和稚川詩注. 又僧祇律云, 佛住王舍城, 帝釋石窟前經行, 見稻田畦畔分明, 語阿難, 過去諸佛衣相如是, 從今依此作衣相. 王摩詰詩, 乞飯從香積, 裁衣學水田. 左傳, 若舍鄭以爲東道主, 行李之往來, 共其乏困.

古靈庵下倚寒藤 莫向明窓鑽故紙 : 고령선사가 하루는 창문 아래에서 불경佛經을 읽고 있었는데, 벌이 창문의 종이를 찢고 밖으로 나가려고 했다. 고령선사를 이것을 보고 "세계가 저렇게 넓은데, 나가지 못하고 창호지만 두드리니, 나귀의 해[3]에나 나가려나"라고 했다.

古靈禪師云, 鑽他故紙驢年去.

---

3   나귀의 해 : '여년(驢年)'은 나귀의 해라는 말인데, 십이간지(十二干支)에 나귀는 들어있지 않음으로, 영원히 돌아오지 않는 해이다. 즉 영원히 깨달을 수 없다는 의미이다.

3. 집을 지나다

過家[4]

絡緯聲轉急	낙위의 울음 더욱 급해지고
田車寒不運	수차도 추워 돌지 않네.
兒時手種柳	아이 때 심은 버들은
上與雲雨近	위로 구름과 가깝구나.
舍傍舊傭保	집 곁의 옛 미천한 이들
少換老欲盡	젊은이가 완연한 늙은이로 변하였네.
宰木鬱蒼蒼[5]	무덤의 나무는 울창하고
田園變畦畛	전원은 밭두둑이 변했구나.
招延屈父黨	친척들을 초대하고
勞問走婚親	처가에 찾아가 인사 드리네.
歸來翻作客	돌아와 도리어 객이 되었으니
顧影良自哂	그림자 돌아보고 스스로 쓴 웃음 짓네.
一生萍托水[6]	평생을 물에 떠도는 부평초처럼

---

4 [교감기] 영원본 권5 '過家'의 제목의 주에서 "이로부터 아래는 모두 길주 태화에서 지은 것이다. 「기이공택(寄李公擇)」의 서에서 '원풍 경신년에 태화의 읍재가 되었다'라 하였으니, 경신년은 원풍 3년이다. 「박주대고산(泊舟大孤山)」의 자주에서 '경신 12월'이라고 했으니, 즉 관에 부임한 것은 아마도 4년 봄일 것이다"라고 했다.

5 [교감기] '蒼'은 영원본에는 '倉'으로 되어 있다. 살펴보건대 두 글자는 통용하니, 푸른색을 이른다. 이후로 다시 교정하지 않는다.

萬事雪侵鬢	풍상에 귀밑머리 하얗게 되었네.
夜闌風隕霜	밤이 깊어 바람 불고 서리 내려
乾葉落成陣	마른 잎 져서 수북이 쌓였네.
燈花何故喜	등불 불똥이 어찌하여 반가운가
大是報書信	바로 보낸 편지 있어서라.
親年當喜懼	모친의 나이에 응당 기뻐하고 두려워하며
兒齒欲毀齓	아이는 이를 갈려 하는구나.
繫船三百里	삼백 리 물길 와서 배를 대었는데
去夢無一寸[7]	지난 꿈속에선 한 치도 되지 않았지.

【주석】

絡緯聲轉急 : 『적곡자잡록』에서 "낙위는 사계이다"라고 했다. 『고금
주』에서 "귀뚜라미[促織]로, 다른 이름은 낙위絡緯이며 또는 실솔이라 한
다. 촉직은 그 울음이 실을 급히 짜는 것과 같기 때문이며, 낙위는 그
울음이 실을 만들어 짜는 것과 같기 때문이다"라고 했다.

炙轂子雜錄云, 莎雞. 古今注, 一名促織, 一名絡緯, 一名蟋蟀. 促織謂其聲
鳴如急織也. 絡緯謂其鳴如紡績織緯也.

---

6 [교감기] '萍'은 영원본에는 '苹'으로 되어 있다. 살펴보건대 두 글자는 통용하니,
   이후로 다시 교정하지 않는다.
7 [교감기] '繫船' 이하 두 구는 영원본의 주에서 "아마도 고향에 아뢰려고 홀로 돌
   아가고 모친은 모시고 가지 않은 것 같다. 분녕부터 태화까지는 물길로 3백리이
   다"라고 했다.

田車寒不運　兒時手種柳　上與雲雨近　舍傍舊傭保 : 『한서·사마상여전』에서 "미천한 사람들과 섞여 살았다"라고 했다.

司馬相如傳, 與傭保雜作.

少換老欲盡 宰木鬱蒼蒼 : 『공양전』에서 진백秦伯이 정나라를 습격하려 하자, 백리자와 건숙자가 간諫했다. 진백이 노하여 "그대들과 나이가 같은 자들은 모두 죽어 묘 위의 나무가 이미 한 아름이나 되었다"라고 했는데, 주에서 "재宰는 무덤이다"라고 했다.

宰木見上.

田園變畦畛 : 『주례·사도司徒』에서 "무릇 들을 다스리는 데는, 부夫의 사이에 수遂를 두고 수의 가에는 경徑을 두며, 10부마다 구溝를 두고 구의 가에는 진畛을 두며"라고 했다.

周禮, 溝上有畛.

招延屈父黨 勞問走婚親 歸来翻作客 : 당나라 유장경의 「호상湖上」에서 "구업은 지금 이미 다 사라졌으니, 돌아오매 도리어 객이 되었구나"라고 했다.

唐劉長卿詩, 舊業今已無, 歸來反作客.

顧影良自哂 一生萍託水 : 유령의 「주덕송」에서 "어지러운 만물을 굽

어보기를, 마치 강한의 부평초인 양 여긴다"라고 했다.

劉伶酒德頌, 俯觀萬物擾擾焉, 如江海之載浮萍.

萬事雪侵鬢 夜闌風隕霜 : 『춘추·희공僖公 23년』 조條에서 "서리는 내렸지만 풀은 죽지 않았다"라고 했다. 『공양전』의 주注에서 "음이 양의 위엄을 빌린 것이다"라고 했다.

隕霜見上.

乾葉落成陣 燈花何故喜 : 두보의 「독작성시獨酌成詩」에서 "등불의 불똥이 어찌 그리 반가운가, 푸른 술 마시려고 그랬었구나"라고 했다.

杜詩, 燈花何太喜, 酒綠正相親.

大是報書信 親年當喜懼 : 『논어·이인里仁』에서 "부모의 연세에 관심을 두지 않을 수 없나니, 한편으로는 오래 사셔서 기쁘기도 하지만 또 한편으로는 살아 계실 날이 얼마 남아 있지 않을까 두렵기 때문이다"라고 했다.

見論語.

兒齒欲毀齔 : 『주례·사려』에서 "이빨을 갈지 않는 자는 노비로 삼지 않는다"라고 했는데, 주에서 "이가 빠진 것이다. 남자는 여덟 살에 이가 빠지고 여자는 일곱 살에 이가 빠진다"라고 했다. '齔'의 음은 '初'

와 '觀'의 반절법이다.

周禮司厲, 未齔者不爲奴. 注, 毀齒也, 男八歲, 女七歲. 初觀切.

4. 성묘

上冢

自公返蓬蓽	조정에서 허름한 집으로 돌아오다가
稅駕上邱壟	수레 멈추고 묘소에 올랐네.
霜露此日悲	서리와 이슬에 이날 슬퍼하며
松楸千年拱[8]	송추는 천년에 아름이 되었어라.
養雛數毛羽	닭 두어 마리 길러
初不及承奉	처음에는 제수로 올리지 못하였네.
康州斷腸猿	강주에 애가 끊어진 원숭이
風枝割永痛	바람 부는 나무는 잘려 오래 마음 아프네.
少年不如人	젊은 날 다른 사람만 못하더니
登士無前勇	벼슬 올라서도 용맹하게 나아가지 못하누나.
髮疎齒牙搖[9]	머리카락 성글고 치아는 흔들리는데
鯨波怒號洶	고래는 포효하여 물결이 일렁이네.
願爲保家子	원컨대 집안을 보호할 자식이 되었으면
敢議世輕重	감히 세상에서 오르내리는 인물이 되랴.
稱觴太夫人	태부인에게 잔을 올리며

---

8 [교감기] '十年'은 전본에는 '千年'으로 되어 있는데 아마도 잘못인 듯하다.
9 [교감기] '齒牙'는 건륭본의 원교에서 "치아는 『정화록(精華錄)』에는 '牙齒'로 되어 있다"라고 했다.

魚菜贍庖供　　　　　생선과 채소 넉넉하게 올리노라.

【주석】

自公返蓬蓽 : 『시경·고양羔羊』에서 "조정에서 퇴근하여 밥을 먹네"라고 했다. 『예기·유행』에서 "대를 쪼개어 엮은 사립문을 매달고, 문 옆으로 규 모양의 쪽문을 내었다. 쑥대를 엮은 문을 통해서 방을 출입하고, 깨진 옹기 구멍의 들창을 통해서 밖을 내다본다"라고 했다. 『공자가어』에는 '蓽'이 '蓽'로 되어 있다.

詩, 自公退食. 禮記儒行, 篳門圭窬, 蓬戸甕牖. 家語作蓽.

稅駕上邱壟 : 『사기·이사열전』에서 "나는 어디에서 멈춰야 할지 모르겠다"라고 했다. 『후한서·잠팽전』에서 "조서를 받아 집을 지나다가 성묘하였다"라고 했다.

李斯傳, 吾未知所稅駕也. 後漢岑彭傳, 有詔過家上冢.

霜露此日悲 : 『예기·제의』에서 "서리와 이슬이 이윽고 내리거든 군자는 그것을 밟으면 반드시 슬퍼하는 마음이 인다"라고 했다.

祭義曰, 霜露旣降, 君子履之, 必有悽愴之心.

松楸千年拱 : 한유의 「부강릉도중운운赴江陵途中云云」에서 "관직 버리고 떠나서는, 송추에서 목숨 마치고자 생각하네"라고 했다.

退之詩, 深思罷官去, 畢命依松楸.

養雛數毛羽 初不及承奉 康州斷腸猿 : 산곡의 부친 황서의 자는 아부이다. 일찍이 강주를 다스렸다. 『세설신어·출면편黜免篇』에서, "환공이 촉을 치러, 삼협에 이르렀을 때, 부하가 새끼 원숭이를 잡았는데, 그 어미가 강안을 따라 슬피 울었다. 마침내 배 안으로 뛰어 들어와서는 즉시 죽었다. 그 배를 갈라보니 창자가 마디마디 끊어져 있었다"라고 했다. 이백의 「증무악」에서 "나의 사랑하는 아들 백금이 노에 있는데, 오랑캐 병사가 잡아가도록 놔두었다"라고 하였는데, 그 시에서 "사랑하는 아들이 동노에 떨어져 있는데, 부질없이 슬퍼하다가 원숭이처럼 창자가 끊어졌구나"라고 했다.

山谷父庶, 字亞夫, 嘗攝康州. 世說新語, 桓公至三峽, 有得猿子者, 其母緣岸哀號, 遂跳上船, 卽絶. 破視其腹, 腸寸寸斷. 李白贈武諤云, 吾愛子伯禽在魯, 許爲冐胡兵致之. 其詩云, 愛子隔東魯, 空悲斷腸猿.

風枝割永痛 : 달리 "풍수지탄에 끝내 매일 아프도다"라고 된 본도 있다. 『공자가어』에서 구오자가 "나무는 고요하고자 하나 바람은 멈추지 않고, 자식은 봉양하고자 하나 부모는 기다려주지 않는다"라고 했다.

一作風樹終日痛. 家語, 邱吾子曰, 樹欲靜而風不停, 子欲養而親不待.

少年不如人 : 『좌전·희공 30년』에서 촉지무를 사신으로 보내려고

하자, 그가 "신은 젊었을 때도 오히려 다른 사람만 못하였는데, 지금은
늙었으니 능히 할 만한 것이 없습니다"라고 했다.

左傳僖三十年, 燭之武曰, 臣之壯也, 猶不如人, 今老矣, 無能爲也已.

登士無前勇 髮疎齒牙搖 : 한유의 「제십이랑문祭十二郎文」에서 "나는 나이
사십도 되기 전에 머리털은 희끗희끗하고 치아는 흔들린다"라고 했다.

韓文云, 髮蒼蒼而齒牙動搖.

鯨波怒號洶 : 서릉의 「강행」에서 "고래는 파도에서 솟구치고, 악어와
교룡은 물결을 이루나"라고 했다.

徐陵江行, 鯨鯢湧波, 鼉蛟作浪.

願爲保家子 : 『좌전·소공 2년』에서 제나라 자아子雅는 아들 자기子旗
를 선자宣子에게 인사를 드리게 하면서 "이 사람은 집안을 보호할 만한
대부도 아니고"라고 했다.

左傳昭二年, 非保家之主也.

敢議世輕重 稱觴太夫人 魚菜贍庖供 : 『후한서·잠팽전』에서 "대장추[10]
는 초하루와 보름에 태부인의 안부를 물었다"라고 했다. 한유의 「희후

10 　대장추 : 관직명이다. 황후(皇后)의 근신(近臣)으로서 대부분 환관이 담당했는
　　데, 황후의 명을 전달하고 궁중의 일을 관리하는 것이 그 직무였다.

희지喜侯喜至」에서 "종놈 불러 소반에 음식 챙기라하니, 생선과 채소가

포개져 있네"라고 했다.

 岑彭傳, 大長秋以朔望問太夫人起居. 退之詩, 呼奴具盤餐, 釘饘魚菜瞻.

5. 고을을 다스리는 명숙이 「과가過家」와 「성묘하다上冢」 두 편에 화운하였기에 다시 차운하다

明叔知縣和示過家上冢二篇復次韻[11]

곽명숙의 이름은 지장이다. 치평 2년에 진사가 되었으며, 원풍 연간에 분녕현을 맡아 다스렸다. 시에서 "서울을 떠난 지 20년"이라고 했으니, 대개 태화에서 집으로 돌아갔다가 덕평진으로 부임하면서 지은 것이다.

郭明叔名知章, 治平二年進士. 元豊中, 知分寧縣. 詩中云, 去國二十年. 蓋自太和還家赴德平所作.

첫 번째 수其一

敝邑荷佳政	우리 고을은 아름다운 정사를 입어
耕桑及時運	농사가 때에 맞게 하네.
令君平生歡	훌륭한 그대와 평소 사이가 좋아
遠別喜相近	멀리 떨어졌다가 다시 가까우니 기쁘도다.
吾友徐光祿	우리 벗 서광록이
死戰萬事盡	전투에서 죽으니 만사가 끝나버렸어라.
不見東陵侯	동릉후를 보지 못하고

---

11 [교감기] '復次韻'은 고본에는 '輒復初韻'이라고 했다.

惟見瓜連畛	다만 오이만 밭두둑에 뻗어 있구나.
且當置是事	응당 이 일은 제쳐두고
椎牛會賓親	소를 잡아 빈객을 부르누나.
百年共如此	백 년 함께 이와 같다면
破涕作嘲哂	눈물 멈추고 웃게 되네.
枯荷野塘水	연꽃 시든 들녘 못 물에
照影驚顏鬢	얼굴과 수염 비춰보고 놀랐네.
功名黃粱炊	공명은 황량을 익혀 먹는 듯하고
成敗白蟻陣	성패는 흰개미 진과 같네.
少時無老境	젊을 때는 늙을 때 오지 않을 줄 알았는데
身到乃盡信	직접 이르니 참으로 알겠네.
此來見抱子	여기 와서 아들을 낳아 길렀는데
別日多未齔	이별할 때 아직 이도 갈지 않았었지.
夜闌如夢寐	밤이 깊어 마치 꿈속 같아
寒燭泣餘寸	차가운 촛불에 눈물만 흘리누나.

【주석】

敝邑荷佳政 : 『문선』에 실린 자건 조식의 「여오계중서與吳季重書」에서 "선생께서 그곳에서 아름다운 정치적 업적이 있다고 들었습니다"라고 했다.

文選曹子建書, 在彼自有佳政.

耕桑及時運 : 도연명은 「시운」이란 시를 지었다.

淵明有時運詩

令君平生歡 遠別喜相近 : 『한서 · 추양전』에서 "군주의 측근에게 친하고 가깝게 하기를 바란다"라고 했다.

漢鄒陽傳云, 求親近於左右.

吾友徐光祿 死戰萬事盡 : 서희는 희년 5년에 심괄 등과 더불어 영락에 성을 쌓자고 건의하였다. 성이 완성되자 오랑캐의 기병이 포위하였는데, 서희는 이순거, 이직 등과 함께 성을 지키다가 모두 죽었다.

徐禧, 熙寧五年與沈括等建議城永樂, 城成, 虜騎圍之, 禧及李舜擧李稷, 闔城俱沒.

不見東陵侯 惟見瓜連畛 : 완적의 「영회詠懷」에서 "옛날 동릉후가 오이 농사짓던 곳은, 청문 밖 근처라고 하네. 밭두렁에서 멀리 사방 길까지, 큰 외 작은 외가 서로 이어져 있네[昔聞東陵瓜 近在靑門外 連畛距阡陌 子母相鉤帶]"라고 했다.

阮嗣宗詩, 見上.

且當置是事 椎牛會賓親 百年共如此 破涕作嘲哂 : 『문선』에 실린 유곤劉琨의 「답노심시서答盧諶詩序」에서 "서로 술잔 들고 무릎을 마주하면서 울

음을 그치고 웃음을 짓는다"라고 했다. 이백의 「송질단서」에서 "옛 친구에게 슬픔을 늘어놓으니, 눈물이 그치고 웃게 되네"라고 했다.

破涕, 見都下見八叔父詩注. 又李白送姪嵩序, 申悲道舊, 破涕爲笑.

枯荷野塘水 照影驚顔鬢 功名黃粱炊 成敗白蟻陣 : 여공이 한단에서 황량을 취사해 먹던 일은 이미 「전설락도」의 주에 보인다. 즉 『이문집異聞集』에서 "도사인 여옹呂翁이 한단邯鄲 길가의 여관에서 묵었다. 소년인 노생盧生이 빈곤을 한탄했는데, 말을 마치자 졸음이 몰려왔다. 당시 주인은 황량 밥을 짓고 있었는데, 여옹이 품속을 뒤적이다가 베개를 꺼내어 노생에게 주었다. 베개의 양 끝에는 구멍이 있었다. 노생은 꿈속에서 구멍을 통해 어떤 집에 들어가서 50년을 부귀를 누리다가 늙고 병들어 죽었다. 기지개를 켜고 잠에서 깨어나 둘러보니 여옹이 곁에 있었으며 주인이 짓던 황량 밥은 아직 익지 않았다"라고 했다. 이 일은 남가일몽의 고사와 서로 비슷하니 모두 『이문집』에서 나왔다. 대개 『이문집異聞集』에서 "순우분이 병이 났는데, 꿈에 두 사자를 보았다. 그 두 사자는 순우분을 데리고 집의 남쪽에 있는 오래된 홰나무 구멍속으로 들어갔다. 앞쪽으로 수십 리를 가니 큰 성이 있었고 문루門樓에 "대괴안국大槐安國"이라고 쓰여 있었다. 괴안국의 왕은 자신이 딸 요방瑤芳을 순우분의 아내로 삼게 했으며, 순우분을 남가 군수로 삼았다. 순우분은 그 고을을 이십 년 동안 다스렸는데, 단라국檀蘿國이 침범해 왔고 왕의 명으로 인해 순우분이 가서 토벌했으나 패하고 말았다. 순우분의

아내가 병으로 죽자, 왕은 순우분에게 "잠시 고향으로 돌아가는 것이 좋겠네"라 했다. 이에 순우분이 수레에 올라 길을 갔는데, 잠시 후 하나의 구멍을 빠져나오자 고향 마을이 보였다. 그 문으로 들어가 보니 자신의 몸이 처마 아래 누워 있는 것이 보였다. 이에 처음처럼 잠에서 깨어났다. 꿈속에 한순간이 마치 일생을 보낸 듯하여, 드디어 두 객을 불러, 옛 홰나무 아래 구멍을 찾아보았다"라 했다. 산곡은 이 두 가지 일을 한 가지 일로 합쳐서 고사를 구사했으니, 일은 비록 같지 않지만 그 의미는 같다. 또 살펴보니『고금오행기』에서 "후위 현종 때 검은 개미와 붉은 개미가 싸웠는데, 붉은 개미가 머리가 끊어져 죽었다. 동위 효정제 때 업하에 노란 개미와 검은 개미가 싸웠는데, 노란 개미가 모두 죽었다"라고 했다.

呂公邯鄲道上炊黃粱事, 已見餞薛樂道詩注. 此事與南柯事相類, 皆出異聞集. 大槩言淳于棼夢入槐安國, 其王妻以女, 使爲南柯太守. 十年有檀羅國來伐, 王命棼征之, 敗績. 及覺, 見蟻穴云云. 山谷多以此二事, 爲一事. 事雖不同, 其義一也. 又按古今五行記, 後魏顯宗時, 有黑蟻與赤蟻鬪, 赤蟻斷頭而死. 東魏孝靖帝時, 鄴下有黃蟻與黑蟻鬪, 黃蟻盡死.

少時無老境 身到乃盡信 :『곡례』에서 "60이 된 것을 '기耆'라고 하니, 손가락으로 부릴 나이이다"라고 했다.『음의』에서 "기耆는 이르다는 의미이니, 노경에 이르렀다는 의미이다"라고 했다. 도연명의「잡시雜詩」에서 "예전에 어른들의 말을 들으면, 귀를 막고 매번 듣기 싫어했네.

어찌한 오십 살이 되니, 문득 내가 이런 일을 겪게 되었구나"라고 했는
데, 대개 이 뜻을 사용하였다.

曲禮, 六十曰耆, 指使. 音義曰, 耆, 至也. 至老境也. 淵明詩, 昔聞長者言,
掩耳每不喜. 奈何五十年, 忽已親此事. 蓋用此意.

此來見抱子:『시경・대아・탕蕩』에서 "설령 아는 것이 없다 해도 자
식은 낳아 길렀다"라고 했다.

詩云, 亦旣抱子

別日多未龀 夜闌如夢寐 寒燭泣餘寸 : 두보의 「강촌羌村」에서 "밤 깊어
촛불 켜고, 마주하니 꿈속인 듯하여라"라고 했다.

杜詩, 夜闌更秉燭, 相對如夢寐.

두 번째 수其二

女蘿上杉松	여라는 삼과 솔을 타고 올라가
野葛蔓畦壠	들판 칡은 무덤으로 뻗어가네.
蛛絲網祠屋	거미줄은 사당에 그물을 치고
芝菌生畫拱	곰팡이는 그림 기둥에 피어나네.
去國二十年	경사를 떠난 지 20년
雪涕夙嚴奉	눈물을 펑펑 흘리며 옛날 모시던 일 생각하네.

更歷飽艱難	다시 힘든 일을 실컷 겪어
抑搔知痒痛[12]	병이 나고 가려우면 어루만져주고 긁어주었네.
聞道下士笑	도를 말하면 하사들은 비웃는데
轉物大人勇	사물을 굴리는 대인의 용기가 필요하네.
平生隨風波	평생 풍파를 따라다니다가
歸來夢猶洶	돌아오니 꿈은 아직도 어지럽네.
特此寸草心	다만 이 한 치의 풀 같은 마음
負荷九鼎重	구정의 무거움을 짊어졌구나.
柔嘉無牛羊	고기로 공손하게 모실 수 없고
保身以爲供	몸을 보존함으로 봉양하여라.

【주석】

女蘿上杉松 : 『이아』에서 "당唐과 몽蒙은 여라女蘿이다. 여라는 토사兔絲이다"라고 했다. 『시경·규변頍弁』에서 "누홍초와 새삼이, 소나무와 잣나무에 뻗어가네"라고 했다. 『문선』에 실린 작자 미상의 「고시」에서 "우리 님과 갓 결혼해 짝을 이루니, 새삼이 여라 넝쿨에 붙은 것 같네"라고 했는데, 주에서 인용한 『시전』에서 "여라는 송라이다"라고 했다. 『초목소』에서 "지금 송라가 소나무에 뻗쳐서 자라며, 토사는 풀 위에 뻗쳐서 나아가니, 송라와 자못 다르다"라고 했다.

---

12 [교감기] '痒'은 영원본에는 '蛘'으로 되어 있다. 살펴보건대 '蛘'이 본래 글자인데, 『설문해자』에 보이니, '痒'은 속자이다.

爾雅, 唐, 蒙, 女蘿. 菟絲. 詩, 蔦與女蘿, 施于松柏. 文選古詩, 與君爲新婚, 菟絲附女蘿. 注引詩傳云, 女蘿, 松蘿也. 草木疏曰, 今松蘿蔓松而生, 菟絲蔓聯草上, 與松蘿殊異.

野葛蔓畦壠 : 『시경·당풍唐風·갈생葛生』에서 "칡이 자라 가시나무를 뒤덮으며 넝쿨이 들에 뻗었도다"라고 했다.

詩, 葛生蒙楚, 蘞蔓于野.

蛛絲網祠屋 芝菌生畫拱 : 두보의 「신루성시」에서 "붉은 기둥은 너른 강 위에 떠서 가늘게 흔들리누나"라고 했다.[13] 이백의 「등양주서령탑」에서 "노을은 비단을 펼친 듯 움직이네"라고 했다.

老杜新樓成詩云, 朱拱洪浮細細輕. 太白登揚州西靈塔云, 霞運繡拱張.

去國二十年 雪涕夙嚴奉 : 두보의 「팔애」에서 "천자가 나간 걸 모르니, 눈에 눈물 흘리고 바람에 슬피 우네"라고 했다. 이백의 「곡왕염哭王炎」에서 "할 말이 있어도 말할 수 없으니, 눈처럼 눈물 흘리며 난초를 안타깝게 여긴다"라고 했다.

杜甫八哀, 不知萬乘出, 雪涕夙悲鳴. 李白詩, 有言不可道, 雪涕惜蘭芳.

更歷飽艱難 : 『좌전·희공 28년』에서 초자楚子, 成王가 신申에 들어가

---

13 두보의 이러한 시는 보이지 않는다.

거처하면서 자옥子玉으로 하여금 송宋나라를 떠나게 하면서 "진군을 추격하지 말라. 진후가 망명하여 국외에 19년 동안 있었으나 끝내 진나라를 얻었으니, 세상의 험하고 어려운 일을 빠짐없이 경험하였다"라고 했다.

左傳僖二十八, 楚子曰,[14] 晉侯在外, 十九年矣, 而果得晉國, 險阻艱難, 備嘗之矣.

抑搔知痒痛:『예기·내측』에서 "옷이 따뜻하고 추운가를 묻고, 병이 나거나 가려운 곳은 공경하는 마음으로 짚어보거나 긁어 드린다"라고 했다.

內則, 問衣燠寒, 疾痛苛癢, 而敬抑搔之.

聞道下士笑:『노자』에서 "하사는 도를 들으면 크게 비웃는다"라고 했다.

老子云, 下士聞道大笑之.

轉物大人勇:『능엄경』에서 "모든 중생이 한없는 옛날부터 자신을 잃고 사물을 근본으로 삼아 본심을 잃고 사물에 전도된다. 만약 사물을 굴릴 수 있다면, 여래如來와 같아지리라"라고 했다.

14　[교감기]『좌전』의 원문을 살펴보건대 '楚子曰' 이후에 '楚子入居于申, 使子玉去宋, 曰無從晉師'가 빠졌기에 의미가 통하지 않게 되었다.

楞嚴經, 一切衆生, 從無始來, 迷己爲物, 失於本心, 爲物所轉. 若能轉物,
卽同如來.

平生隨風波 歸來夢猶洶 特此寸草心 : 맹교의 「유자음游子吟」에서 "누가 한
치 풀의 마음을 가지고서, 삼춘의 햇볕에 보답한다 말하랴"라고 했다.

孟郊詩, 誰言寸草心, 報得三春暉.

負荷九鼎重 :『사기·평원군전』에서 "모수毛遂가 조나라로 하여금 구
정과 대려[15]보다 무겁게 만들었다"라고 했다.

史記平原君傳, 使趙重於九鼎大呂.

柔嘉無牛羊 保身以爲供 :『시경·증민』에서 "중산보의 덕망이란, 부드
럽고 아름답고 법도가 있네"라고 했으며, 또한 "현명한 데다가 사려가
또 깊어서 자기 몸을 보전한다"라고 했다. '공供'은 그 모친을 이바지하
여 모시는 것이다.『한서·반첩여전』에서 "양태후의 장신궁으로 물러
나 태후를 봉양하였다"라고 했다. 한유의 「구양첨애사」의 서에서 "첨
의 부모가 연로하신데도 조석의 봉양을 버려두고 경사로 온 것은 장차
이곳에서 무언가를 얻어 가지고 돌아가서 부모를 영예롭게 하려는 마
음이었을 것이다. 그 부모의 마음도 그러했을 것이다. 첨이 곁에 있었
다면 비록 헤어지는 근심은 없었겠지만 그 마음은 즐겁지 않았을 것이

15　대려 : 주나라 때의 큰 종의 이름이다.

고, 첨이 경사에 있었다면 비록 헤어진 근심은 있었겠지만 그 마음은 즐거웠을 것이다. 이른바 자기의 뜻으로써 부모의 뜻을 봉양한 자인 듯하다. 그 애사를 보면, 뜻을 받들어 봉양하니, 어찌 고기반찬 따지랴"라고 했다. 또한 살펴보건대『진서·주의모낙수전』에서 "주의 등이 모두 높은 벼슬자리에 올랐다. 일찍이 술상을 마련하였는데, 낙수는 술잔을 들면서 "나는 처음 장강을 건넜을 때 발을 붙을 곳이 없었는데, 생각지도 못하게 너희들이 모두 귀하게 되어 나란히 내 눈 앞에 있구나"라 하였다. 이에 둘째 아들 주숭이 일어나 "형 백인은 뜻은 큰데 재주가 부족하고 명성은 높지만 식견이 어두우니 자신을 온전히 지킬 방도가 없습니다. 저는 성질이 드세고 강직하여 또한 세상에 용납되지 못합니다. 다만 막내 아노阿奴, 周謨만은 평범하니 마땅히 어머니의 눈앞에 오래 있을 것입니다"라고 했다"라고 했다. '보신'은 대개 이 고사를 사용하였다.

詩烝民, 仲山甫之德, 柔嘉維則. 又云, 既明且哲, 以保其身. 供爲供養其母也. 漢班婕妤傳, 求供養太后長信宮. 退之作歐陽詹哀辭, 其序云, 詹父母老矣, 捨朝夕之養, 以來京師, 其心將以有得而歸, 爲父母榮也. 詹在側, 雖無離憂, 其志不樂也. 詹在京師, 雖有離憂, 其志樂也. 所謂以志養志者歟. 其詞曰, 以志爲養兮, 何有牛羊. 又按晉周顗母絡秀傳, 嘗置酒擧觴賜三子曰, 吾本渡江, 託足無所, 不謂爾等並貴, 列吾目前. 嵩起曰, 恐不如尊旨. 伯仁志大而才短, 非自全之道. 嵩性杭直, 不容於世. 惟阿奴碌碌, 當在母目下耳. 保身, 蓋用此事.

6. 곽명숙의 「장가」에 차운하다

次韻郭明叔長歌

　살펴보건대 산곡이 직접 쓴 글에서 "삼가 차운하여 지현 봉의가 준 장가에 답하다. 고을 사람 황정견은 재배하고 올린다"라고 했는데, 이 시와 차이가 나는 것으로는, '何如高陽鄘生醉落魄'에서 '何如'는 '都不如'로 되어 있고, '蚓食而蝎跧'에서 '蝎跧'은 '蝸跧'으로, '自可老斲輪'은 '自奇老斲輪'으로, '公直起'는 '公且起'로, '黃花零落'의 '零落'은 '零亂'으로 되어 있다. 이 첩은 천강 유천의 집에 보관되어 있는데, 또한 태화에서 집으로 돌아갈 때 지은 것이다.

　案山谷眞蹟云, 謹次韻上答知縣奉議惠賜長歌, 邑子黃庭堅再拜上. 其間不同者, 何如高陽鄘生醉落魄, 作都不如, 蚓食而蝎跧, 蝎跧作蝸跧, 自可老斲輪作自奇老斲輪, 公直起作公且起, 黃花零落作零亂. 此帖見藏泉江劉䕃家, 亦太和還家時作.[16]

君不見懸車劉屯田	그대는 보지 못하였나, 은퇴한 유 둔전이
騎牛澗壑弄潺湲	계곡에서 소를 타고
	잔잔한 물결 희롱하는 것을.
八十唇紅眼點漆	팔십에도 붉은 입술에 눈은 칠흑처럼 검고
金鍾擧酒不留殘	금잔에 술을 따라 조금도 남기지 않네.

16　[교감기] 영원본에는 이상의 교주(校注)가 없다.

不見征西徐尙書	서쪽 정벌하러간 서 상서를 볼 수가 없으니
爲國捐軀矢石間	나라 위해 전투하다가 목숨 바쳤네.
龍章鳳姿委秋草	용의 무늬 봉황의 자태는
	가을 풀숲에서 스러지고
天馬長辭十二閑	천마는 열두 마굿간에서 오래 쉬었구나.
何如高陽酈生醉落魄	고양 역이기의 술에 취해 낙백하고 있다가
長揖輟洗驚龍顏	길게 읍하니 발 씻기 그만둔 용안을
	놀라게 한 것과 어떠한가
丈夫當年傾意氣	장부가 당시에 의기를 통하였으니
安用蚓食而蝸蹠¹⁷	어찌 지렁이처럼 흙 먹고
	굼벵이처럼 구르리오.
古人已作泉下土	고인은 이미 황천의 흙이 되었으나
風義可想猶班班¹⁸	풍도와 의기는 아직도 빛날 것이라.
郭侯忠信如古人	곽후의 충신은 옛사람과 같으니
薦書飛名上九關	추천하는 문서에 이름을 날려 궁궐에 올리네.
詩書自可老斲輪	시서를 늙을 때까지 다듬고
智畧足以解連環	지략은 이어진 연환계를 풀 수 있네.
銅章屈宰山水縣	산수의 고을에 구리 인장 수령에

---

17 [교감기] 영원본에는 '蝸'이 잘못 '足曷'로 되어 있으며, 저본에는 '蹠'이 잘못 '虫全'으로 되어 있다. 지금 전본과 견륭본을 따른다.

18 [교감기] '猶'는 영원본과 고본에는 '尤'로 되어 있다.

	머물러 있는데
友聲相求不我頑	벗을 노래하고 찾으며 나를 멀리하지 않누나.
鵬翼垂天公直起	붕새의 날개 하늘에 드리워
	조정에서 반듯이 섰는데
燕巢見社身思還	둥지의 제비 사일社日에 보이니
	돌아가고 싶어하누나.
文思舜禹開言路	문사 갖춘 임금이 언로를 여니
卽看承詔著豸冠	곧바로 조서 받들어 해치관을 쓰네.
尙趨手板事直指	홀을 높이 들고서 내달리며 직지사자가 되어
少忍吏道之多艱	관리의 어려움을 참아내누나.
黃花零落一尊酒	국화가 질 때 한 동이 술 마시니
別有天地非人寰	별천지라 인간 세상이 아니어라.

【주석】

君不見懸車劉屯田 騎牛澗壑弄潺湲 : 『초사·구사九辭』에서 "잔잔하게 흐르는 물을 보네"라고 했다. 백거이의 「종용담시從龍潭寺」에서 "꽃을 자르고 푸른 풀 밟으며 잔잔한 물결을 희롱하네"라고 했다.

楚辭, 觀流水兮潺湲. 白樂天詩, 搴芳蹋翠弄潺湲.

八十脣紅眼點漆 金鍾擧酒不留殘 : 응지 유환을 말한다. 「송유도순」의 주에 보인다. 즉 진순유의 「여산기廬山記」에서 "응지는 균주筠州 사람이

다. 천성天聖 8년에 진사시進士試에 급제했다. 벼슬살이 하는 동안 강직한 기개가 있어, 벼슬을 달갑게 여기지 않고 곧바로 벼슬을 버리고 별이 떨어졌다는 물가에서 살았다. 일찍이 누런 송아지를 타고 여산을 오갔다"라고 했다. 『진서·두예전』에서 "눈은 옻칠을 한 것처럼 검었다"라고 했다. 유신의 「무미랑舞媚娘」에서 "술을 마시면서 어찌 초라한 낭군을 머무르게 할 수 있을까"라고 했다.

謂劉渙凝之也, 詳見送劉道純詩注. 晉杜乂傳, 眼如點漆. 庾信詩, 飮酒那得留殘君.

不見征西徐尙書 爲國捐軀矢石間 : 서희의 자는 덕점으로, 홍주 분녕 사람이다. 산곡과 동향으로 영락의 전투에서 죽었다. 이미 바로 앞의 「과가」, 「상총」의 주에 보인다. 이부상서에 추증되었으며 시호는 충민이다. 『문선』에 실린 자식 조건의 「삼량시三良詩」에서 "그 누가 몸 바치는 일 쉽다 했는가? 살신성인 진실로 어려운 일이네"라고 했다.

徐禧字德占, 洪州分寧人, 與山谷同鄕, 死於永樂之禍, 已見過家上冢詩注. 贈吏部尙書, 諡忠愍. 文選曹子建詩云, 誰言捐軀易, 殺身良獨難.

龍章鳳姿委秋草 : 『진서·혜강전嵇康傳』에서 "종회鍾會가 혜강을 만났는데, 혜강은 예로써 종회를 대해 주지 않았다. 이에 종회가 문제文帝에게 (혜강을 모함하면서) "혜강은 와룡臥龍이니 등용해서는 안 됩니다. 공께서는 천하의 일에 대해서는 걱정하실 필요가 없지만, 혜강은 염두해

두셔야 합니다"라 했다. 그래서 혜강은 해를 입고 말았다"라고 했다. 『당서 · 이규전』에서 "용의 무늬 봉황의 자태도 선비들은 쓰지 않았는데, 노루 머리와 주의 눈으로 그대는 벼슬을 구하는가"라고 했다.

稽康事見上. 唐李揆傳, 龍章鳳姿, 士不見用, 麞頭鼠目, 子乃求官耶.

天馬長辭十二閑 : 『주례 · 교인』에서 "천자는 12개의 마구간이 있으며, 여섯 종의 말이 있다"라고 했다. 왕평보의 시에서 "바다의 붕새가 삼천 리를 날지 못하고, 천마도 열두 마구간으로 돌아가네"라고 했다.[19]

周禮校人曰, 天子十有二閑, 馬六種. 王平甫詩, 海鵬未擊三千里, 天馬須歸十二閑.

何如高陽酈生醉落魄 長揖輟洗驚龍顔 : 『한서 · 역이기전』에서 "진류 고양 사람이다. 집안이 가난하고 영락하여 입고 먹을 생업이 없어서 이 감문이 되었다. 패공이 진류 땅을 정벌하였다. 휘하의 기마병 가운데 역이기의 마을 사람이 있었는데, 패공을 만나면 해야 할 것을 차분하게 역이기에게 경계하였다. 역이기가 들어가 패공을 뵈자, 패공은 바야흐로 상에 발을 쭉 뻗고서 두 여자로 하여금 발을 씻기게 하였다. 역이기가 길게 읍하고 절을 하지 않았다. 패공은 발 씻기를 그만두고 일어나 옷을 입고서 답례하였다"라고 했다. 『한서 · 고조기』에서 "콧대가 높으며 용의 얼굴이었다"라고 했다.

19 『초계어은시화(苕溪漁隱詩話)』에서 보이는 말이다.

酈食其傳, 陳留高陽人, 落魄, 無衣食業. 爲里監門. 沛公畧地陳留, 麾下騎士適食其里中子, 從容言食其所戒者. 食其入謁, 沛公方踞牀令兩女子洗. 食其長揖不拜, 沛公輟洗, 起衣, 謝之. 漢高紀, 隆準而龍顔.

丈夫當年傾意氣 : 이백의 「호사가」에서 "의기가 서로 통하면 산도 옮길 수 있다네"라고 했다.

太白豪士歌, 意氣相傾山可移.

安用蚓食而蝎跧 : 『맹자』에서 "대저 지렁이는 위로 메마른 흙을 먹는다"라고 했다. '蝎'의 음은 '歇'이며 다른 음은 '曷'이니, 굼벵이와 같다.

孟子, 夫蚓上食槁壤. 蝎音歇, 又音曷, 猶蠐也.

古人已作泉下土 風義可想猶班班 : 『후한서 · 오행지』에 동요에서 "수레가 줄을 지어 하간으로 들어간다"라고 했다.

後漢五行志, 童謠曰車班班入河間.

郭侯忠信如古人 薦書飛名上九關 : 『초사 · 초혼招魂』에서 "호랑이와 표범이 천제天帝의 궁궐 문을 지키면서 아래에서 올라오려는 사람들을 물어 해친다"라고 했다.

楚辭, 虎豹九關, 啄害下人.

詩書自可老斲輪 :『장자』에서 "그래서 칠십이 되도록 늙어가면서 수레바퀴를 깎고 있는 것입니다. 환공桓公이 당상에서 글을 읽고 있을 때, 당하에서 마침 수레바퀴를 깎던 목수 윤편輪扁이 환공에게 묻기를 "감히 묻건대, 공公께서 읽는 것은 무슨 말입니까"라고 하자, 환공이 "성인聖人의 말씀이다"라고 했다. 윤편이 "성인이 계십니까"라고 하니, 환공이 "이미 죽었다"라고 하자, 윤편이 "그렇다면 공께서 읽는 것은 옛사람의 찌꺼기일 뿐입니다"라 했다"라고 했다.

輪扁行年七十, 而老斲輪, 見莊子.

智畧足以解連環 :『장자』에서 혜시가 변론하여 말하기를 "이어진 고리는 풀 수 있다"라고 했다.

莊子言, 惠施之辯曰, 連環可解也.

銅章屈宰山水縣 :『한관의』에서 "현령의 녹봉은 오백 석이며 구리 인장에 검은 인끈을 찬다"라고 했다. 한유의 「현재독서縣齋讀書」에서 "산수 좋은 고을로 나와 수령이 되어, 소나무 계수나무 숲에서 책을 읽네"라고 했다.

銅章見上. 退之詩, 出宰山水縣, 讀書松桂林.

友聲相求不我頑 :『시경・벌목伐木』에서 "재잘재잘 즐겁게 노래하는 새들이여, 서로들 벗을 구하는 소리로다"라고 했다.

詩, 求其友聲

鵬翼垂天公直起:『장자』에서 "그 이름은 붕인데 날개가 하늘을 오르는 구름과 같다"라고 했다.

莊子, 其名爲鵬, 翼若乘天之雲.

燕巢見社身思還 文思舜禹開言路 : 두목의 「봉화백상공성덕화평운운奉和白相公聖德和平云云」에서 "문사文思를 갖춘 천자가 하황河湟을 회복했네"라고 했다. '문사'라는 글자는 『서경·요전』에서 나왔다. 즉 요 임금의 덕을 칭송하여 "공경하고 밝고 문채롭고 생각함이 편안하고 편안하시며"라고 했다. '思'의 음은 '息'과 '嗣'의 반절법이며, 또한 글자대로 읽는다.

杜牧詩, 文思天子復河湟. 字本出堯典. 思, 息嗣反, 又如字.

卽看承詔著豸冠 : 호광胡廣의 『한관의漢官儀』에서 "어사御史 네 사람과 지서持書[20]는 모두 법관法冠을 썼는데, 일명 주후柱後라고도 하고 일명 해치관獬豸冠[21]이라고도 한다"라고 했다.

漢官儀, 御史四人, 持書, 皆法冠, 一名柱後, 一名獬豸冠.

---

20 지서(持書) : 관직명으로, 문서를 담당하는 관리이다.
21 해치관(獬豸冠) : 해치란 뿔이 하나인 전설상의 동물로, 사람의 정사(正邪)와 곡직(曲直)을 능히 분변할 줄 알아, 사람들이 다투면 그중 그릇되고 사악한 자를 뿔로 들이받는다고 한다. 고대에 어사대부(御史大夫) 등 집법관(執法官)이 쓰는 관을 해치관이라 했다.

尙趨手板事直指 : 『진서·여복지輿服志』에서 "옛날에는 벼슬의 귀천을 막론하고 모두 홀笏을 들어 군상의 교령을 이곳에 받아 적었다. 그러나 뒤에는 오직 팔좌八座만이 홀을 들고 그 나머지 경사卿士들은 다만 수판 手板을 들어 기사관記事官이 아님을 표시했다"라고 했다. 안석安石 사인謝安이 왕탄지王坦之와 함께 환온桓溫을 보았는데, 왕탄지가 수판을 거꾸로 들고 있었다. 『한서·준불의전』에서 "폭승지가 직지사자가 되었다"라고 했다.

手扳見上. 雋不疑傳, 暴勝之爲直指使者.

少忍吏道之多艱 : 『한서』에서 "관리의 도리는 법령을 스승으로 삼는다"라고 했다.

漢薛宣傳, 吏道以法令爲師.

黃花零落一尊酒 別有天地非人寰 : 이백李白의 「산중답인山中答人」 시에서 "나더러 무슨 일로 청산에 사느냐고 묻기에, 웃고 대답 않으니 마음 절로 한가롭네. 복사꽃 그림자 잠긴 물이 아득히 흘러가니, 새로운 세계가 있어 인간 세상이 아니로세"라고 했다.

太白詩, 問君何事栖碧山, 笑而不答心自閑. 桃花流水窅然去, 別有天地非人間.

7. 청수암을 읊어서 곽명숙에게 올리다【서문을 함께 싣다】

詠淸水巖呈郭明叔【幷序】

청수암은 천하의 승경이라 불리니, 현의 관청에서 겨우 20리 떨어져 있다. 온 산이 텅 빈 골짜기로 청옥의 쟁반을 뒤집어 놓은 것 같았다. 차가운 시내가 그 가운데를 흐르는데, 매우 거세고 힘차다. 바위 앞에 이르면 땅 밑으로 흘러 바위틈으로 흘러 들어간다. 바위 아래에 석종과 고경이 있는데, 그 소리가 맑고 웅장하여 널리 퍼져 나가니 능히 사람들을 감동하게 만든다. 세상의 음악소리도 이보다는 못할 것이다. 바위 앞은 평평하게 펼쳐져서 대략 천 명 정도 앉을 수 있다. 잘 모르겠지만, 곽명숙이 깃발을 앞세우고 일찍이 공무에 한 번 유람하러 오지 않았을까.

淸水巖號爲天下勝處, 去縣庭才二十里, 一山空洞, 如覆靑玉盎也. 寒泉在其間, 甚壯急, 至巖口, 伏流入石鼻中. 巖下有石鐘鼓磬, 其聲淸越不啟,[22] 衮衮跑跑, 能警動人, 世間金革聲, 亦不足道也. 巖前平衍, 畧可坐千人, 不審旌旆, 嘗因公事一游否.

【주석】

衮衮跑跑 :『산해경』에서 "황하의 강물이 아득하게 콸콸거리며 흐른다"라고 했는데, 주에서 "물이 솟구치는 소리이다. 음은 '交'와 '泡' 두

---

22 [교감기] '不'이 고본에는 '宏'으로 되어 있다.

가지가 있다"라고 했다.

山海經, 河水其源, 渾渾泡泡. 注云, 水漬湧之聲, 交泡兩音.

嘗聞淸水巖	일찍이 들으니 청수암의
空洞極明好	텅 빈 골짜기가 대단히 아름답다 하네.
虎狼遷部曲[23]	호랑이와 여우가 사는 곳을 옮기며
鐘鼓天擊考	종은 하늘이 울려대누나.
雲生臥龍石	구름은 와룡석에서 피어오르고
水入煉丹竈	물은 연단의 아궁이로 들어가네.
有意攜管絃	악기를 가져올 뜻이 있다면
山祇應洒掃	산신령이 응당 길을 쓸어주겠지.

【주석】

嘗聞淸水巖 空洞極明好 虎狼遷部曲 :『선전습유』에서 "곽문의 자는 문
거로 여항의 천주산에 은거하였다. 호랑이가 일찍이 그의 곁에서 유순
하게 지내니 또한 호랑이를 어루만지며 끌고 다녔다. 곽문이 산을 나
가면 호랑이도 반드시 따라갔는데, 머리를 숙이고 양이나 개처럼 뒤를
따랐다"라고 했다.『진서』에 그의 전이 있는데, 기록된 내용이 이와 비
슷하다.『한서・이광전』에서 "이광이 진군할 때 부곡이나 군진이 없었

---

23 [교감기] '遷'은 영원본과 고본, 그리고 건륭본에는 '僞'으로 되어 있는데, 의미가
    더 낫다.

다"라고 했다.

仙傳拾遺, 郭文字文擧, 隱餘杭天柱山. 虎嘗馴擾於左右, 亦可撫而牽之. 文出山, 虎必隨焉, 俛首隨行, 如羊犬耳. 晉書有傳, 事亦畧同. 李廣傳, 行無部曲行陳.

鐘鼓天擊考 : 『시경·당풍』에서 "그대는 쇠북과 가죽북이 있는데, 두드리지도 치지도 않네"라고 했는데, 주에서 "'고考'는 치다는 뜻이다"라고 했다. 『석문』에서 "고鼓는 본래 간혹 격擊으로 쓰기도 한다"라고 했다.

唐國風, 子有鍾鼓, 弗鼓弗考. 注, 考, 擊也. 釋文曰, 鼓本或作擊.

雲生臥龍石 水入煉丹竈 : 이백의 「알노군묘」에서 "유사에 단약 굽던 부엌은 없고, 변방 관문 길은 보랏빛 연기에 잠겼어라"라고 했다.

李白謁老君廟詩, 流沙丹竈滅, 關路紫煙沉.

有意攜管絃 : 이백의 「산중여유인대작山中與幽人對酌」에서 "나는 취해 자고 싶으니 그대는 돌아갔다가, 내일 아침 생각 있거든 거문고 안고 또 오게나"라고 했다.

李白詩, 明朝有意抱琴來.[24]

---

24 [교감기] 이백의 시는 원래 도연명의 시로 되어 있었는데, 지금 전본을 따르고 아울러 『이태백전집』 권23 「산중여유인대작(山中與幽人對酌)」에 의거하여 바로

山祇應洒掃 : 『문선』에 실린 안연년의 「거가행車駕行」에서 "산신은 험한 산길을 정리하고"라고 했는데, 이선의 주에서 "산기는 산신령이다"라고 했다.

文選顔延年詩, 山祇蹕嶠路. 李善曰, 山祇, 山神也.

잡았다.

8.「청수암」에 차운하다

次韻淸水巖

西安封域中	서안의 지역 안에
淸水巖泉好	청수는 바위과 시내가 좋아라.
金堂茂芝朮	금당에는 지초와 출섭이 무성하며
仙吏書勳考[25]	선리들은 공을 기록하네.
桃源人已往	도화원 사람 이미 떠났으니
千古遺井竈	천고에 우물과 부엌만 남았어라.
雙鳧能來游	두 오리를 타고 와서 노니니
俗子跡可掃	속객의 자취 쓸어버릴 수 있어라.

【주석】

西安封域中 :『태평환우기 · 홍주의녕현』에서 "서안현의 옛 성으로 현
의 서쪽 20리에 있다"라고 했다. 살펴보건대『고금지』에서 "한 헌제 건
안 연간에 설치하였다가 수나라 개황 원년에 폐지하였다"라고 했다. 산
곡이 거처했던 쌍정은 분녕에 속한다.『논어 · 계씨』에서 "또한 나라 가
운데 있다"라고 했다.

太平寰宇記, 洪州分寧縣云, 西安縣故城, 在縣西二十里. 按古今志云, 漢獻
帝建安中置, 隋開皇元年廢. 山谷所居雙井, 隷分寧. 且在邦域之中矣, 見論語.

---

25 [교감기] '吏'는 고본에는 '史'로 되어 있다.

淸水巖泉好 金堂茂芝术 : 『진서·허매전』에서 "동려에서 약초를 캐서 출섭을 3년간 복용하였다. 이후 임안의 서산으로 옮겼다가 바위에 올라 지초를 먹었다. 왕희지에게 보낸 편지에서 "산음에서 임안까지 금당과 옥실, 선인의 지초가 많으며, 한나라 말기에 도를 얻은 좌원방의 무리들이 많이 있다"라 했다"라고 했다.

晉許邁傳, 采藥於桐廬, 餌术涉三年. 移入臨安西山, 登巖茹芝. 遺王羲之書曰, 自山陰南至臨安, 多有金堂玉室, 仙人芝草, 左元放之徒, 漢末得道者多在焉.

仙吏書勳考 : 유향의 『열선전』에서 "형자란 자가 산에 오르니 산 정상에 대전과 궁부가 있는데, 선리들이 지키고 있었다"라고 했다.

劉向列仙傳, 刑子者上山, 山上有臺殿宮府, 仙吏侍衛.

桃源人已往 千古遺井竈 : 도연명의 「귀전원」에서 "무덤 사이를 배회하노라니, 옛사람 거처가 어렴풋하여라. 우물과 부엌은 터만 남고, 뽕나무와 대나무도 그루터기만 남았네. 나무하는 사람에게 물어보니, 이곳 사람들 모두 어찌 되었소"라 하였다. 도화원의 일은 또한 『도연명집』에 보인다. 즉 「도화원기」에서 "진나라 태원 연간에 고기잡이 하는 무릉 사람이 계곡을 따라가다가 얼마나 길을 갔는지 몰랐는데, 문득 복숭아꽃 숲을 만났다. 양쪽 강안 수백 보에 다른 나무는 없이 방초가 아름답고 도화가 어지러우니, 어부가 매우 이상하게 여기고 다시 앞으

로 나아가 숲 끝까지 가고자 하였다. 그런데 숲이 끝나고 물이 발원하는 곳에 문득 산 하나가 있었다. 산에 작은 입구가 있었는데 마치 빛이 있는 것 같았다. 곧 배를 놓아두고 입구를 따라가니 처음에는 매우 좁아 겨우 사람 하나 지나갈 만하였으나 다시 수십 보를 가자 널찍하고 환하였다. 땅은 평평하고 넓으며 집들은 반듯하고 좋은 전답과 아름다운 못에 뽕나무와 대나무 등이 자라고 있었으며 길이 서로 통하고 개 짖는 소리와 닭 우는 소리가 서로 들렸다. 이 가운데 왕래하며 씨 뿌리고 일하는 남녀들은 딴 세상 사람들과 같은 옷을 입고 있었으며, 노인과 어린아이들은 모두 편안하고 즐거워하였다. 이들은 어부를 보자 크게 놀라며 "어디서 왔느냐?"고 물으므로 자세히 말해 주었다. 집으로 가기를 청하여 그를 위해 술을 내오고 닭을 잡아 음식을 장만하였으며, 마을에 이런 사람이 와있다는 말을 듣고는 마을 사람들이 모두 와서 소식을 물었다. 그들은 말하기를 자신들은 "선대에 진나라의 난리를 피하여 처자와 마을 사람을 이끌고 이 외진 곳에 와서 다시는 세상에 나가지 않아 마침내 외인과 단절되었다"고 하였다. 지금이 어느 시대냐고 물었는데, 한나라가 있었던 사실을 알지 못하였으니, 위진은 말할 것도 없었다. 어부가 그들에게 알고 있는 역사 사실을 일일이 다 말해 주니, 모두 탄식하며 처연해 하였다. 나머지 사람들도 각기 자신들의 집으로 불러다가 모두 술과 밥을 대접하였다. 어부가 며칠을 머물다가 돌아가겠다고 말하자, 그들 중 어떤 사람이 "외인에게 말할 것이 못 된다"고 당부하였다. 어부는 나와서 배를 찾은 다음 곧 지난번

왔던 길을 따라 곳곳에 표시하고는 군하에 도착하여 태수에게 나아가 이와 같은 사실을 말하니, 태수가 곧 사람을 보내어 어부를 따라서 지난번 표시해 두었던 곳을 찾아가게 하였지만 마침내 길을 잃고 더 이상 원래의 길을 찾지 못하였다"라고 했다.

陶淵明歸田園詩云, 徘徊丘壠間, 依依昔人居. 井竈有遺處, 桑竹殘朽株. 借問采薪者, 此人皆焉如. 桃源事, 亦見淵明集, 已見上注.

雙鳧能來游 俗子跡可掃 : 쌍부는 곽령을 이른다. 『후한서 · 왕교전王喬傳』에서 "왕교가 섭현 령葉縣令이 되었는데, 신비로운 술재術才가 있었다. 매월 초하루와 보름이면, 항상 섭현으로부터 조정에 나갔다. 현종은 왕교가 자주 오는데도 그 수레와 가마와 보이지 않은 것을 괴이하게 여겨, 몰래 살펴보라고 명령을 내렸다. 그랬더니 "왕교가 올 때에는 문득 두 마리의 물오리가 동남쪽에서 날아왔습니다"라 했다. 이에 들오리가 오는 것을 기다렸다가 그물을 들어 펼쳤더니 다만 한 짝의 신발이 있을 뿐이었다. 이에 상방을 불러 살펴보게 했더니, 그 신발은 상서성尙書省에 있을 적에 하사받은 것이었다"라고 했다. 『시경 · 권이卷阿』에서 "화락한 군자가, 와서 놀며 와서 노래하도다"라고 했다. 두보의 「우과소단雨過蘇端」에서 "지금까지 내가 찾았던 많은 집에서, 한 끼 식사대접 그뿐이었지"라고 했다. 또한 「증이백贈李白」에서 "가난하여 좋은 약재 살 수 없으며, 산속에도 찾아가지 못하였네"라고 했다.

雙鳧, 謂郭令也. 事見上. 詩, 豈弟君子, 來游來歌. 老杜雨過蕭端云, 諸家憶所歷, 一飯跡便掃. 又詩, 苦乏大藥資, 山林跡如掃.

9. 장화보 낚시터 정자에 쓰다【나오는 대로 쓰다】

題章和甫釣亭【放言】26

斬木開亭	나무를 잘라 정자를 만들어
却倚石壁	석벽에 기대어 있네.
寒灘百雷27	차가운 여울에 천둥이 자주 울리고
古木千尺	고목은 천 길이다.
觀魚樂而相忘	물고기의 즐거움을 보고서 서로 잊고
聽鳥啼而自得	새 울음소리 듣고서 만족하누나.
去而之京洛之間數年	떠나서 서울과 낙양 사이로 간 지 두어 해
猶常夢嶄巖之石	아직도 우뚝 솟은 바위를 항상 꿈꾸네.

【주석】

斬木開亭 却倚石壁 寒潭百雷 : 『문선』에 실린 장형張衡의 「서경부」에서 ""상하 이중으로 된 구름다리에서 돌을 굴려 천둥 같은 소리를 낸다"라고 했다"라고 했다.

文選西京賦, 複陸重閣, 轉石成雷.

古木千尺 觀魚樂而相忘 : 『장자』에서 "장자가 혜자와 함께 호수의 징

---

26 [교감기] 전본에는 '放言' 두 글자는 시의 제목으로 들어있다.
27 [교감기] '灘'은 전본에는 '潭'으로 되어 있다.

검돌 근처에서 노닐고 있었다. 장자가 "피라미가 한가롭게 헤엄치고 있소. 이게 바로 물고기의 즐거움이란 거요"라고 하자, 혜자가 "당신은 물고기가 아니오. 어찌 물고기의 즐거움을 안단 말이오"라 하였다. 장자가 다시 "당신은 내가 아니오. 어찌 물고기의 즐거움을 알지 못한다는 걸 안단 말이오"라 하자, 혜자가 "나는 당신이 아니니까 물론 당신을 알지 못하오. 당신은 물론 물고기가 아니니까 당신이 물고기의 즐거움을 알지 못한다는 게 확실하단 말이오"라 했다. 장자가 "이제 처음 질문으로 돌아가 말해 봅시다. 그대가 "어찌 당신이 물고기의 즐거움을 안단 말이오"라고 했지만, 이미 그것은 내가 안다는 것을 알고서 내게 물은 것이오. 나는 호숫가에서 물고기의 즐거움을 알고 있소이다""라고 했다.

魚樂, 見莊子.

聽鳥啼而自得　去而之京洛之間數年　猶常夢嶄巖之石 : 『공자가어』에서 공자가 제자들에게 이르기를 "산에서 10리를 떠났는데도 매미 소리가 아직도 귀에 쟁쟁하다"라고 했다.

家語, 孔子謂弟子曰, 違山十里, 蟪蛄之聲尙猶在耳.

10. 동관현에서 오송산을 바라보며【집구시】
銅官縣望五松山集句】

『서청시화』에서 "집구시는 국초부터 있었는데, 석만경에 이르러 비로소 크게 드러났다. 그의 「하책」시는 다음과 같다. "일생 문장의 효과를 보지 못하였으니, 청운에 오르려 해도 그럴 수가 없네. 성주는 수고롭지 않고 천리에서 부르니, 항아는 어찌 한 가지 봄을 아끼랴. 봉황이 조서를 내려 비록 은혜를 받았지만, 승냥이와 범의 숲속에 들어선 것이라. 피를 흘리며 울더라도 무슨 소용이랴, 붉은 제복祭服 입고 말을 탄 이는 누구인가""라고 했다. 원풍 연간에 이르러 왕안석이 집구시에 더욱 뛰어났다. 사람들은 산곡이 집구시를 시작하였다고 하는데, 틀린 말이다.

西淸詩話云, 集句自國初有之, 至石曼卿始大著. 下策詩云, 一生不得文章力, 欲上靑雲未有因. 聖主不勞千里召, 嫦娥何惜一枝春. 鳳凰詔下雖霑命, 豺虎叢中也立身. 啼得血流無用處, 朱衣騎馬是何人. 至元豊間, 王荊公益工於此. 人言起自公, 非也.

北風無時休	북풍은 잘 때가 없으니
崩浪眂天響	무너진 파도는 하늘 울려 시끄럽네.
蛟鼉好爲祟	교룡, 악어는 빌미가 되기 좋아하니
此物俱神王	이 사물은 모두 기세가 넘치네.

我來五松下	내가 오송산 아래 오니
白髮三千丈	백발이 삼천 길이네.
松門閉靑苔[28]	솔 문은 푸른 이끼에 닫혀 있는데
惜哉不得往	애석하도다, 내 갈 수 없었음이여.
今日天氣嘉[29]	오늘은 날씨가 좋아서
淸絶心有向	맑고 깨끗한 마음으로 멀리 바라보네.
子雲性嗜酒	자운은 천성이 술을 좋아하나
況乃氣淸爽	더구나 기운이 빼어나고 맑음에랴.
此人已成灰	이 사람 이미 재가 되었으나
懷賢盈夢想	어진 이 그리니 꿈에 환하게 나타나네.
衣食當須幾	먹고 사는 일은 마땅히 중요하니
吾得終疎放	나는 끝내 멀리 쫓겨났구나.
弱女雖非男	약한 딸이 비록 아들은 아니지만
出處同世網	세상의 그물에 똑같이 걸렸도다.
搔背牧雞豚	등을 긁으며 닭과 돼지를 기르니
相見得無恙	서로 만나매 병은 없구나.

28　[교감기] '閉'는 원래 '點'으로 되어 있는데, 지금 영원본과 전본, 그리고 건륭본에 의거하여 교정하였다.
29　[교감기] '嘉'는 영원본에는 '佳'로 되어 있다.

北風無時休 : 한유의 「동정호洞庭湖」에서 "시월이라 음기가 성하니, 북풍이 쉴 때가 없어라"라고 했다. 두보의 「등자은사탑登慈恩寺塔」에서 "매서운 바람은 쉬지 않고 불어오네"라고 했다.

退之詩, 十月陰氣盛, 北風無時休. 老杜詩, 烈風無時休.

崩浪聒天響 : 도연명의 「경자세庚子歲」에서 "무너지는 파도가 하늘을 울려 시끄럽고, 긴 바람은 쉴 때가 없어라"라고 했다.

淵明詩, 崩浪聒天響, 長風無息時.

蛟鼉好爲祟 : 두보의 「송고팔送顧八」에서 "배는 뿌리 없는 납가시 같고, 교룡은 빌미가 되기 좋아라"라고 했다.

老杜詩, 舟楫無根蔕, 蛟鼉好爲祟.

此物俱神王 : 두보의 「화응십이선畫鷹十二扇」에서 "날이 추우면 크게 매사냥을 벌였으니, 이 매는 기세가 넘쳤네"라고 했다.

老杜詩, 天寒大羽獵, 此物俱神王.

我來五松下 : 이백의 「유오송」에서 "내 다섯 소나무 아래에 와서"라고 했다.

太白游五松詩, 我來五松下.

白髮三千丈 : 이백의 「추포가秋浦歌」에서 "흰 머리칼 삼천 장으로 자랐으니, 근심도 따라 늘었겠지"라고 했다.

太白云, 白髮三千丈, 緣愁似箇長.

松門閉靑苔 : 이백의 「심산승尋山僧」에 보이는 구이다.

太白詩

惜哉不得往 : 한유의 「추회秋懷」에서 "애석하도다 갈 수는 없지만, 어째 내가 잡을 수 없다고 하는가"라고 했다.

退之詩, 惜哉不得往, 豈謂吾無能.

今日天氣嘉 : 도연명의 「제인공유주가묘諸人共有周家墓」에서 "오늘은 날씨 좋아, 불어오는 맑은 바람과 매미 소리"라고 했다.

淵明詩, 今日天氣嘉, 淸吹與鳴彈.

淸絶心有向 : 두보의 「화응십이선畫鷹十二扇」에서 "빼어난 자태로 각각 홀로 서 있는데, 맑고 깨끗한 기상으로 멀리 바라보네"라고 했다.

老杜云, 殊姿各獨立, 淸絶心有向.

子雲性嗜酒 : 도연명의 「음주飮酒」 시에, "양자운은 천성이 술을 좋아하나, 집이 가난해 마련할 수 없었네"라고 했다.

淵明云, 子雲性嗜酒, 家貧無由得.

況乃氣清爽 : 두보의 「팔애시」에 보인다.
老杜八哀詩

此人已成灰 : 이백의 「옥진공주玉眞公主」에서 "시를 읊조리며 관중과 악
의 생각하는데, 이 사람들은 이미 재가 되었네"라고 했다.
太白詩, 吟詠思管樂, 此人已成灰.

懷賢盈夢想 : 이백의 「수배시어酬裵侍御」에서 "밤낮으로 원숭이 슬픔
들으니, 어진 이 그리니 꿈에 환하게 나타나네"라고 했다.
太白詩, 日夕聽猿愁, 懷賢盈夢想.

衣食當須幾 : 도연명의 「이거移居」에서 "먹고 사는 일은 마땅히 중요
하니, 힘써 경작을 하여 나를 속이지 않으리"라고 했다.
淵明詩, 衣食當須紀, 力耕不吾欺.

吾得終疎放 : 두보의 「차만주次晚洲」에서 "중원은 아직 병사를 풀지 않
았으니, 나는 끝내 멀리 쫓겨나 있구나"라고 했다.
老杜詩, 中原未解兵, 吾得終疎放.

弱女雖非男: 도연명의 「박박주薄薄酒」에서 "딸아이가 아들은 아니지만, 없는 것보다는 위로가 되네"라고 했다. 대개 산곡은 당시 아직 아들이 있지 않았다. 살펴보건대 『유문』에 「걸주보질박장」에서 "지금 제가 명당의 대례를 지났는데, 신의 아들 상은 이제 겨우 6살입니다"라고 했다. 명당은 바로 원우 4년에 만들어졌는데, 거꾸로 세어보면 원우 7년 갑자년에 이르니 그 때 아들 상相이 비로소 태어났다. 1년 전 12월에 태화에서 덕평으로 옮겼는데, 집구는 대개 가는 도중에 지은 것이다.

淵明詩, 弱女雖非男, 慰情良勝無. 蓋山谷時未有男也. 按遺文有乞奏補姪樸狀云, 今過明堂大禮, 臣子相纏六歲. 明堂乃元祐四年, 逆數至元豐七年歲甲子, 相始生. 前一年十二月, 自太和移德平, 集句蓋經途所作.

出處同世網: 두보의 「팔애시」에 보인다.
老杜八哀詩

搔背牧雞豚: 이백의 「서정書情」에서 "한가할 때 전야 가운데서, 등을 긁으며 닭과 돼지 기르네"라고 했다.
太白詩, 閑時田野中, 搔背牧雞豚.

相見得無恙: 한유의 「악양루岳陽樓」에서 "가련하다 내가 쫓겨나서 돌아올 때, 서로 마나보니 병은 없구나"라고 했다.

退之詩, 憐我竄逐歸, 相見得無恙.

11. 함평에서 태강에 가면서 말안장에서 짧은 시 열 편을 지어 안숙원에게 소회를 보내고 아울러 여행길에 있는 왕치천에게 안부 삼아 보냈는데, 왕치천이 "노란 거위 새끼 술 같으니, 술 마주하며 새 아황주를 사랑하네"[30]라는 시구로 다른 날 취할 때 안숙원과 운자로 삼아 읊었다. 인하여 이것으로 운자를 삼다

自咸平至太康 鞍馬間得十小詩 寄懷晏叔原 幷問王稚川行李 鵝兒黃似酒對

酒愛新鵝 此他日醉 時 與叔原所詠 因以爲韻

함평과 태강, 두 고을은 모두 개봉부에 속한다.

咸平太康兩縣, 皆隷開封府.

첫 번째 수其一

詩入雞林市	시는 계림의 시장에 들어가고
書邀道士鵝	글씨로 도사의 거위를 데려오네.
雲間晏公子	구름 사이의 안 공자
風月興如何	풍월의 흥을 어찌할꼬

---

30 두보의 「주전소아아(舟前小鵝兒)」에 보이는 구절이다.

【주석】

詩入雞林市 : 『당서·백거이전』에서 "시에 매우 뛰어나서 당시의 선비들이 다투어 널리 전하였다. 계림의 행상들이 국상에게 파는데, 대체적으로 한 편 당 일금과 바꿨다"라고 했다.

唐白居易傳, 最工詩. 當時士人爭傳. 雞林行賈, 售其國相, 率篇易一金.

書邀道士鵝 : 『진서·왕희지전』에서 "산음의 도사가 거위 기르는 것을 좋아하였는데, 왕희지가 그것을 팔 것을 청하자, 도사가 이르기를 "나를 위해 『도덕경』을 써주면, 온 무리를 다 주겠네"라고 하였다. 왕희지는 기쁘게 다 써 준 다음, 거위를 새장에 넣어가지고 돌아갔다"라고 하였다.

王羲之傳, 山陰道士好養鵝, 羲之固求市之, 道士云, 爲寫道德經當擧羣相贈. 羲之欣然寫畢, 籠鵝而歸.

雲間晏公子 風月興如何 : 『진서·육운전』에서 "순은의 자는 명학이다. 육운과 장화張華의 집에서 만나게 되었다. 육운이 손을 들고서 "나는 구름 속의 육사룡이요"라고 하자, 순은이 "나는 태양 아래 순학명이네"라고 하였다"라고 했다.

晉陸雲傳, 雲曰, 雲間陸士龍. 荀隱曰, 日下荀鳴鶴.

두 번째 수其二

春風馬上夢	말 위에 꿈에 봄바람 불고
樽酒故人持	술동이의 술을 벗이 마시누나.
猶作狂時語	외려 취했을 때 시어를 짓는데
鄰家乞侍兒	이웃집에서 여종을 빌리네.

【주석】

春風馬上夢 樽酒故人持 猶作狂時語 鄰家乞侍兒 : 원주에서 "치천이 취할 때 곁에 있으면서 그 모습을 알았다"라 하였다. ○『한서·원앙전』의 주에서 "시아侍兒는 여종이다"라고 했다.

元注云, 稚川醉時, 在傍知狀. ○ 侍兒, 婢也. 見袁盎傳.

세 번째 수其三

憶同嵇阮輩	생각건대 혜강, 완적과 같으니
醉臥酒家牀	취하여 술집 침상에 누워 있네.
今日墟邊客	오늘 주막의 손님
初無人姓黃	애초에 황 씨 손님은 없다네.

【주석】

憶同嵇阮輩 醉臥酒家牀 今日墟邊客 初無人姓黃 :『진서·왕융전』에서

"왕융이 상서령이 되어 황공주로 앞을 지나다가 뒷수레에 탄 사람을 돌아보면서 "내가 옛날 혜강, 완적 등과 함께 이 주점에서 술을 마시면서 죽림의 놀이에도 그 말석에 참여했었다. 혜강과 완적이 세상을 떠난 후로 시무에 묶여 지내다가 오늘 이곳을 보니 거리는 비록 가까우나 아득하기가 산하가 가로놓인 듯하네""라고 했다. 『진서 · 완적전』에서 "이웃집의 젊은 아낙이 미모가 있었는데, 주막을 차려 술을 팔았다. 완적이 자주 주막에 가서 술을 마셨는데, 취하면 곧바로 그 곁에 누웠다"라고 했다.

黃公壚, 見上. 阮籍傳, 鄰家少婦有美色, 當壚沽酒, 籍嘗詣婦飮, 醉便臥其側.

네 번째 수其四

對酒誠獨難	술을 마주하면 참으로 참기 어렵고
論詩良不易	시를 논함은 참으로 쉽지 않네.
人生如草木	인생은 초목과 같은데
臭味要相似	취미는 모름지기 서로 같으리.

【주석】

對酒誠獨難 論詩良不易 人生如草木 臭味要相似 : 『진서 · 환이전桓伊傳』에서 "임금 노릇하기가 이미 쉽지 않고, 신하 되기도 참으로 유독 어렵다"라고 했다. 『한서 · 광형전匡衡傳』에서 "시에 대해 말하지 마라, 광형이 바

로 온다"라고 했다. 『좌전』에서 "지금 초목에 비유하자면, 저의 군주와 진晉의 군주와의 관계는 진 군주의 냄새나 맛처럼 일체一體입니다"라고 했다. 『명황잡록明皇雜錄』에서 "고력사高力士는 「영제詠薺」에서 "오랑캐와 중국의 땅은 비록 다르지만, 그 맛은 끝내 다르지 않네"라 읊었다"라고 했다.

並見上.

다섯 번째 수其五

春色挾曙來	봄빛은 새벽부터 찾아오니
惱人似官酒	관주에 사람을 고민케 하네.
酬春無好語	봄에 수응하며 좋은 말이 없으니
懷我文章友	문장하는 나의 벗을 그리워하누나.

【주석】

春色挾曙來 : 한유의 「정번수답鄭樊酬答」에서 "거센 바람이 온화한 기운을 띠고"라고 했다.

韓詩, 威風挾惠氣.

여섯 번째 수其六

紅梅定自開	붉은 매화는 참으로 절로 피었나니
有酒無人對	술은 있으나 마주할 사람이 없네.
歸時應好在	돌아갈 때 응당 절로 좋을 텐데
常恐風雨晦	항상 풍우가 어둑해질까 걱정이네.

【주석】

紅梅定自開 有酒無人對 歸時應好在 常恐風雨晦 : 『시경·풍우』에서 "비바람 몰아쳐 어둑한 때"라고 했다. 산곡의 「희증조자방가봉아戱贈曹子方家鳳兒」에서 "돌아갈 때 정히 절로 문장에 능하게 될 것이네"라고 했으며, 두보의 「송채희노送蔡希魯」에서 "그대 통해 소식 물어보니, 완 원유는 잘 지내시는가因君問消息, 好在阮元瑜]"라고 했다.

詩, 風雨如晦. 定自, 好在, 並上.

일곱 번째 수其七

東南萬里江	동남 만 리의 강
綠淨一杯酒³¹	푸르고 맑은 한 잔의 술.
王孫江南去	왕손이 강남으로 떠나니
更得消息否	다시 소식을 알 수 있을까.

---

31 [교감기] '淨'은 원래 '盡'으로 되어 있었으나 영원본과 전본에 의거하여 교정하였다. 살펴보건대 사용(史容)의 주에서 "淨으로 쓰는 것이 맞다"라고 했다.

【주석】

東南萬里江 綠淨一杯酒 王孫江南去 更得消息否 : 한유의 「동도우춘東都遇春」에서 "강물과 하늘빛이, 이곳에서는 모두 푸르고 맑아라"라고 했으며, 또한 「합강정合江亭」에서 "굽어보매 아득하게 공활하니, 푸르고 맑아 침을 뱉을 수 없네"라고 했다. 백거이의 「지상야경池上夜境」에서 "안팎의 빛에 맑고 고우며 깨끗하고 푸르러라"라고 했다.

退之詩, 水容與天色, 此處皆綠淨. 又云, 瞰臨眇空闊, 綠淨不可唾. 樂天詩, 澄鮮淨綠表裏光.

여덟 번째 수其八

獻笑果不情	웃음을 보이지만 결국 정은 통하지 않으며
貌親初不愛	겉으로 친하지만 애초부터 사랑하지 않았네.
誰言百年交	누가 말하는가, 백 년의 사귐은
投分一傾盖	우연히 잠시 만났어도 의기투합한다고.

【주석】

獻笑果不情 : 『장자·대종사』에서 "잠깐의 즐거움은 웃음에 미치지 못하고, 드러난 웃음은 자연의 추이를 따름에 미치지 못하니, 자연의 추이를 편안히 여겨 그 변화조차도 잊어버리면 마침내 고요한 하늘과 일체가 되는 경지에 들어가게 될 것이다"라고 했다. 『당서·어조은

전』에서 석채를 마치고 어조은이 『주역』을 들고서 자리에 올라 앉아 말하기를 "솥의 다리가 부러져서 수라상의 음식이 쏟아진다"는 말로 재상에게 모욕을 주니, 왕진은 노하였는데, 원재는 차분하였다. 어조은이 "노한 것은 상정인데, 웃는 것은 헤아릴 수 없다"라고 했다.

莊子大宗師篇, 造適不及笑, 獻笑不及排. 唐魚朝恩傳, 釋菜執易, 升坐言, 鼎有覆餗象, 以侵宰相. 王縉怒, 元載怡然. 朝恩曰, 怒者常情, 笑者不可測也.

貌親初不愛 : 『예기·표기表記』에서 "정은 먼데 친한 척하는 것을 소인에 비유하면 담장을 뚫는 도둑이다"라고 했다.

禮記, 情疏而貌親, 在小人則穿窬之盜也與.

誰言百年交 投分一傾盖 : 『문선』에 실린 반악의 「금곡집작시金谷集作詩」에서 "의기투합하여 석우[32]에게 주노니[投分寄石友]"라고 했다. 『한서·추양전』에서 "머리가 희도록 나이를 먹었어도 새로 만난 사이 같이 어색하고 우연히 잠시 알게 되었어도 오래된 친구 같다"라고 했다.

投分傾盖見上.

아홉 번째 수其九

| 四十垂垂老 | 사십에 벌써 폭삭 늙었으니 |

32　석우(石友) : 반악의 벗인 석숭(石崇)을 말한다.

文章豈更新	문장이 어찌 다시 새롭겠는가.
鼻端如可斲	코끝에 백토를 잘라낼 수 있다면
猶擬爲揮斤	도끼를 휘두를 수 있으리라.

【주석】

四十垂垂老 : 산곡은 경력 5년 을유년에 태어났으니 원풍 7년 갑자년에 이르면 나이가 마흔 살이다. 당시 태화에서 덕평진으로 가서 감독하였다. 문집 가운데 그 모친을 대신하여 「제진씨녀」에서 "내가 강남에 갔을 때 3년을 힘들게 살았다. 원풍 갑자년에 너의 오빠가 조정으로 돌아갔다"라고 했으니, 이 해에 변경을 지나간 것을 알 수 있다. 그러므로 함평, 태강 연간에 이 시를 지었다. 승려 관휴의 「진정헌촉황제陳情獻蜀皇帝」에서 "병 하나 바리 하나로 늙어가고, 많은 물 많은 산을 지나 기어코 찾아왔네"라고 했다.

山谷生於慶曆五年乙酉, 至元豊七年甲子, 蓋四十矣. 時自太和移監德平鎮. 集中有代其母祭陳氏女云, 我徂江南, 三年搖搖. 元豊甲子, 汝兄還朝. 可見是勢過汴京, 故在咸平太康之間, 作此詩. 僧貫休詩, 一瓶一鉢垂垂老.

文章豈更新 鼻端如可斲 猶擬爲揮斤 : 『장자』에서 "장자가 장례식에 참석하려고 혜자의 묘 앞을 지나가다가 따르는 제자를 돌아보고 말했다. "영 땅 사람 중에 자기 코끝에다 백토를 파리날개 만큼 얇게 바르고 장석匠石에게 그것을 깎아 내게 하자 장석이 도끼를 바람 소리가 날 정도

로 휘둘러 백토를 깎았는데 백토는 다 깎여 졌지만 코는 다치지 않았고 영 땅 사람도 똑바로 서서 모습을 잃어버리지 않았다. 송나라 원군이 그 이야기를 듣고 장석을 불러 "어디 시험 삼아 내게도 해 보여 주게" 하니까 장석은 "제가 이전에는 그렇게 할 수 있었지만 지금은 그 기술의 근원이 되는 상대가 죽은 지 오래되었습니다" 하더니만 지금 나도 혜시가 죽은 뒤로 장석처럼 상대가 없어져서 더불어 이야기할 사람이 없어졌다"라고 했다.

斲鼻揮斤, 見上.

열 번째 수其十

土氣昏風日	날씨가 어두워 바람 부는 날
人嚻極鴈鵝	사람들은 대단히 거위처럼 시끄럽네.
尋河著繩墨	강가 찾아서 승묵을 가지고 가지만
詩思畧無多	시상은 조금도 일지 않네.

【주석】

土氣昏風日 人嚻極鴈鵝 : 한유의 「수최십육酬崔十六」에서 "여러 사람의 입이 대단히 시끄럽네"라고 했다.

衆口極鵝鴈, 見上.

尋河著繩墨 詩思畧無多：'著'의 음은 '斫'이다.

12. 집에 부치다
寄家

近別幾日客愁生	근래 떠난 지 며칠 만에 나그네 수심 이나니
固知遠別難爲情	참으로 알겠어라, 멀리 떠남에
	감정 추스르기 어려움을.
夢回官燭不盈把	꿈은 관촉에서 돌아와 어렴풋한데
猶聽嬌兒索乳聲	아직도 귀여운 딸 젖을 찾는
	울음소리 들리는 듯.

【주석】

近別幾日客愁生 固知遠別難爲情 : 『문선』에 실린 왕소군[33]의 「왕명군사王明君詞」에서 "후세 사람들에게 말 전하노니, 멀리 시집가는 일은 견디기 어려워라"라고 했다. 한유의 「도원도桃源圖」에서 "인간에 얽매임 있어 머무를 수 없으니, 아련히 이별함에 심정을 가누기 어려워라"라고 했다.

文選王昭君詩, 傳語後世人, 遠嫁難爲情. 退之詩, 人間有累不可住, 依然離別難爲情.

夢回官燭不盈把 : 후한의 파지는 객과 어두운 곳에 앉아 있으면서 관

---

33 왕소군이 아니라 석숭(石崇)이다.

촉에 불을 켜지 않았다. 두보의 「누상樓上」에서 "어찌 관가 촛불 켤 필요 있나, 머리털이 세어가니 괴롭구나"라고 했으며, 또한 「옥화궁玉華宮」에서 "소리 내어 노래하니 눈물만 흐르네"라고 했으며, 또한 「모추暮秋」에서 "손에 쥐니 가득하니 어찌 바다의 구슬뿐이리오"라고 했다. 단도란의 『속진양추』에서 "도잠이 9월 9일에 술이 없어서, 집 주변의 국화 숲속에서 따다가 한 움큼 가득 담아 그 옆에 앉아 오래도록 멀리 바라보고 있었다. 흰옷을 입은 사람이 오는 것을 보았는데, 곧 왕홍王弘이 술을 보내온 것이었다"라고 했다.

後漢巴祇與客暗坐, 不然官燭. 杜詩, 何須把官燭, 似惱鬢毛蒼. 又云, 浩歌淚盈把. 又云, 盈把那須滄海珠. 檀道鸞續晉陽秋曰, 陶潛九月九日無酒, 於宅邊菊叢中, 摘盈把, 望見白衣人送酒.

猶聽嬌兒索乳聲 : 한유의 「기장적寄張籍」에서 "귀여운 딸 아직도 젖먹이라, 생각할수록 더욱 잊을 수 없네. 문득 내 앞에 있는 것 같으며, 귀로는 울음소리 듣는 것 같네"라고 했다.

退之詩, 嬌女未絶乳, 念之不能忘. 忽如在我前, 耳若聞啼聲.

13. 초화보의 시에 차운하여 고풍으로 지어 답하다. 2수

古風次韻答初和甫. 二首[34]

시에서 "도인은 사십에 마음은 물과 같네"라고 했으니, 산곡은 을유년에 태어나 원풍 갑자년에 마흔 살이 되었다. 이후 다섯 작품은 모두 덕평에서 지었다.

詩云, 道人四十心如水. 山谷生於乙酉, 至元豊甲子年四十. 凡五詩, 皆德平作.

첫 번째 수 其一

飢思河鯉與河魴	굶주림에 하수의 잉어와 하수의 방어 생각하며
渴思蔗漿玉盌凉	갈증에 옥반의 시원한 사탕수수 즙을 생각하네.
冬願純綿對陰雪	겨울에는 순면을 입고 차가운 눈에 맞서길 원하고
夏願綌絺度盛陽	여름에는 갈옷으로 더운 여름 넘기길 원하네.
萬端作計身愁苦	온갖 방법으로 계책을 만드느라 근심은 깊고
一事不諧鬢蒼浪	한 가지 일도 제대로 되지 않아

---

34 [교감기] 영원본에는 시의 제목에 '二首'가 없으며, 두 시를 한 수로 합쳤다.

　　　　　　　　　　　머리털은 하얗구나.

調笑天街吟海燕　　　조정을 조소하며 바다의 제비를 노래하니

藜羹脫粟非公狂　　　낱알 없는 명아주 국에 공무에 미치지 않으랴.

【주석】

飢思河鯉與河魴: 『시경·형문衡門』에서 "어찌 물고기 먹음에, 하수의 방어만 될 것이며, 어찌 아내 취함에, 제나라 강씨만 될 것인가. 어찌 물고기 먹음에, 하수의 잉어만 될 것이며, 어찌 아내 취함에, 송나라 자씨만 될 것인가"라고 했다.

詩, 豈其食魚, 必河之魴. 豈其取妻, 必齊之姜. 豈其食魚, 必河之鯉. 豈其取妻, 必宋之子.

渴思蔗漿玉盌凉: 『초사·초혼』에서 "자라는 끓이고 새끼양을 통째로 구우며, 사탕수수를 짜서 즙을 만든다"라고 했다. 『한서·예악지』에서 "큰 동이의 사탕수수 즙이 아침 숙취를 깨게 한다"라고 했는데, 주에서 "단 사탕수수의 즙을 취하여 마시면 숙취를 풀 수 있다"라고 했다. 두보의 「입주행」에서 "사탕수수 즙을 부엌으로 가져가 금 쟁반에 얼려"라고 했다.

楚辭招魂云, 胹鼈炮羔有柘漿. 前漢禮樂志, 歌, 泰尊蔗漿析朝酲. 注, 取甘蔗汁爲飮, 可解酲. 老杜入奏行, 蔗漿歸厨金盌凍.

冬願純綿對陰雪: 왕포의 「성주득현신송聖主得賢臣頌」에서 "성긴 모포를 걸치고 거친 털옷을 입은 사람과는 더불어 순면의 곱고 섬세함을 말하기 어렵다"라고 했다.

王襃頌云, 荷旃被毳者, 難與道純綿之麗密.

夏願絺綌度盛陽: 『시경·국풍』에서 "저 갈포 위에 덧입는다"라고 했는데, 몽蒙은 동여맨다는 의미이다. 『서경·홍범』의 오행의 주에서 "성한 음기에 풍설이 서려 얼음이 얼었는데, 양기가 몰려오게 되어 서로 들어가지 못하게 되면 흩어져서 싸라기가 된다. 성한 양기에 우수가 따뜻하여 양이 뜨거운데 음기가 위협하여 서로 들어가지 못하게 되면 변하여 우박이 된다"라고 했다.

國風, 蒙彼絺綌, 是絏袢也. 洪範五行傳, 盛陰風雪凝滯而冰寒, 陽氣薄之, 不相入, 則散而爲霰. 盛陽雨水溫暖而陽熱, 陰氣脅之, 不相入, 則轉而爲雹.

萬端作計身愁苦: 『한서·왕망전』에서 "허튼소리로 태후에게 아부하면서 섬겼고, 아래로는 측근에서 오랫동안 모신 사람들에게까지 온갖 이유를 들어서 뇌물을 주었다"라고 했다.

王莽傳, 所以誑耀媚事太后, 下至旁側長御,[35] 方故萬端.

---

35 [교감기] '長御' 두 글자는 원래 빠져 있었는데, 『한서』 권99 「왕망전」에 의거하여 보충하였다.

一事不諧鬢蒼浪:『후한서·송홍전』에서 광무제의 누이가 과부가 되어 송홍에게 다시 시집 보내려고 하였는데, 일이 틀어졌다. 황제가 공주를 향해 "일이 뜻대로 되지 않았소"라고 했다. 장작張鷟의 『첨재보유僉載補遺』에서 "왕능王能이 낙양령洛陽令이 되자, 판부인判婦人 아맹阿孟의 모습을 보고서는 "아맹은 나이 여든인데, 머리는 일찍이 창랑[36]이었지"라 했다"라고 했다.

後漢宋弘傳, 帝顧謂主曰, 事不諧矣. 蒼浪, 見上.

調笑天街吟海燕:『문선』에 실린 사령운謝靈運의 「위태자업중집시擬魏太子鄴中集詩」에서 "조소하면 그때마다 수답을 했고, 희롱한다고 부끄러워 그치지도 않았네"라고 했다. 이백의 「선주구일宣州九日」에서 "손에 국화 한 송이 쥐고서, 이천 석 태수를 놀리는구나"라고 했다. 『진서·천문지』에서 "묘성과 필성 사이를 천구라고 부른다"라고 했다. 양나라 오균의 「연」에서 "한 제비가 바다에서 날아오고, 한 제비가 고당에서 쉬네"라고 했다.

文選詩, 調笑輒酬答, 嘲謔無慙沮. 李白詩, 手把一枝菊, 調笑二千石. 晉天文志, 昴畢之間, 謂之天街. 梁吳均燕詩, 一燕海上來, 一燕高堂息.

藜羹脫粟非公狂: 공자가 진나라에 있을 때 곤궁을 당하여 쌀 한 톨 없는 명아주국을 먹었다. 왕포의 「성주득현신송聖主得賢臣頌」에서 "명아

---

36 창랑(蒼浪) : 흰머리를 말한다.

주국과 미숫가루를 먹는 사람과는 더불어 태뢰의 훌륭한 맛을 논할 수
없다"라고 했다.

孔子在陳, 藜羹不糝. 王褒頌云, 藜藿唅糗者, 不足與論太牢之滋味. 脫栗
見公孫弘傳.

두 번째 수其二

君吟春風花草香	그대 춘풍의 화초 향기 읊조리고
我愛春夜璧月凉	나는 봄밤에 옥 같은 달의 시원함을 사랑하네.
美人美人隔湘水	미인이여, 미인이여 상수 너머에 있으니
其雨其雨怨朝陽	비가 내릴까 비가 내릴까
	아침 햇살을 원망하네.
蘭荃盈懷報瓊玖	품에 가득한 난초 주니 경구로 보답하고
冠纓自潔非滄浪	갓끈은 절로 깨끗하니 창랑이 필요치 않네.
道人四十心如水	도인은 사십에 마음이 물과 같은데
那得夢爲胡蝶狂	어찌하면 꿈에서 나비 되어
	거침없이 날아볼까.

【주석】

君吟春風花草香 : 두보의 「절구絶句」에서 "봄바람에 화초는 향기롭네"
라고 했다.

杜詩, 春風花草香.

我愛春夜璧月凉 :『진서·후비전』에서 그 곡조에서 "구슬 같은 달은 밤마다 가득하네"라고 했다.

陳書后妃傳, 其曲云, 璧月夜夜滿.

美人美人隔湘水 : 두보의 「기한간의주寄韓諫議注」에서 "그대는 어찌하여 가을 강물 너머에 있는가"라고 했다. 관휴의 「선재행」에서 "미인이여, 이마가 시원하여 아름답네. 오랫동안 보지 못함이여, 상수는 아득하도다"라고 했다. 잠삼의 「춘몽」에서 "어젯밤 꿈에 동방에 봄바람이 일어나서, 멀리 미인이 잠든 상강수가 생각난지라"라고 했다. 유종원의 「증오무릉」에서 "미인이 상수 너머에 있으니, 하룻밤 사이 가을바람이 이네"라고 했다.

杜詩, 美人胡爲隔秋水. 貫休善哉行, 有美一人兮, 婉如淸揚. 久不見之兮, 湘水茫茫. 岑參春夢詩, 洞房昨夜春風起, 遙憶美人湘江水. 柳子厚贈吳武陵, 美人隔湘浦, 一夕生秋風.

其雨其雨怨朝陽 :『시경·위풍·백혜伯兮』에서 "비 오려나 비 오려나 하였더니, 쨍쨍 해만 뜨는구나"라고 했다. 완적의 「영회詠懷」에서 "비를 바랐는데 아침 해가 뜬 것이 원망스럽구나"라고 했다.

國風, 其雨其雨, 杲杲出日. 阮藉詩, 其雨怨朝陽.

蘭荃盈懷報瓊玖 : 『좌전 · 성공 17년』에서 당초에 성백이 잠을 자다가 원수를 건너는데 어떤 사람이 성백에게 주옥을 먹이거늘 성백이 눈물을 흘리니 그 눈물이 주옥이 되어 품 안에 가득히 쌓였다. 성백은 따라가며 "원수를 건너는데 어떤 이가 나에게 주옥을 주었네. 돌아갈 것이다. 돌아갈 것이다. 주옥이 내 품에 가득하니"라고 노래하였다. 『시경 · 국풍 · 목과』에서 "경구로써 갚을 것이다"라고 했다. 한유의 「송영사」에서 "쫓겨난 객 서너 공이, 품에 가득한 난초를 주었네"라고 했다.

左傳, 聲伯夢涉洹, 或與己瓊瑰, 食之, 泣而爲瓊瑰, 盈其懷, 歌曰, 濟洹之水, 贈我以瓊瑰. 歸乎歸乎, 瓊瑰盈吾懷乎. 國風木瓜, 報之以瓊玖. 韓文公送靈師詩, 逐客三四公, 盈懷贈蘭荃.

冠纓自潔非滄浪 : "창랑의 물이 맑으면 나의 갓끈을 빨 수 있네"라는 말은 『맹자』와 『초사』에 보인다. 백거이의 「춘지한범春池閑泛」에서 "창랑의 노래 부르지 마라, 씻어야 할 티끌이 없으니"라고 했다.

滄浪之水淸兮, 可以濯我纓. 見孟子及楚辭. 白樂天詩, 莫唱滄浪曲, 無塵可濯纓.

道人四十心如水 : 『맹자』에서 "나는 마흔에 마음이 동요되지 않았다"라고 했다. 『한서 · 정숭전』에서 "신의 문 앞은 저잣거리 같지만 신의 마음은 물과 같습니다"라고 했다.

孟子. 我四十不動心. 漢鄭崇傳, 臣門如市, 臣心如水.

那得夢爲胡蝶狂 : 『장자』에서 "언젠가 장주가 꿈속에 나비가 되어, 나풀나풀 잘 날아다니는 나비로서 스스로 유쾌하고 만족스러웠다. 조금 뒤에 잠을 깨고 보니 뻣뻣하게 누워 있는 장주라는 인간이었다. 장주의 꿈속에 나비가 된 것인지, 나비의 꿈속에 장주가 된 것인지 모르겠다"라고 했다.

蝶夢見上.

14. 화보의 「노천수」에 차운하여 답하다. 3수

次韻答和甫盧泉水. 三首

서문을 함께 싣다. 초우세의 자는 화보로 의술에 밝아 그가 지은 『필용방』이 세상에 전한다. 노천은 그가 거처하는 곳으로 동평부 수성현 노천향에 있다.

幷序. 初虞世字和甫, 善醫, 有必用方行於世. 盧泉, 其所居也, 在東平府須城縣盧泉鄕.

화보가 「노천수」를 지으면서 고악부에서 제목을 구하지 않았지만 그 형식은 암합한다. 내가 화운하여 세 수를 지었다. 내가 하외에서 벼슬한 이후로 붕우들에게 귀에 거슬리는 충고를 적게 들었다. 화보가 나를 사랑하여 평소 충고를 많이 해주었는데, 나는 그가 노천을 그리워하지 않았으면 하였기에 첫 번째 시를 지었다. 그곳에 사는 부모를 중니와 유하혜처럼 내화보가 즐기는 두 우물로써 편안하게 모시니, 화보가 노천을 잊지 못함을 알 수 있다. 그러므로 두 번째 시를 지었다. 이 도에 의하여 나아갔으니, 사물에 대해 가림이 없어야 한다. 맑은 장수의 물결, 탁한 황하의 흐름, 노천의 샘물에 그 다른 맛을 구하다가 얻지 못하더라도 몸소 즐기고 편안하게 여기는 것이 옳다. 그러므로 세 번째 시를 지었다. 대저 세 시에서 말한 것이 비록 같지는 않으나 다만 의미를 아는 자는 그 내용이 다르지 않음을 헤아릴 것이다.

和甫作盧泉之水, 不求於古樂府, 而規摹暗合. 余爲和成三疊. 自余官河外, 罕得逆耳之言於朋友. 和甫愛我也, 居有藥言, 吾不欲其思盧泉也, 故作其一. 父母之邦, 有如仲尼柳下惠, 而懷安之以吾之樂雙井, 知和甫之不忘盧泉也, 故作其二. 坐進此道者, 於物無擇, 淸漳之波, 濁河之流, 盧泉之水, 求其異味 而不得也, 親樂之, 身安之, 斯可矣, 故作其三. 夫三言者雖不同, 惟知言者, 領其不異也.

첫 번째 수其一

初侯不能六尺長	애초에 공은 키가 6척이 되지 않았는데
少日結交皆老蒼	젊어서 사귐은 모두 노인들이었네.
勢利不可更炎凉	세리의 사귐은 염량한 태도를 바꿀 수 없어
解纓從我濯滄浪	갓끈 풀어 나를 따라 창랑에 빨았어라.
與君論心松栢香	그대와 마음 논하자니 송백의 향기 나는데
何爲獨憶盧泉之上多綠楊	어찌하여 홀로 노천가의 푸른 버들을 그리는가.
盧泉如練照秋陽	노천은 비단 같아 가을 햇빛에 반짝이는데
泉上之人猶謗傷	시냇가 사람은 오히려 비방하누나.
此邦雖陋有佳士	이곳 비록 누추하지만 아름다운 선비 있나니
勿厭風沙吹茫茫	바람에 모래를 아득하게 부는 것을 싫어하지 말라.

願君不負上池水　　원컨대 그대는 상지의 물을 저버리지 말고
囊中探丸起人死　　주머니에서 약을 찾아 죽은 사람 일으켜주게.

【주석】

初侯不能六尺長 : 『사기·안영전』에서 마부의 부인이 그 남편에게 말하기를 "안자는 키가 6척도 되지 않지만 자신은 재상이 되어 제후 사이에 이름이 널리 알려졌다"라고 했다.

史記晏嬰傳云, 其御之妻謂其夫曰, 晏子長不滿六尺, 身相齊國, 名顯諸侯.

少日結交皆老蒼 : 두보의 「장유壯遊」에서 "시배를 물리치고, 노옹들과 친교하였네"라고 했다.

杜詩, 脫畧小時輩, 結交皆老蒼.

勢利不可更炎涼 : 『한서·장이진여찬』에서 "세력과 이익의 사귐을 옛사람은 부끄러워하였다"라고 했다. 두보의 「쌍연雙燕」에서 "또한 다시 여름, 가을 지내리"라고 했다. 이백의 「경난리經亂離」에서 "영욕이 더위, 추위와 다르랴"라고 했다.

漢張耳陳餘贊, 勢利之交, 古人羞之. 老杜詩, 且復過炎涼. 太白詩, 榮枯異炎涼.

解纓從我濯滄浪 : "창랑의 물이 맑으면 나의 갓끈을 빨 수 있네"라는

말은 『맹자』와 『초사』에 보인다.

解纓見上.

與君論心松栢香 : 『논어』의 송백은 날이 추워진 뒤에 다른 것보다 뒤에 시든다는 뜻을 취하였다. 백거이의 「제최상군문」에서 "옥같은 덕은 더욱 따뜻하고, 솔 마음은 시들지 않누나"라고 했다.

取後凋之義. 樂天祭崔相羣文, 玉德彌溫, 松心不凋.

何爲獨憶盧泉之上多綠楊 盧泉如練照秋陽 : 사조의 「만등삼산晩登三山」에서 "지는 노을은 흩어져 비단을 이루고, 맑은 강은 비단처럼 깨끗하네"라고 했다.

謝朓詩, 澄江淨如練.

泉上之人猶誹傷 : 한유의 「조장적調張籍」에서 "여러 아이의 어리석음을 알지 못하는데, 어떻게 짐짓 비방할 수 있는가"라고 했다.

退之詩, 不知羣兒愚, 那得故誹傷.

此邦雖陋有佳士 勿厭風沙吹茫茫 願君不負上池水 : 『사기·편작전』에서 장상군이 편작을 불러 그에게 말하기를 "나에게 금지된 비방이 있는데 이제 나이가 많아 그대에게 전해주고 싶다"라고 하고는 이에 품속에서 약을 꺼내서 편작에게 주면서 "이것을 상지의 물에다가 마시면 30일

이 지나면 마땅히 사물을 환하게 볼 것이다"라고 했다. 그 후에 편작이 괵나라를 지나는데, 괵나라 태자가 죽었다. 편작이 다시 살려내었다. 그러므로 천하에서 모두 편작을 죽은 사람도 살리는 사람이라고 하였다. 이에 편작이 "월나라 사람인 내가 죽은 사람을 살린 것이 아니다. 이는 절로 살아날 자이니 월나라 사람이 그를 일으켰을 뿐이다"라고 했다.

史記扁鵲傳, 長桑君呼扁鵲, 與語曰, 我有禁方, 年老欲傳與公. 乃出其懷中藥, 與扁鵲曰, 飮是以上池之水, 三十日當知物矣. 其後扁鵲過虢, 虢太子死, 扁鵲能生之, 故天下盡以扁鵲爲能生死人, 扁鵲曰, 越人非能生死人也. 此自當生者, 越人能使之起耳.

囊中探丸起人死 : 『한서·윤상전』에서 "장안의 마을 소년들이 서로 구슬을 찾아서 탄환을 삼았는데, 적환을 얻으면 무관을 죽이고 흑환을 얻으면 문관을 죽였다"라고 했는데, 이것을 빌려 환약으로 여겼다. 두보의 「기장십이寄張十二」에서 "주머니 속 약은 묵은 것이 아니라네"라고 했다. 또한 산곡의 「희답조백충권막학서장」에서 "품속에서 환약 찾아 거의 죽을 사람 일으키니, 재주는 자못 한나라 태창공과 비슷하네"라고 했다. 시의 의미는 또한 약석을 이르는 말이다.

漢尹賞傳, 長安閭里少年, 相與探丸爲彈, 得赤丸者斫武吏, 得黑者斫文吏. 借此以爲丸藥. 杜詩, 囊中藥未陳. 又戱答趙伯充勸莫學書章, 懷中探丸起九死, 才術頗似漢太倉. 詩意亦謂藥石之言.

두 번째 수其二

盧泉之木百尺長	노천의 나무는 백 척이나 커서
下蔭泉色如木蒼	노천의 아래로 드리운 그늘도 나무가 울창한 듯하네.
蘋荷風雨泗面凉	마름과 연꽃에 비바람 불어 수면이 시원하고
倒影搖蕩天滄浪	거꾸로 비친 그림자 하늘 아래 창랑에 흔들리네.
網登錦鱗蒲荇香	그물에 비단 물고기 잡히고 부들은 향기로운데
何以貫之柳與楊	무엇으로 꿸까, 버들이로다.
古來希價入咸陽	옛날부터 좋은 대우로 함양에 들어갔는데
貪功害能相中傷	공을 탐하고 능력 있는 자를 모략하여 서로 해치네.
君今已出紛爭外	그대 지금 이미 어지러이 싸우는 밖으로 나와
但思煙波春淼茫	다만 연파가 아득한 봄날만 그리워하누나.
奉親安樂一杯水	부모 받으러 한 잔 물로 편안하게 모시니
盧泉之濱可忘死	노천가를 죽을 때까지 잊을 것인가.

【주석】

盧泉之木百尺長　下蔭泉色如木蒼　蘋荷風雨泗面凉　倒影搖蕩天滄浪 : 『한 서·교사지』에서 "먼 변방에 오르면 그림자가 거꾸로 비치니, 즉 해와

달이 도리어 밑에서 위로 비치기 때문이다"라고 했다. 손작의 「천태부」의 서에서 "혹은 바다에 그림자가 거꾸로 비추기도 한다"라고 했다. 백거이의 「지상작池上作」에서 "지척의 그림자 거꾸로 비추니 천 길이나 되는 듯"이라고 했다. 두보의 「기한간의주寄韓諫議注」에서 "그림자는 거꾸로 비춰 소상강에 흔들리네"라고 했다.

漢郊祀志, 登遐倒影, 則日月返從下照於上. 孫綽天台賦序, 或倒影於重溟. 樂天詩, 倒影咫尺如千尋. 杜詩, 影動倒景搖瀟湘.

網登錦鱗蒲荇香 : 이백의 「수중도소리酬中都小吏」에서 "노나라 술은 호박 같고, 문수의 물고기는 비늘이 붉은 비단 같아라"라고 했다. 두보의 「취가행醉歌行」에서 "강가 부들은 이처럼 희고 마름은 푸르네"라고 했다.

李白詩, 魯酒若琥珀, 汶魚紫錦鱗. 杜詩, 渚蒲芽白水荇靑.

何以貫之柳與楊 : 「석고문」에서 "그 물고기는 무엇인가, 연어와 잉어로다. 무엇으로 꿸까, 버들이로다"라고 했다.

石鼓文其魚維何維鱮及鯉何以貫之維楊與柳

古來希價入咸陽 : 『사기・여불위전呂不韋傳』에서 "여불위가 『여씨춘추』를 지어 함양의 저잣거리에 펼쳐놓고 그 위에 천금을 매달았다. 그리고 한 글자라도 더하거나 뺄 수 있는 자가 있으면 천금을 주겠다고 하였다"라고 했다.

見前注

貪功害能相中傷 : 『문선』에 실린 이릉의 「답소무서」에서 "공적을 방해하고 재능을 헐뜯는 간신들은 모두 만호의 제후가 되었다"라고 했다. 백거이의 「권주勸酒」에서 "스스로 잘났다고 하여 지혜를 과시하고, 서로 뒤엉켜 공능을 다투네"라고 했다.

文選李陵答蘇武書, 妬功害能之臣, 盡爲萬戶侯. 白樂天詩, 自賢誇智惠, 相糾鬪功能.

君今已出紛爭外 但思煙波春淼茫 奉親安樂一杯水 : 『예기·단궁檀弓』에서 "공자가 '콩을 먹고 물을 마시더라도 어버이를 기쁘게만 해 드린다면 그것이 바로 효도이다'라 했다"라고 했다. 이백의 「한야독작寒夜獨酌」에서 "북창 아래에서 시를 읊조리고 시를 짓는데, 만 마디 말이 술 한 잔 가치가 못되네"라고 했다.

啜菽飮水見上. 李白詩, 萬言不直一杯水. 此摘其字.

盧泉之濱可忘死 : 『설원』에서 초 소왕이 형대에 가서 놀려고 했는데, 사마자기가 소왕을 향해 간하였다. "형대의 유람지는 왼쪽에 동정호가 있고, 오른쪽에 팽려호가 있습니다. 그곳의 즐거움은 사람이 늙고 죽는 것조차 잊게 합니다"라고 했다.

說苑, 楚昭王欲之荆臺, 司馬子綦諫曰, 荆臺之遊, 左洞庭, 右彭蠡, 其樂使人遺老而忘死.

세 번째 수其三

舍後鍾梵爐煙長	집 뒤 종과 독경소리 울리고
	화로 연기는 모락모락
舍前簾影竹蒼蒼	집 앞 발 그림자에 대나무는 푸릇푸릇.
事親煖席扇枕涼	부모 섬기며 자리를 덥히고
	잠자리에서 시원하게 부채질하니
中有一士鬢蒼浪	그 가운데 한 선비 수염이 하얗구나.
同心之言蘭麝香	동심의 말은 난초의 향기요
與遊者誰似姓楊	같이 노니는 자, 누가 양씨와 같을까.
朝發枉渚夕辰陽	아침에 왕저를 떠나 저녁에 진양에 머무니
懷瑾握瑜秖自傷	옥을 잡고 품으며 다만 스스로 슬퍼하노라.
東有濁河西清漳	동쪽에는 탁한 황하가 있고
	서쪽에는 맑은 장수가 있는데
胡爲搔頭盧泉思茫茫[37]	어찌하여 머리를 긁으며
	아득히 노천을 그리는가.
清明在躬不在水	청명한 덕은 자신에게 있고 물에 있지 않은데
此曹狡獪可心死[38]	이 교활한 무리들에 마음이

---

37 [교감기] '盧泉'은 고본에는 '慮患'으로 되어 있다.

싸늘한 재가 되어버렸구나.

【주석】

舍後鍾梵爐煙長 : 두보의 「대운사찬공방大雲寺贊公房」에서 "독경 소리 때로 절 밖까지 들리고, 은은한 종소리 침상까지 파고드네"라고 했다.

杜詩, 梵放時出寺, 鍾殘仍殿床.

舍前簾影竹蒼蒼 事親煖席扇枕凉 : 『동관한기』에서 "황향은 몸소 수고스러운 일을 하면서 마음을 다하여 부모를 봉양하였다. 겨울에 변변한 옷이 없으면서도 직접 맛있는 음식을 마련하였다. 더울 때는 잠자리에서 부채질하였으며 날이 추우면 자신의 몸으로 자리를 따뜻하게 하였다"라고 했다. 도연명의 「황향찬」의 서에서 "9살에 모친을 여의어 사모하는 마음에 뼈에 사무쳤다. 부친을 모시는데 힘을 다하여 봉양하였으니, 여름에는 잠자리에서 부채질하였고 겨울에는 몸으로 자리를 따뜻하게 하였다"라고 했다. 본전에는 이러한 내용이 보이지 않는다.

東觀漢記曰, 黃香躬執勤苦, 盡心供養. 冬無被袴, 而親極滋味. 暑卽扇枕, 寒卽以身溫席. 陶淵明黃香贊其序云, 九勢失母, 思慕骨立, 事父竭力以致養, 暑則扇牀枕, 寒則以身溫席. 本傳不載

中有一士鬢蒼浪 同心之言蘭麝香 : 『주역』에서 "마음을 하나로 한 말은

---

38 [교감기] '狡獪可'는 고본에는 '踂足鮮顧'으로 되어 있다.

그 향기가 난초와 같다"라고 했다.

易繫辭, 同心之言, 其臭如蘭.

與遊者誰似姓楊 朝發枉渚夕辰陽 : 굴원의 「구장」에서 "아침에 왕저를
떠나, 저녁에 진양에서 유숙하네"라고 했다.

屈原九章云, 朝發枉渚兮, 夕宿辰陽.

懷瑾握瑜秪自傷 :『좌전』에서 "옥을 손에 잡고 가슴에 품다"라고 했
다. 굴원의 「구장」에서 "옷 속에 옥을 품고 손에 옥 지녔어도 고달픈
상태에서 보여 줄 길 전혀 없네"라고 했다.

左氏, 握瑜而懷瑾. 九章又云, 懷瑾握瑜兮, 窮不知所示.

東有濁河西淸漳 :『한서·고조기』에서 전긍이 "대저 제나라는 서쪽으
로 탁한 황하의 경계가 있습니다"라고 했다.

漢高紀, 田肯曰夫齊西有濁河之限.

胡爲搔頭盧泉思茫茫 :『후한서·이고전』에서 "비녀를 꽂고 머리를 매
만지며 온갖 교태를 부리다"라고 했는데, 주에서 인용한『서경잡기』에
서 "무제가 이부인 앞을 지나자, 이부인이 옥비녀를 취하여 머리에 꽂
았다"라고 했다.

搔頭見上.

淸明在躬不在水 : 『예기‧공자한거』에서 "청명한 덕을 몸에 지녀 지기가 신과 같다"라고 했다.

禮記孔子閑居, 淸明在躬, 氣志如神.

此曹狡獪可心死 : 『신선전』에서 "왕원의 자는 방평이다. 채경의 집을 찾아갔는데, 마고도 왔다. 곧바로 한 줌 쌀을 달라고 하여 땅에 뿌리니 쌀이 모두 진주가 되었다. 방평이 웃으면서 "마고는 참으로 젊소이다. 나는 늙어서 이런 장난스러운 놀이를 할 수가 없소""라고 했다. 『열자』에서 "황제黃帝와 용성자容成子가 공동산 위에 있으면서 함께 석 달을 재계하여 마음은 불 꺼진 재와 같고 형체는 마른 나무와 같게 되었다"라고 했다. 『장자』에서 "마음은 불꺼진 재와 같았다"라고 했다. 두보의 「희달행재소喜達行在所」에서 "차가운 재처럼 심장은 식어버렸네"라고 했다.

神仙傳, 王遠謂麻姑曰, 吾老矣, 不復作此狡獪變化也. 列子云, 心死形廢. 莊子, 心若死灰. 杜詩, 心死著寒灰.

15. 화보가 대나무 뿌리 두어 본을 주한에게서 얻고서 기뻐 시를 지었는데, 그 시에 화운하다

和甫得竹數本於周翰喜而作詩和之

初侯一畝宮	애당초 공의 작은 집에는
風雨到臥席	풍우가 눕는 잠자리에 몰아쳤네.
前日築短垣	전날 낮은 담장 지었는데
昨日始封植	엊그제 비로소 흙을 북돋아 대를 심었네.
平生歲寒心	평생 절개 지키는 마음으로
樂見歲寒色	즐겨 세한의 경치 보았네.
翩翩佳公子	속세 초월한 아름다운 공자
爲致一窓碧	푸른 창과 그 운치 같았구나.
憶公來相居	생각건대, 공이 와서 살 곳 보고서
筮吉龜墨食	점괘 길하여 거북이 먹줄 먹었지.
人言陋如何	사람들 비루하니 어찌할까라 하지만
我自適其適	나는 그 좋은 것을 좋다고 여기네.
白眼對俗徒[39]	백안으로 속세 무리 대하는데
醉帽坐敧側	취하여 모자 기울어졌네.
人愛知酒耳	사람들은 술만 즐기는 줄 알고
不解心得得	마음으로 깨우침 있다는 건 알지 못하네.

---

39 [교감기] '對'가 영원본에는 '見'으로 되어 있다.

阿堵絶往還	돈은 오가는 것이 끊어졌고
此君是賓客	차군만이 빈객이로다.
淸風吹月來	맑은 바람이 달에 불어오니
懽甚齒折屐	기쁜 나머지 신발 앞치가 부러졌네.
有節似見聖	절개 있어 성인을 본 듯하며
無言諒知默	말이 없어 참으로 묵묵히 아노라.
數回長者車	장자의 수레 자주 찾아왔는데
猶恨地未僻	도리어 외지지 못해 한스러워하네.
陰雨打葉時	짙은 비가 잎을 때릴 때
曲肱自宴息⁴⁰	팔 배게 하면서 편안하게 지내누나.
心游萬物初	마음은 만물의 태초에 노니니
何處尋轍迹	어느 곳에서 수레바퀴 자국 찾을까.
從來脩竹林	이전부터 기다란 대숲은
乃是逸民國	은자들이 거처하는 곳이라.

【주석】

初侯一畝宮 : 『예기·유행』에서 "선비는 가로 세로 각각 10보步 이내
의 담장 안에서 거주한다. 좁은 방 안에는 사방에 벽만 서 있을 뿐이
다"라고 했다.

禮記儒行, 儒有一畝之宮, 環堵之室.

---

40 [교감기] '宴'이 영원본에는 '愛'로 되어 있다.

風雨到臥席 前日築短垣 :『국어』에서 진나라 사람이 오나라 사람에게 이르기를 "군주께서는 넘어서는 안 되는 례의 한계를 스스로 넘었다"라고 했다.

國語, 晉人謂吳曰, 君有短垣, 而自踰之.

昨日始封植 平生歲寒心 樂見歲寒色 :『논어』에서 "세상이 추워진 뒤에 송백이 뒤에 시듦을 안다"라고 했다.

見論語

翩翩佳公子 :『사기』에서 "평원군은 훨훨 날아 혼탁한 세상에서 벗어난 공자이다"라고 했다.

史記曰, 平原君, 翩翩掫濁世之佳公子也.

爲致一窗碧 憶公來相居 筮吉龜墨食 :『서경 · 홍범』에서 "하늘은 암암리에 백성의 운명을 정해 놓고 그들의 삶을 돕고 화합하게 한다"라고 했다. 「낙고」에서 "소공이 이미 살 곳을 살펴보았다"라고 했다. 또한 "오직 낙읍을 먹었다"라고 했는데, 주에서 "먹는다는 것은, 사관이 먼저 먹줄을 그려 놓았는데, 거북 껍데기를 구워 나타난 조짐이 바로 그 먹줄을 먹은 것이다"라고 했다.『주례 · 춘관』에서 "복사가 거북 껍질을 불에 그을려 그 탄 흔적으로 거북점을 친다"라고 했다.

洪範, 相恊厥居. 洛誥云, 召公旣相宅. 又云, 惟洛食. 注云, 卜必先畫龜,然後灼之, 兆須食墨. 周禮春官, 卜師揚火以作龜, 致其墨.

人言陋如何 我自適其適 :『장자·변무騈拇」에서 "남이 좋아하는 것만
덩달아 좋아하고, 정작 자기가 좋아하는 것은 좋아하지 못하는 자가
되지 말라"라고 했다.『논어』에서 공자께서 구이에 거하려고 하니, 어
떤 이가 "비루하니 어떻게 거합니까"라 하였다. 이에 공자가 "군자가
거처하니 무슨 비루함이 있겠는가"라고 했다. 유종원의 「독서讀書」에
서 "마음에 만족하여 즐거움을 누리면 되지, 세상 선비들에게 칭송을
들으려 하는 것 아니라네"라고 했다.

莊子, 適人之適, 而不自適其適. 論語, 子欲居九夷, 或曰陋如之何. 子曰君
子居之, 何陋之有. 柳子厚詩, 得意適其適, 非願爲世儒.

白眼對俗徒 :『진서·완적전阮籍傳』에서 "완적은 자기 눈을 청안靑眼과
백안白眼으로 곧잘 만들면서 예속禮俗에 물든 선비를 보면 백안으로 대
했다"라고 했다.

晉阮籍傳, 見禮法之士, 以白眼對之.

醉帽坐鼓側 :『북사』에서 "독고신이 진주에 있을 때 일찍이 사냥을
나갔다가 날이 저물어 말을 내달려 성으로 들어갔는데, 모자가 약간
기울었다. 아침에 모자를 쓴 관리들 가운데 어떤 이는 그것을 본떠서
약간 기울게 썼다"라고 했다.

北史, 獨孤信在秦州, 嘗因獵, 日暮馳馬入城, 其帽微側. 且而吏人有戴帽者, 或慕而側帽焉.

人愛知酒耳 不解心得得 : 『장자』에서 "내가 이른바 귀가 밝다고 하는 것은 소리를 잘 듣는 것을 말하는 것이 아니라, 들리는 대로 듣는 것을 말할 뿐이다. 내가 이른바 눈이 밝다고 하는 것은 잘 구분해 보는 것을 말하는 것이 아니라, 자연 그대로의 내면의 자기를 보는 것을 말할 뿐이다. 내면의 자기를 보지 못하고 대상 사물을 보며 내면의 자기 모습을 얻지 못하고 외적인 대상 사물만을 얻는 자는 다른 사람이 얻고자 하는 것을 얻기만 할 뿐 자신이 얻고자 하는 것을 얻지 못하는 자이다"라고 했다.

莊子曰, 吾所謂聰者, 非謂其聞彼也, 自聞而已矣. 非謂其見彼也, 自見而已矣. 夫不自見而見彼, 不自得而得彼者, 是謂得人之得, 而不自得其得者也.

阿堵絶往還 : 『진서·왕연전』에서 "진나라 왕연의 처 곽 씨郭氏는 탐욕스럽고 인색했는데, 왕연은 이를 싫어하여 한 번도 '돈'이란 말을 입에 올리지 않았다. 왕연이 새벽이 일어나 돈을 보고서는 노비에게 "이 아도물阿堵物[41]을 모두 치워라라고 했는데", 후인이 드디어 돈을 아도라고 했다"라고 했다. 『진서·고개지전』에서 "그림 속에 정신을 전해서

41　아도물(阿堵物) : 돈을 말한다. 아도(阿堵)라고도 하는데, 본래 육조(六朝)시대의 구어(口語)로 '이것'이라는 뜻이다.

살아나게 하는 것은 바로 눈동자 속에 있기 때문이다"라고 했는데, 대개 눈동자를 이른다. 그렇다면 눈동자도 또한 아도라고 칭해도 되는가. 대개 말을 전하다가 잘못된 것을 그대로 따랐기 때문이다.

晉王衍傳, 衍口未嘗言錢, 晨起見錢, 謂婢曰擧阿堵物却. 蓋言將此物去耳. 後人遂以錢爲阿堵. 顧愷之傳云, 傳神寫照, 正在阿堵中. 蓋謂目睛也. 然則目睛亦可稱阿堵乎, 蓋相傳承誤耳.

此君是賓客 : 『진서・왕휘지전』에서 "진나라 왕휘지의 자는 자유이다. 빈집에 거처하면서 대를 심으라고 명하고서 "어찌 하루라도 차군이 없을 수 있겠느냐"라고 했다.

王徽之傳, 徽之指竹曰, 何可一日無此君.

淸風吹月來 : 한유의 「팔월십오야八月十五夜」에서 "맑은 바람 불어와 달빛 물결을 퍼트린다"라고 했다.

韓詩, 淸風吹空月舒波.

懼甚齒折屐 : 『진서・사안전』에서 "사현謝玄 등이 이윽고 부견을 격파하고 역말을 통해 편지를 전하였다. 사안은 바야흐로 손님과 바둑을 두고 있었는데, 편지를 보고 나서 옆에 놔두고 조금도 기뻐하는 기색이 없이 계속 바둑을 두었다. 객이 묻자, 천천히 답하기를 "어린아이들이 이미 적을 격파하였습니다"라고 했다. 이윽고 바둑을 다 두고 실내

로 돌아오다가 문턱을 넘을 때, 마음이 너무 기뻐서 신발의 굽이 부러진 것도 몰랐다"라고 했다.

謝安傳, 旣破苻堅, 有驛書至, 過戶限, 心喜甚, 不覺屐齒之折.

有節似見聖 : 『서경·군진』에서 "무릇 사람들이 성인을 보지 못하였을 때는 능히 보지 못할 듯이 여기다가 성인을 보고 나서는 또한 성인을 따르지 못한다"라고 했다. 『좌전·성공 15년』에서 "옛날 기록에 있으니 "성인은 천명天命에 따라 행동할 뿐 분수에 구애받지 않는다"라했다"라고 했다.

書君陳, 凡人未見聖, 若不克見, 旣見聖, 亦不克由聖. 左傳成十五年, 前志有之, 曰聖達節.

無言諒知黙 : 양웅의 「해조」에서 "억지로 하는 일이 없는 것은 도를 지키는 지극한 것입니다"라고 했다.

揚雄解嘲云, 知命知黙, 守道之極.

數回長者車 : 안연년顏延年의 「증왕태상贈王太常」에서 "숲 마을에 때로 늦게 문을 여니, 어른의 수레를 자주 돌렸었지[林間時晏開, 亟迴長者轍]"라고 했다. 살펴보건대 『한서·진평전』에서 "진평은 짚자리로 문을 만들었으나, 문밖에는 장자의 수레가 많이 찾아왔다"라고 했다.

見上.

猶恨地未僻 : 두보의 「전사田舍」에서 "외진 곳이라 옷을 풀어 헤쳤네"
라고 했다. 또한 「빈지賓至」에서 "궁벽진 곳에 조용히 사니 지나는 이도
적은데"라고 했다.

杜詩, 地僻懶衣裳. 又曰, 幽棲地僻經過少.

陰雨打葉時 : 백거이의 「장한가長恨歌」에서 "가을비 오동나무 잎을 때
릴 때"라고 했다.

白樂天詩, 秋雨梧桐打葉時.

曲肱自宴息 : 『논어』에서 "나물밥을 먹고 물을 마시며 팔을 구부려
베개로 삼아도 즐거움은 그 안에 있다"라고 했다. 『주역·수괘隨卦』에
서 "군자가 그 상을 취하여 날이 저물 때는 들어가 편안하게 있으면서
스스로를 기른다"라고 했다.

曲肱, 見論語. 易, 君子以嚮晦入宴息.

心游萬物初 : 『장자·전자방』에서 노자가 "나는 내 마음을 만물이 생
겨나던 때의 경지에 노닐게 하였다"라고 했다.

莊子田子方篇, 老子曰吾游心於物之初.

何處尋轍迹 : 『노자·선행장』에서 "선행은 자취를 남기지 않는다"라
고 했다. 유령의 「주덕송」에서 "길을 가면 수레바퀴 자국이 없고, 거처

에 일정한 집이 없다"라고 했다.

老子云, 善行無轍迹. 劉伶酒德頌云, 行無轍迹, 居無室廬.

從來脩竹林 乃是逸民國 : 『진서·완함전』에서 "숙부인 완적과 함께 죽림에서 노닐었다"라고 했다. 『논어』에서 "일민으로 백이, 숙제, 유하혜 등의 무리가 있다"라고 했다. 『후한서·일민전』에서 "일민은 대개 은사이다"라고 했다.

晋阮咸傳, 與叔父籍, 爲竹林之遊. 論語, 逸民乃夷齊下惠之屬. 後漢逸民傳, 蓋隱士耳.

16. 경기보 수령에게 부치다. 신당읍을 지나면서 지었으니, 바로 기보가 옛날 다스리던 곳이다

寄耿令幾父 過新堂邑作 迺幾父舊治之地[42]

당읍은 박주에 속한다.

堂邑隷博州.

呼船凌大河	배를 불러 큰 강을 건너고
驅馬踏平沙	말을 몰아 드넓은 사막을 내달리네.
道傍開新邑	길옆에 새 고을 열렸으니
千戶有生涯	천 호의 가구가 있어라.
四衢平且直	사거리는 평평하고 반듯하고
綠槐映縣衙	푸른 화나무는 관아에 비치네.
問誰作此邑	묻나니, 누가 이 고을을 다스리는가
蓍舊對予嗟	노인들이 나를 보고 탄식하네.
前日耿令君	전날 경령군은
遷民出坳窊	고통 속에서 백성을 건져내었네.
始遷民懷土	막 은혜로운 곳으로 옮겼는데

---

42 [교감기] 영원본의 시의 제목은 「寄耿令幾父過新堂邑作」으로 그 아래에 이어지는
제목의 주에서 "당읍은 바로 기보가 옛날 다스리던 곳으로 박주에 속한다. 응당
이 시는 대명부(大名府)에서 벼슬을 관두고 이곳을 지나다가 지은 것으로, 벼슬
을 그만둔 것은 원풍 2년 기미년이다.

異端極紛拏	이단이 극심하게 어지러이 잡아당기네.
旣遷人氣和	이윽고 사람들을 온화한 곳으로 옮기니
草木茂萌芽	초목은 무성하게 싹이 나누나.
桃李雖不言	도리는 비록 말을 하지 않아도
春風滿城花	춘풍은 성안의 꽃에 가득하네.
陵陂靑靑麥	들판의 푸르고 푸른 보리
煙雨潤桑麻	이내와 비는 뽕과 마를 적시네.
自非耿令君	나는 경령군이 아니라
大澤荒蒹葭	대택의 갈대는 황폐해졌네.
白頭晏起飮	흰 머리 노인으로 늦게 일어나 물 마시고
襁褓語嘔啞	강보의 옹알거리는 아이를 달래네.
自非耿令君	나는 경령군이 아니라
漂轉隨魚蝦	물고기와 새우 따라 떠도누나.
豈弟民父母	화락한 군자는 백성의 부모라
不專司斂睇	빌려준 것 거둬들이지 않구나.
令君兩男兒	영군의 두 아들은
有德必世家[43]	덕이 있어서 반드시 가업을 이으리.
問令今安在	묻나니, 경령은 지금 어디 계시는가
解官駕柴車	벼슬 버리고 시거를 모는구나.
當時舞文吏	당시에 법조문을 농간하던 관리들

---

43 [교감기] 영원본에는 '有德'이 '有得'으로 되어 있다.

白璧強生瑕	흰 구슬에 억지로 하자가 있다 하였네.
今君袖手去	영군은 소매를 떨치고 떠나
不忍試虎牙	차마 범의 입을 건드리지 않았네.
人往惜事廢	사람들은 떠나며 일이 폐지됨을 애석하는데
感深知政嘉	감개 깊어 아름다운 정사임을 아누나.
我聞耆舊語	내 노인들의 말을 듣고서
歎息至昏鴉	탄식하다 보니 날이 저물어졌네.
定知循吏傳	참으로 알겠어라, 순리전에
來者不能加	후대 사람들 그보다 뛰어나지 않을 것을.
今爲將軍客	지금 장군의 객이 되어
軒蓋湛光華	헌개의 빛이 엷어졌는데,
幕府省文書	막부에서는 문사가 적으니
醉歸接䍦斜[44]	취하며 돌아가매 백접리 비뚤어졌어라.
懷寶仁者病	보물을 품고만 있음은 인자의 병이요
偷安道之邪	안일함에 빠지는 것은 도가 잘못됨이라.
勉哉思愛日	힘쓸지어다, 시간은 빨리 흘러가니
贈言同馬檛	함께 말을 타고 만날지언져.

---

44 [교감기] '䍦'는 '籬'로 되어 있다. 또한 주에 대부분 "『북사』에서 '독고신이 진주에 있을 때 일찍이 사냥을 나갔다가 날이 저물어 말을 내달려 성으로 들어갔는데, 모자가 약간 기울었다. 아침에 모자를 쓴 관리들 가운데 어떤 이는 그것을 본떠서 약간 기울게 썼다'라 했다"라는 말을 인용하였다.

【주석】

呼船凌大河 驅馬踏平沙 : 한유의 「유생劉生」에서 "마침내 큰 강 뛰어넘어 동쪽 모퉁이에 이르렀네"라고 했다.

退之詩, 遂凌大江極東陬.

道傍開新邑 千戶有生涯 四衢平且直 : 『이아』에서 "사거리를 구衢라고 이른다"라고 했다.

爾雅, 四達謂之衢.

綠槐映縣衙 : "고시에서 고을이 오래되어 회화나무 뿌리 튀어나오고, 관청이 맑아 말의 골격이 드높다"라고 했다.

古詩, 縣古槐根出, 官淸馬骨高.

問誰作此邑 著舊對予嗟 前日耿令君 遷民出坳窊 : 한유의 「성남연구城南聯句」에서 "채색 달빛이 깊은 못에 깊숙이 비추네"라고 했다. 소식의 「중구」에서 "다만 노란 띠풀에 물결치는데, 퇴적물 쌓여 한쪽은 높고 한쪽은 낮아라"라고 했는데, '窊'의 음은 '烏'와 '爸'의 반절법으로 한쪽은 높고 한쪽은 낮은 것이다.

退之聯句, 采月漉坳泓. 東坡重九詩, 惟有黃茆浪, 堆壠生坳窊. 窊烏各反. 一高一下也.

300 산곡외집시주(山谷外集詩注)

始遷民懷土 異端極紛拏 : 『논어·이인里仁』에서 "소인은 은혜받기를 생각한다"라고 했다. 또한 「위정爲政」에서 "이단을 전공하면 해로울 뿐이다"라고 했다. 『한서·곽거병전』에서 "한나라와 흉노가 어지러이 싸웠다"라고 했다.

論語, 小人懷土. 又攻乎異端. 漢霍去病傳, 漢匈奴相紛拏.

旣遷人氣和 草木茂萌芽 桃李雖不言 : 『한서·이광전李廣傳』 찬贊에서 "복사, 오얏은 말하지 않아도 저절로 그 아래 길이 생긴다"라고 했다.

見上.

春風滿城花 陵陂靑靑麥 : 『문선』에 실린 「고시古詩」에서 "푸르고 푸른 물가의 풀[靑靑河畔草]"이라고 했다.

見上.

煙雨潤桑麻 : 두보의 「병적屛跡」에서 "뽕과 삼은 비와 이슬에 무젖고"라고 했다.

杜詩, 桑麻深雨露

自非耿令君 大澤荒蒹葭 : 『한서·고제기』에서 "고조의 어머니가 일찍이 대택의 비탈에서 쉬고 있었다"라고 했다. 『이아』의 겸화蒹葭의 주에서 "지금의 갈대이다"라고 했다. 『시경·진풍·겸가蒹葭』에서 "갈대가

푸르게 우거졌다"라고 했는데, 『모시』에서 "겸蒹은 억새이고 가葭는 갈대이다"라고 했다. 『시경·석인』에서 "갈대가 흔들거리네"라고 했는데, 모시에서 "가葭는 갈대요, 담菼은 억새이다"라고 했다. 육기는 "억새는 혹 적荻이라고 하니, 가을이 되면 튼튼해지는데, 그것을 추萑라고 한다"라고 했다.

漢高帝紀, 嘗息大澤之陂. 爾雅, 蒹葭注云, 卽今蘆也. 秦國風, 蒹葭蒼蒼. 毛云, 蒹, 薕, 葭, 蘆也. 詩碩人云, 葭菼揭揭. 毛云, 葭, 蘆, 菼, 薍也. 陸璣云, 薍或謂之萩, 至秋堅成, 則謂之萑.

白頭晏起飮 襁褓語嘔啞 : 『한서·선제기宣帝紀』에서 "포대기에 있다"라고 했는데, 그 주注에서 "'보褓'는 어린아이를 업는 것을 말하고, '강襁'은 어린아이를 등에 업고 묶는 것을 말한다.

見上.

自非耿令君 漂轉隨魚蝦 豈弟民父母 : 『시경』에서 "화락한 군자여! 백성의 부모로다"라고 했다.

詩, 豈弟君子, 民之父母.

不專司斂賖 : 『주례·천부』에서 "시장에서 팔리지 않아 백성들의 생활이 어려우면 이를 거두어서 가격으로 산다. 외상으로 가져가는 자는 제사의 경우 열흘을 넘어서는 안 된다"라고 했다.

周禮泉府, 歛市之不售, 貸之滯於民用者, 以其賈買之. 凡賒者, 祭祀無過旬日.

令君兩男兒 有德必世家 問令今安在 解官駕柴車：『한시외전』에서 제나라의 사공史孔과 양구거梁丘據가 "임금이 주신 덕분에 노둔한 말에 작은 수레나마 탈 수 있습니다"라고 했다. 도연명의 「귀전원거歸田園居」 시에 "해 저물자 시거를 덮고서 돌아오니"라고 했다.

韓詩外傳, 齊子曰臣賴君之賜, 駑馬柴車. 陶詩, 日暮巾柴車.

當時舞文史：『한서·장탕전』에서 "관리들은 법조문으로 농간을 부리고 교묘히 엮는다"라고 했다.

漢張湯傳, 舞文巧詆.

白璧強生瑕：『사기·인상여전』에서 인상여가 "구슬에 하자가 있으니, 청컨대 옥을 가리켜 보이도록 하겠습니다"라고 했다.

藺相如傳, 曰璧有瑕, 請指示王.

今君袖手去 不忍試虎牙：『법언』에서 "모초茅焦란 자는 비록 변설을 비록 잘하였지만 호랑이 이빨을 건드린 것이다"라고 했다.

見上.

人往惜事廢 感深知政嘉 我聞耆舊語 歎息至昏鴉 : 두보의 「대설對雪」에
서 "기다리다 보니 저물녘 까마귀 날아오네"라고 했다.

見上.

定知循吏傳 來者不能加 今爲將軍客 軒蓋湛光華 幕府省文書 : 『한서・이
광전李廣傳』에서 "막부에서 문서를 살폈다"라고 했다. 그 주注에서 "막
부는 군막軍幕의 의미이다"라고 했다.

漢李廣傳, 幕府省文書.

醉歸接䍦斜 : 『진서・산간전山簡傳』에서 "아이들이 산간에 대해 노래
하기를 "산공山公이 어디로 나가는가 하면, 저 고양지高陽池로 나가는구
나. 석양엔 수레에 거꾸러져 돌아와, 곤드레가 되어 아무것도 모른다
네. 때로는 말을 탈 수도 있지만, 백접리白接䍦[45]를 거꾸로 쓰고 온다네"
라 했다"라고 했다.

晉山簡傳, 童兒歌曰, 山公出何許, 往至高陽池. 日夕倒載歸, 酩酊無所知.
時時能騎馬, 倒著白接䍦.

懷寶仁者病 : 『논어・양화陽貨』에서 "보배를 가슴속에 품고서 나라를
어지럽게 그냥 놔둔다면 그것을 인이라고 할 수 있겠는가"라고 했다.

論語, 懷其寶而迷其邦, 可謂仁乎.

---

45 백접리(白接䍦) : 두건(頭巾)의 일종이다.

偸安道之邪：『좌전·민공 원년』에서 관경중이 제나라 후작에게 말하기를 "안일에 빠지는 것은 짐독과 같으니, 그런 생각을 품어서는 안 된다"라고 했다. 『좌전·희공 23년』에서 "진 공자 중이가 제나라에 가자 제환공이 딸을 아내로 삼게 하고 수레 20대를 주니 공자가 편안하게 여기니, 따르는 자들이 이에 불가하다고 하였다. 강씨가 "떠나야 한다. 안일한 생각을 가지면 실로 이름을 드날릴 수 없다"라 했다"라고 했다.

左傳閔元年, 管敬仲言於齊侯曰, 宴安酖毒, 不可懷也. 僖二十三年, 晉公子重耳及齊, 齊桓公妻之, 有馬二十乘, 公子安之. 從子以爲不可. 姜氏曰, 行也, 懷與安實敗名.

勉哉思愛日 贈言同馬檛：「절류당마책」의 주에 보이니, 즉 『문선』에 실린 마융의 「장적부長笛賦」에서 "그 위에 구멍을 뚫어 통하게 하고 말의 채찍 모양으로 만들어 휴대하기 쉽게 만들었다"라고 했는데, 주에서 "과檛는 말의 채찍이다"라고 했다. 양웅의 『법언·효지孝至』에서 "부모를 섬기는 데 있어 스스로 부족함을 알았던 이는 오직 순임금이다. 마음대로 오래할 수 없는 것은 어버이 섬기는 일을 이름이니, 효자는 날을 아끼는 것이다"라고 했다.

見折柳當馬策注. 愛日見上.

17. 거침없이 말하다. 10수
放言. 十首

『논어』에서 "우중과 이일은 은거하면서 말을 거침없이 하였다"라고
했다.

論語謂虞仲夷逸隱居放言

첫 번째 수其一

廢興宜有命	흥망은 마땅히 명이 있으니
得失但自知	득실은 다만 스스로 알 뿐.
踽踽衆所忌	홀로 도를 지키면 대중이 꺼리는 법
悠悠誰與歸	아득하구나, 뉘와 함께 돌아갈까.
吾義苟不存	내 마땅히 구차하게 살지 않으리니
豈更月攘雞	어찌 다시 달마다 닭을 훔치리오.
風淸聞鶴唳	바람이 맑을 때 학 울음 들으며
想見南山棲	남산의 누대를 상상하노라.

【주석】

廢興宜有命 : 『논어·헌문憲問』에서 "도가 장차 행해지는 것도 명이
며, 도가 장차 폐해지는 것도 명이다"라고 했다.

論語, 道之將行也與, 命也, 道之將廢也與, 命也.

得失但自知 踽踽衆所忌 :『시경·체두杕杜』에서 "외로이 길을 가는 나의 신세여"라고 했다. 『맹자·진심하盡心下』에서 ""옛사람이여"라 하면서 행실을 어찌하여 저렇게 외롭고 쓸쓸하게 하는가"라고 했다.

詩, 獨行踽踽. 孟子曰, 古之人, 行何爲踽踽涼涼.

悠悠誰與歸 :『시경』에서 "아득하고 아득한 내 그리움이여"라고 했다. 『예기·단궁』에서 "죽은 사람이 만일 다시 살아난다면, 나는 누구와 돌아갈까"라고 했다. 범문정공의 「악양루기」에서 "이 사람이 아니라면, 나는 누구와 돌아갈까"라고 했다.

詩, 悠悠我思. 檀弓云, 死者如可作也, 吾誰與歸. 范文正岳陽樓記, 微斯人, 吾誰與歸.

吾義苟不存 豈更月攘雞 :『맹자』에서 "달마다 한 마리 닭을 잡아가서 내년이 되면 그만 두겠다고 하니 만일 옳지 않음을 안다면 이에 빨리 그만두어야 할 것인데 어찌 내년까지 기다리는가"라고 했다.

孟子曰, 月攘一雞, 以待來年然後已. 如知其非義, 斯速已矣, 何待來年.

風淸聞鶴唳 想見南山棲 :『진서·사현전』에서 "전진前秦의 부견이 패잔병들은 갑옷을 버리고 밤새 달아나다가 바람 소리나 학 울음소리만

들어도 진나라 군사가 쫓아온다고 생각하였다"라고 했는데, 이것을 차용하였다.

晉謝玄傳, 苻堅餘衆, 棄甲宵遁, 聞風聲鶴唳, 皆以爲王師至. 此借用.

두 번째 수其二

匣中綠綺琴	갑 속의 녹기금
欲撫已絶絃	연주하려고 해도 이미 줄이 끊어졌어라.
問絃何時絶	줄은 언제 끊어졌나 물으니
鍾期謝世年	종자기가 죽던 해라고 하네.
正聲不可聞	올바른 소리 들을 수가 없으니
千載寂寞間	천고에 적막하구나.
未有顔叔子	안숙자가 없었다면
安知柳下賢	어찌 유하혜의 어짊을 알겠는가.

【주석】

匣中綠綺琴 : 『문선』에 실린 진晉나라 맹양 장재張載의 「의사수擬四愁」에서 "가인이 나에게 녹기금을 주니"라고 했는데, 주에서 인용한 휴혁부현傅玄의 「금부」의 서문에서 "제환공의 거문고는 호종이라 부르고, 초장왕의 거문고를 요량이라 부르고, 사마상여는 녹기금을 지녔고, 채옹은 초미금을 지녔으니 모두 대단히 뛰어난 악기이다"라고 했다.

文選張孟陽詩云, 佳人遺我錄綺琴. 注云, 傅休奕琴賦序云, 齊桓公有琴曰號鍾, 楚莊王有琴曰繞梁, 司馬相如有綠綺, 蔡邕有焦尾, 皆名器也.[46]

欲撫已絶絃 問絃何時絶 鍾期謝世年 : 『여씨춘추』에서 "백아가 거문고를 뜯으면서 산에 대해 연주하면 종자기는 "높고도 높구나"라 하였으며, 강에 대해 연주하면 종자기는 "물이 넘실거리는구나"라 했다. 종자기가 죽자 백아는 마침내 줄을 끊어 버렸으니 세상에 그의 음악을 알아주는 이가 없어졌기 때문이었다"라고 했다.

見上.

正聲不可聞 千載寂寞間 未有顔叔子 安知柳下賢 : 『시경·소아·항백』에서 "얼룩덜룩 조개 무늬 비단을 짜듯, 남을 참소하는 저 사람이여 또한 너무 심하지 않나. 혓바닥 크게 벌린 남기성南箕星처럼, 참소하는 사람이여 누구와 주로 모의하나"라고 했는데, 모씨가 이르기를 "'치哆'는 큰 모양이며, 남기는 기성이다"라고 했다. "입을 크게 벌려 참소하다"라고 한 것은 반드시 어떤 원인이 있을 것인데, '이 사람'이 혐의를 제대로 피하지 못한 것이라 하였다. 옛날 안숙자가 홀로 방에 있는데, 이웃집 과부도 홀로 방에 거처하고 있었다. 어느 날 밤에 폭풍우가 닥쳐

---

46 [교감기] 살펴보건대 '傅玄'부터의 주는 『초학기』 권15에 보인다. 그러나 『문선』의 장맹양의 「의사수」의 주에 인용한 『후한서·채옹전』의 주에서는 "사마상여는 초미금을, 채옹은 녹기금을 지녔다"고 하였는데, 이는 마땅히 "사마상여는 녹기금을, 채옹은 초미금을 지녔다"라는 말로 고쳐야 한다.

와 방이 무너지자 과부가 달려오니, 안숙자는 그녀를 맞아 촛불을 들게 하고 해가 뜰 때까지 밤을 지샜다. 그러는 동안 초가 다 닳으면 장작을 불사르고 장작이 다 타면 지붕의 이엉을 걷어다가 불을 밝혔다. 그러면서도 스스로 이르기를 혐의를 제대로 피하지 못하였으니, 만일 제대로 하려면 마땅히 노나라 사람처럼 해야 할 것이라고 했다. 노나라에 한 남자가 홀로 방에 거처하였는데, 이웃에 사는 과부도 또한 홀로 방에 거처하였다. 어느 날 밤에 폭풍우가 몰아쳐 방이 무너지자 과부가 남자 있는 곳으로 가서 의탁하려 하였으나, 남자는 문을 닫고 들어오지 못하게 하였다. "내가 들으니 남녀가 60이 되지 않으면 같이 있지 않는다고 했으니, 지금 그대는 젊고 나도 또한 젊으니 받아들일 수가 없소"라고 했다. 부인이 "그대는 어찌하여 유하혜처럼 하지 않는가. 돌아갈 집이 없는 여자를 따뜻하게 품어주더라도 나라 사람들은 음란하다고 말하지 않았소이다"라 하였다. 이에 남자는 "유하혜는 덕이 있는 사람이기에 상관이 없지만, 나는 참으로 그렇게 할 수 없소. 나는 내가 잘하지 못하는 것으로 유하혜의 잘하는 것을 배우려 하오"라 하였다. 공자가 이 말을 듣고서 "유하혜를 배우려 하는 사람 가운데 이보다 나은 경우는 없다"라 했다.

小稚巷伯云, 哆兮侈兮, 成是南箕. 毛公云, 哆, 大貌. 南箕, 箕星也. 侈之言, 是必有因也, 斯人自謂避嫌之不審也. 昔者顔叔子獨處于室, 鄰之嫠婦又獨處于室. 夜暴風雨至而室壞. 婦人趨而至, 顔叔子納之, 而使執燭. 放乎旦而蒸盡, 縮屋而繼之, 自以爲避嫌之不審矣. 若其審者, 宜若魯人然. 魯人有男子

獨處于室, 鄰之嫠婦又獨處于室. 夜暴風雨至而室壞. 婦人趨而託之, 男子閉
戶而不納. 婦人自牖與之言曰, 子何爲不納我乎. 男子曰吾聞之也男子不六十
不閉居, 今子幼, 吾亦幼, 不可以納子. 婦人曰子何不若柳下惠然, 嫗不逮門之
女, 國人不稱其亂. 男子曰柳下惠固可, 吾固不可. 吾將以吾不可, 學柳下惠之
可. 孔子曰, 欲學柳下惠者, 未有似於是也.

세 번째 수其三

輕肥馬上郎	가벼운 갖옷 살진 말 탄 사내
枯槁林下士	바짝 여윈 숲속의 선비.
聲名斲自然	명성은 자연스러움을 깎고
勢利焚和氣	세리는 온화한 기운 태우네.
智人不駭俗	지혜로운 사람은 세속에 놀라지 않으니
同朝皆用事	온 조정이 모두 그를 일컫네.
物外有華胥	세속 밖에 화서국이 있으니
時時夢中至	때때로 꿈속에서 찾아가누나.

【주석】

輕肥馬上郎 : 『논어』에서 "살진 말을 타고 가벼운 갖옷을 입고"라고 했
다. 두보의 「소년행少年行」에서 "말 탄 이 뉘 집 백면서생인가"라고 했다.

論語, 乘肥馬衣輕裘. 老杜云, 馬上誰家白馬郎.

枯槁林下士 : 굴원의 「어부사」에서 "안색이 초췌하고 모습이 여위었다"라고 했다.

屈原漁父篇, 顔色憔悴, 形容枯槁.

聲名斲自然 : 자연은 이 작품 아래의 화서華胥 주에 보인다.

自然, 見此章華胥注.

勢利焚和氣 : 『장자·외물』에서 "이로움과 해로움이 서로 부딪쳐서 마음에 불이 심하게 타오르게 되니, 세속 사람들은 이 불길 속에서 본래의 조화로운 덕을 태워버리고 마는데"라고 했다. 재지 권덕여權德與의 「기거」의 서에서 "기를 소모함도 없고 조화로운 덕을 태움도 없다"라고 했다.

莊子外物篇, 利害相摩, 生火甚多, 衆人焚和. 權載之起居序, 無耗氣, 無焚和.

智人不駭俗 同朝皆用事 物外有華胥 時時夢中至 : 『열자·황제』에서 "황제黃帝 꿈속에서 화서씨華胥氏의 나라에서 노닐었는데, 배나 수레나 다리의 힘으로는 미칠 수 있는 곳이 아니었고 정신만이 노닐 수 있는 곳이었다. 그 나라에는 통솔하는 이가 없었으니 자연에 맡길 뿐이며, 그 백성들은 욕망이 없었으니 자연에 따를 뿐이었다"라고 했다.

列子黃帝篇, 黃帝晝寢而夢, 遊於華胥氏之國. 蓋非舟車之所及, 神遊而已. 其國無帥長, 自然而已. 其民無嗜慾, 自然而已.

네 번째 수 其四

蘭楫桂爲舟	목란 노와 계수나무 배로
大江可遠游	큰 강에서 멀리 노니는구나.
堅車無良馬	견고한 수레와 좋은 말이 없으니
出門敗吾輈	문을 나서 내 끌채를 팽개쳐 두네.
一身交萬物	한 몸으로 만물과 사귀니
用我未易周	내 쉽게 두루 할 수 없네.
安得柳下惠	어찌하면 유하혜를 만나
窮年與之遊	죽을 때까지 함께 노닐까.

【주석】

蘭楫桂爲舟 : 『초사·구가』에서 "목란으로 노를 만들고 계수나무로 배를 만들어"라고 했다. 재지 권덕여權德輿의 부[47]에서 "미인이여, 계수나무로 노를 만들고 목란으로 배를 만들어"라고 했다.

九歌云, 木蘭爲楫, 桂爲舟. 權載之, 有美一人兮, 桂木爲楫蘭爲舟.

大江可遠游 堅車無良馬 : 『한서·식화지』에서 "튼튼한 수레를 타고 살진 말을 채찍질한다"라고 했다. 후한 등태후의 조서에서 "따뜻한 옷과 맛있는 음식에 튼튼한 수레를 타고 살진 말을 내달린다"라고 했다.

西漢食貨志, 乘堅策肥. 後漢鄧太后詔, 溫衣美食, 乘堅驅良.

---

47   출전 미상.

出門敗吾輈 :『논어』에서 "문을 나서면 만나는 사람을 큰 손님 대하듯 하며"라고 했다. 유종원의 「우계대」에서 "나는 태항산이 사통팔달의 대로와 다르다는 것을 모르고 제멋대로 내달리다가 내 수레가 부서졌으며, 나는 여량이 잔잔한 물길과 다르다는 것을 모르고 제멋대로 떠다니다가 내 배가 침몰되었다"라고 했다.

論語, 出門如見大賓. 柳子厚愚溪對云, 吾盪而趨, 不知太山之異乎九衢, 以敗吾車. 吾放而游, 不知呂梁之異乎安流, 以没吾舟.

다섯 번째 수其五

微雲起膚寸	연한 기운이 조금씩 피어나서
大蔭彌九州	검은 구름이 구주를 덮었네.
至仁雖愛物	지극히 인하여 비록 사물을 사랑하지만
用舍如春秋	『춘추』처럼 쓰였다가 버림을 받았네.
晴空不成雨	맑은 하늘에 비가 되지 못하고
遠岫行歸休	먼 산굴로 돌아가 쉬는구나.
何疑陶淵明	어찌 의심하랴, 도연명이
一去如驚鷗	한 번 떠나면 갈매기 놀래킬 것을.

【주석】

微雲起膚寸 大蔭彌九州 :『공양춘추전』에서 "바위에 부딪쳐 구름이

나와, 조금씩 모여들어 아침이 끝나기도 전에 천하에 두루 비를 내리는 것은 오직 태산泰山뿐이다"라고 했다. '미彌'자는 하늘에 가득 찬다는 뜻을 취하였다.『진서·습착치전』에서 당시 상문의 승려 도안이 습착치와 처음 만났을 때 도안이 "천하에 내 이름을 모르는 이가 없는 승려 도안이오"라 하자, "사해를 진동시킨 습착치올시다"라고 했다.『석림시화』에서 "예전에는 "사해가 하늘에 가득하다"라는 말이 무슨 의미인지 알지 못하였다. 인하여 양나라 혜교의『고승전』에 실려 있는 습착치의 「여도안서」를 읽었는데, 거기서 "대저 아침이 끝나기도 전에 육합에 비가 내리는 것은 하늘에 가득한 구름이요, 그 흐름이 드넓어서 팔극을 적시는 것은 사해의 물결이다"라는 말을 보고서 그 말을 따다가 희롱한 것을 비로소 알게 되었다"라고 했다.

公羊春秋云, 觸石而出, 膚寸而合, 不崇朝而雨徧乎天下者, 惟泰山爾. 彌字取彌天之意. 晉習鑿齒傳, 時桑門釋道安與鑿齒相見, 道安曰彌天釋道安, 鑿齒曰四海習鑿齒. 石林詩話曰, 舊不解四海彌天爲何等語, 因讀梁慧皎高僧傳, 載鑿齒與道安書云, 夫不終朝而雨六合者, 彌天之雲也. 宏淵源而潤八極者, 四海之流也. 因摘其語以爲戲耳.

至仁雖愛物 用舍如春秋 :『맹자』에서 "이런 까닭으로 공자는 "나를 알아주는 것도『춘추』때문이며, 나를 죄주는 것도『춘추』때문이다"라 했다"라고 했다.

孟子云, 是故孔子曰知我者其惟春秋乎, 罪我者其惟春秋乎.

晴空不成雨 遠岫行歸休 : 도연명의 「귀거래사」에서 "구름은 무심하게 산굴에서 나오고"라고 했다. 자건 조식의 「증정의贈丁儀」에서 "아침나절 구름이 산으로 돌아가지 않더니, 장맛비가 내와 못을 이루었네"라고 했는데, 여기서 그 뜻을 반대로 사용하였다.

淵明歸去來辭云, 雲無心以出岫. 曹子建詩云, 朝雲不歸山, 暮雨成川澤. 此反其義.

何疑陶淵明 一去如驚鷗 : 도연명이 벼슬을 버리고 떠나기는 하였지만, 바닷가의 갈매기와 친한 사람이 갈매기를 잡으려 하자 춤만 추고 내려앉지 않는다는 의미이다. 『열자』에서 "바닷가에 사는 사람으로 갈매기를 좋아하는 이가 있었다. 그는 매일 아침 바닷가에 나가서 갈매기와 놀다 보니, 그곳으로 날아오는 갈매기가 백 마리도 더 되었다. 그의 아비가 "내가 듣건대 갈매기가 모두 너를 따라 노닌다 하니, 네가 갈매기를 잡아오너라. 내가 데리고 놀련다"라고 했다. 다음 날 그가 다시 바닷가에 나가니, 갈매기들이 공중에서 춤을 추며 내려오지 않았다"라고 했다.

淵明去官, 如海上之狎鷗. 人欲取而玩之, 則舞而不下. 鷗鳥見列子.

여섯 번째 수其六

黃鵠送黃鵠   고니가 고니를 보내면서

中道言別離	중도에 이별을 고하누나.
送君不憚遠	그대 보내니 멀리 감을
	꺼려하지 말라고 하지만
愁見獨歸時	홀로 돌아감을 근심스레 바라보네.
羅網翳稻粱	그물은 곡물 뒤에 숨겨져 있고
江湖水彌彌[48]	강호의 물은 아득하누나.
行行不相見	가고가도 서로 보지 못하니
勉哉冥冥飛	힘써서 하늘 높이 날지어다.

【주석】

黃鵠送黃鵠 中道言別離：『한서·서역전』에서 오손공주가 노래를 부르기를 "원컨대 노란 고니가 되어 고향으로 돌아가고파"라고 했다. 『문선』에 실린 자경 소무蘇武가 소경 이릉李陵에게 답한 시에서 "고니가 한 차례 먼 이별하면, 천 리 밖에서 돌아보며 서성이겠네"라고 했으며, 또한 "원컨대 한 쌍의 고니가 되어, 그대 보내며 함께 멀리 날고 싶어라"라고 했다.

漢西域傳, 烏孫公主作歌曰, 願爲黃鵠兮歸故鄕. 文選蘇子卿答李少卿云, 黃鵠一遠別, 千里顧徘徊. 又云, 願爲雙黃鵠, 送汝俱遠飛.

送君不憚遠 愁見獨歸時 : 한유의 「송이원외」에서 "술 마시며 서로 얼

---

48 [교감기] '彌彌'가 영원본과 전본, 그리고 건륭본에 모두 '瀰瀰'로 되어 있다.

굴을 돌아보고, 보낸 뒤에 홀로 돌아오는 마음 쓸쓸하네"라고 했다.

退之送李員外云, 飮中相顧色, 送後獨歸情.

羅網翳稻粱 : 두보의 「동제공등자은사탑同諸公登慈恩寺塔」에서 "그대는 보시게 햇볕 좇는 기러기들도, 모두 먹을 것은 챙기는 것을"이라고 했다.

杜詩, 君看隨陽鴈, 亦有稻粱謀.

江湖水㳽㳽 行行不相見 勉哉冥冥飛 : 양웅의 『법언』에서 "기러기 하늘 멀리 날아가면 사냥꾼이 어찌 잡을 수 있으리"라고 했다.

揚子云, 鴻飛冥冥, 弋人何慕焉.[49]

일곱 번째 수其七

蟬聲已紓遟	매미 소리 이미 사그라들고
秋日行晼晚	가을날 여정은 저물어 가누나.
長年困道路	오랫동안 도로에서 고단하였는데
驅馬方更遠	말을 몰아 다시 멀리 가네.
從事常厭煩	일을 하려니 항상 번거로움이 싫은데

---

49 [교감기] '揚子云'이 영원본에는 '揚子雲'으로 되어 있으니, 또한 통한다. 살펴보건대 주의 문장은 양웅의 『법언·문명(問明)』을 인용하였다. 양웅의 자는 자운(子雲)이다.

歸心自如卷	돌아가고픈 마음 절로 그만두었네.
旨甘良未豐	맛난 음식은 참으로 넉넉지 않지만
安得懷息偃	어찌 편안히 쉬려는 마음 지니리오.

【주석】

蟬聲已紓暹 秋日行晼晚 : 송옥의 「구변」에서 "밝은 해가 저물어, 곧 들어가려 하네"라고 했다.

宋玉九辯云, 白日晼晚, 其將入兮.

長年困道路 驅馬方更遠 從事常厭煩 : 『시경·소아·십월지교十月之交』에서 "열심히 부역에 종사하여, 괴롭단 말 한 적 없네"라고 했다. 『후한서』에서 "태원의 민중숙은 세상에서 절사라 칭하였다"라고 했는데, 주에서 인용한 『고사전』에서 "주당이란 사람이 민중숙에게 마늘을 주자, 중숙은 "나는 번거롭게 하지 않으려 하는데, 지금 다시 번거롭게 하겠느냐"라고 했다.

詩, 黽勉從事. 後漢書, 閔仲叔, 世稱節士. 注引高士傳云, 周黨遺之生蒜, 仲叔曰我欲省煩耳. 今更作煩耶.

歸心自如卷 旨甘良未豐 安得懷息偃 : 『시경·백주柏舟』에서 "내 마음은 돌이 아니라서 굴릴 수도 없고, 내 마음은 돗자리가 아니라서 걷어치울 수도 없다"라고 했다. 또한 『시경·북산北山』에서 "혹은 편안히 누워

상에 쉬거늘, 혹은 길 가기를 그치지 않는도다"라고 했다.

詩, 我心匪席, 不可卷也. 又云, 或息偃在床.

여덟 번째 수其八

月滿不踰望	달은 가득차도 보름을 넘지 못하고
日中爲之傾	해가 중천에 뜨면 지기 시작하네.
天地尙乃爾	천지도 오히려 그러하거늘
萬物能久盈	만물이 능히 오래 가득 차 있으랴.
明德忌曄曄[50]	명덕은 빛남을 꺼리고
高才貴冥冥	고재는 멀리 숨는 것이 귀하네.
勿解扁舟去	일엽편주로 떠나지 못하니
懷哉張季鷹	그립도다, 장계응이여.

【주석】

月滿不踰望 日中爲之傾 : 『주역·풍괘豐卦』의 단사彖辭에서 "해는 중천에 있으면 기울고 달은 차면 먹히니, 천지의 성쇠도 때에 따라 진퇴하는데 하물며 사람에 있어서랴"라고 했다. 『사기·채택전』에서 인용한 속담에 "해가 중천에 이르면 지기 시작하고, 달이 꽉 차면 기울기 시작

50　[교감기] '曄'이 전본에는 '煜'으로 되어 있다. 살펴보건대 이는 청나라 강희제(康熙帝)의 이름을 기휘하여 글자를 고친 것이다.

한다"라고 했다. 문요 이덕유李德裕의 「의기부」의 서에서 "달이 차면 기울고, 해가 중천에 이르면 지기 시작한다. 저 천도는 항상 그러하니, 오랫동안 흥성하고자 한들 어찌 그럴 수 있으랴"라고 했다.

孔子易傳, 日中則昃, 月盈則食. 天地盈虛, 與時消息, 況於人乎. 蔡澤傳, 語曰日中則移, 月滿則虧. 李文饒欹器賦序, 月滿而虧, 日中而昃. 彼天道而常然, 欲久盛而焉得.

天地尚乃爾 萬物能久盈 : 이백의 「잡시雜詩」에서 "밝은 해와 달은, 낮과 밤으로 외려 쉬지 않네. 더구나 너 한가로운 사람이여, 어찌 세상에 오래 있으랴"라고 했다.

李白詩, 白日與明月, 晝夜尚不閑. 況爾悠悠人, 安得久世間.

明德忌曄曄 : 한유의 「지명잠」에서 "알려지지 않을까 걱정하지 말고, 부풀려질까 걱정하여라"라고 했다.

韓文公知名箴, 勿病無聞, 病其曄曄.

高才貴冥冥 : 안연년의 「제굴원문」에서 "사물은 변함없는 꽃을 싫어하고, 사람은 밝고 깨끗한 이를 싫어한다"라고 했다. 『법언』에서 "기러기 하늘 멀리 날아가면 사냥꾼이 어찌 잡을 수 있으리"라고 했다.

顏延年祭屈原文云, 物忌堅芳, 人諱明潔. 冥冥, 見上.

勿解扁舟去 懷哉張季鷹 : 『진서·장한열전張翰列傳』에서 장한의 자는 계응季鷹이다. 제나라 왕 경冏이 그를 불러 대사마의 동조연東曹掾으로 삼았다. 장한이 가을바람이 이는 것을 보고서 고향 오중吳中의 고미나물, 순채국, 농어회 생각이 나서 말하기를 "인생은 자신의 마음에 맞는 삶을 귀하게 여기는데 어찌 고향을 떠나 수천 리 땅에서 벼슬에 얽매어 명예와 벼슬을 구하려 하는가"라고 하고는 마침내 수레에 멍에를 지고 돌아왔다. 사조의 「만등삼산환망경邑晚登三山還望京邑」에서 "그립구나, 끝나버린 즐거운 연회가"라고 했다. 『시경·양지수揚之水』에서 "그립고 그리워라, 어느 달에나 내 집에 돌아갈꼬[曷月予旋歸哉]"라고 했다.

晉張輪傳, 字季鷹, 齊王冏辟爲大司馬束曹掾. 因見秋風起, 乃思吳中菰菜蓴羹鱸魚鱠, 曰人生貴得適志, 何能羈宦數千里, 以要名爵乎. 遂命駕而歸. 謝朓詩, 懷哉罷歡宴. 懷哉懷哉, 本出詩.

아홉 번째 수其九

榨床在東壁	술 짜는 상이 동쪽 벽에 있어
病起繞壁行	병든 몸 일으켜 벽 사이를 도네.
新醅浮白蟻	새로 익은 술에 흰개미가 뜨니
渴見解朝酲	갈증에 아침 해장술을 찾누나.
小槽垂玉筯[51]	작은 술 주전자에 옥저 드리우니

---

51 [교감기] '筯'는 원래 '筋'으로 되어 있었는데, 지금 영원본과 전본을 따라 교정한다.

音響有餘淸	쨍하는 소리 맑은 여운 남기네.
疾風春雨作	바람 세게 부는 봄날에 비가 내리는 듯
靜夜山泉鳴	맑은 밤 산에 샘물 소리 울리는 듯.
安得朱絲絃	어찌하면 붉은 실의 현을 만들어
爲我寫此聲	나를 위해 이 소리를 연주해줄까.
想知舜南風	상상컨대, 순임금의 「남풍」은
正爾可人情	참으로 사람 마음을 울리누나.

【주석】

榨床在東壁 : '榨'는 『옥편』에는 '醡'로 되어 있으며 또한 '酉窄,'로 쓰기도 하니, 음은 '反'과 '射의 반절법이다. 『절운』에서 "술을 짜는 도구이다"라고 했다.

榨, 玉篇作醡, 又作酉窄, 反射反. 切韻云壓酒具也.

病起繞壁行 新醅浮白蟻 : 백거이의 「화주花酒」에서 "향기로운 술을 마시는데 흰개미 같은 찌끼가 떠다니네"라고 했다. 두보의 「귀계상유작歸溪上有作」에서 "술은 납월의 맛 그대로이고"라고 했다.

白樂天詩, 香醅淺酌浮如蟻. 杜詩, 蟻浮仍臘味.

渴見解朝醒 : 『진서·유령전』에서 "한 번 마시면 한 섬이요, 해장할 때 다섯 말이다"라고 했다.

劉伶傳, 五斗解酲.

小槽垂玉筯：이하李賀의 「장진주將進酒」에서 “통에서 흐르는 술 방울이 진주처럼 붉구나”라고 했다.

李賀云, 小槽酒滴眞珠紅.

音響有餘淸 疾風春雨作 靜夜山泉鳴：‘빗소리[雨作]’와 ‘샘물소리[泉鳴]’로 술독에서 술이 떨어지는 소리를 비유하였다.

雨作及泉鳴, 以喻槽床滴聲也.

安得朱絲絃 爲我寫此聲：『예기』에서 “청묘淸廟에서 연주하는 비파는 붉게 물들인 실과 비파 밑 부분에 구멍을 내어 낮은 소리를 내게 하는데 한 번 연주하면 세 번 감탄을 일으키니 여운이 있기 때문이다”라고 했다. 『사기·악서』에서 “위령공이 진나라로 가는 도중에 복수 가에 이르렀는데, 한밤중에 거문고 연주하는 소리를 들었다. 사연을 불러서 “나를 위해 저 음악을 자세히 듣고서 악보를 만들어라”라 했다”라고 했다.

禮記, 朱絃疏越, 一唱而三歎, 有遺音者矣. 史記樂書, 衛靈公將之晉, 至於濮水之上, 夜半聞鼓琴聲. 召師涓曰, 爲我聽而寫之.

想知舜南風 正爾可人情：『예기』에서 “순임금이 오현의 거문고를 만들어 「남풍」을 노래하였다”라고 했다. ‘정이正爾’란 말에 해당하는 말

은 앞에 보이지 않는다.

禮記, 舜作五絃之琴, 以歌南風. 正爾, 見上.

열 번째 수其十

弄水淸江曲	맑은 강의 구비에서 물을 희롱하며
采薇南山隅	남산의 모퉁이에서 고사리를 뜯노라.
當吾無事時	내 일이 없을 때를 당하니
此豈不我娛	이 어찌 내 즐겁지 않으리.
喬木好鳥音	높은 나무의 아름다운 새 울어대고
天風韻虛徐	하늘의 바람은 소리 내며 천천히 부네.
遐心游四海	마음을 멀리 사해에서 노니니
萬里不須臾	만 리 거리도 순식간도 못 되네.
回首古衣冠	옛날 의관 입은 사람 둘러보니
荊樊老邱墟	산골짜기 가시 울타리에서 늙어가네.
欲付此中意	이곳에서의 뜻을 부치고자 하니
歸翻蟲蠹書	돌아가 책벌레나 되어야지.
短生憂不足	짧은 생애 근심이 많지 않으니
此道樂有餘	이 도를 여유롭게 즐기누나.

【주석】

弄水淸江曲 采薇南山隅：『시경·초충草蟲』에서 "저 남산에 올라, 고사리를 뜯네"라고 했다. 『사기·백이전』에서 "수양산에 숨어서 고사리를 뜯어서 먹었다. 굶주림에 죽을 지경이 되자 노래를 불렀으니 "저 서산에 올라, 그 고사리를 뜯노라"라 했다"라고 했는데, 『색은』에서 "미薇는 고사리다"라고 했다.

詩, 陟彼南山, 言采其薇. 史記伯夷傳, 隱於首陽山, 采薇而食之, 及餓且死, 作歌曰登彼西山兮, 采其薇矣. 索隱曰, 薇, 蕨也.

當吾無事時 此豈不我娛 喬木好鳥音：『시경·소아·벌목伐木』에서 "쩡쩡 나무를 베거늘, 삑삑 새가 우는구나. 깊은 골짜기에서 나와 높은 나무로 옮겨가도다"라고 했다.

詩, 伐木丁丁, 鳥鳴嚶嚶. 出自幽谷, 遷于喬木.

天風韻虛徐：『시경·북풍北風』에서 "행여 늦출 수 있으랴"라고 했는데, '邪'의 음은 '徐'이다.

詩, 其虛其邪. 邪音徐.

遐心游四海：『시경·백구白駒』에서 "그대의 이름만을 금옥처럼 여긴 채, 나를 멀리하려는 마음을 가지 마시라"라고 했다. 육기의 「문부」에서 "정신은 팔방으로 내달리고 마음은 만 길 하늘에서 노니네"라고 했다.

詩, 毋金玉爾音, 而有遐心. 陸機文賦, 精騖八極, 心游萬仞.

萬里不須臾 回首古衣冠 荊樊老邱墟 : 『문선』에 실린 사장謝莊의 「월부」
에서 "신은 동쪽 변방에서 온 고루하고 무식한 사람으로, 산골에서 자
랐습니다"라고 했는데, 주에서 인용한 『이아』에서 "번樊은 울타리를
이른다"라고 했으며, 곽박은 "번藩은 울타리이다"라고 했다. "옛날 의
관에 마음을 두는 자"는 모두 형극의 변방이나 산골짜기의 허름한 집
에서 늙어가고 있다는 의미이다. "옛날 의관을 입던 사람들"은 시운을
만나지 못하였으니, 세상의 흐름에 따라 아부하지 못하고 희녕 연간에
모두 쫓겨났다.

文選月賦曰, 臣東鄙幽介, 長自邱樊. 注引爾雅, 樊, 藩也. 郭璞曰, 藩, 籬
也. 回視古衣冠者, 皆老於荊棘之籬, 丘壑墟落之間. 古衣冠, 謂背時也. 不隨
時俯仰, 在熙寧間, 皆斥逐也.

欲付此中意 歸翻蟲蠹書 : 한유의 「잡시雜詩」에서 "어찌 책벌레와 다르
랴, 문자 가운데서 죽고 사네"라고 했다.

退之詩, 豈殊蠹書蟲, 生死文字間.

短生憂不足 此道樂有餘 : 사령운의 「예장행豫章行」에서 "짧은 인생에
드넓은 세상을 여행하누나[短生旅長世]"라고 했다.

見上.

18. 서울로 들어가는 큰 형님을 전송하다
送伯氏入都

貧賤難安處	빈천하면 편안한 곳이 없으니
別離更增悲	이별에 더욱 슬픔이 깊어지누나.
經營動北征	북쪽으로 길을 나서니
慈母待春衣	자모께서는 봄옷 만들 때까지
	기다렸으면 하네.
短箠驅瘦馬	짧은 채찍으로 비루먹은 말 모는데
靑草牧中嘶	푸른 풀 먹으며 우는구나.
送行不知遠	전송하러 멀리까지 나왔는데
可忍獨歸時	홀로 돌아올 때 어찌 견디랴.
太華物華春	태화산은 봄 경치이며
街柳囀黃鸝	길가 버들에 꾀꼬리 우짖으리.
九衢生紫煙	아홉 길에는 붉은 먼지 일며
到家使人迷	집에 이르면 사람들이 놀라겠지.
知音者誰子	지음은 그 누구인가
倦客無光輝	피곤한 객은 광채가 없구나.
王侯不可謁	왕후를 만날 수 없으니
秣馬興言歸	말을 먹이고 일어나 돌아오리라.
豈無他人遊	어찌 함께 노닐 다른 사람이 없으랴만

不如我壎箎　　우리 형제만한 이가 없으리.

陳書北窓下　　북창 아래에 책을 펴 놓으니

此自有餘師　　이 절로 스승이어라.

【주석】

貧賤難安處 別離更增悲 : 두보의 「취가행醉歌行」에서 "가난한 이들 이별 더욱 슬프니"라고 했다. 맹교의 「송종제送從弟」에서 "사람들은 가난할 때 이별은 쉽다고들 하는데, 가난할 때 이별 그 근심 더욱 깊어라"라고 했다.

老杜詩, 乃知貧賤別更苦. 孟郊詩, 人言貧別易, 貧別愁更重.

經營動北征 : 『시경』에서 "영대를 경영하니"라고 했다. 두보의 「북정」에서 "내가 장차 북쪽으로 떠나려니"라고 했다.

詩, 經之營之. 杜詩, 杜甫將北征.

慈母待春衣 : 말하자면 모친께서 옷을 다 만든 다음에 여정에 나서기를 바란다는 의미이다. 맹교의 「유자음遊子吟」에서 "인자하신 어머님의 손에 쥔 실은, 길 떠날 아들의 옷을 짓는 거라네. 떠나기에 앞서 꼼꼼히 꿰매시며, 행여 더디 돌아올까 염려하시네"라고 했다.

言母欲令待縫衣就乃行. 孟郊詩, 慈母手中線, 遊子身上衣. 臨行密密縫, 意恐遲遲歸.

短筆驅瘦馬 靑草牧中嘶 送行不知遠 可忍獨歸時 : 이미 전편의 "그대 보내니 멀리 감을 꺼려하지 말라고 하지만, 홀로 돌아감을 근심스레 바라보네[送君不憚遠, 愁見獨歸時]"의 주에 보인다. 즉 한유의 「송이원외送李員外」에서 "술 마시며 서로 얼굴을 돌아보고, 보낸 뒤에 홀로 돌아오는 마음 쓸쓸하네[飮中相顧色, 送後獨歸情]"라고 했다.

見上.

太華物華春 街柳囀黃鸝 : 왕유의 「적우망천장積雨輞川莊」에서 "넓은 논에는 백로 수시로 날아오르고, 그늘진 여름 나무에는 꾀꼬리 지저귀네"라고 했다.

王維詩, 陰陰夏木囀黃鸝.

九衢生紫煙 : 한유의 「한유閑游」에서 "양웅은 다만 자신만을 지켰으니, 어찌 아홉 수레 길에 먼지 나게 달렸으랴"라고 했다. 『삼보구사』에서 "장안성 안에 여덟 개의 거리에 아홉 대의 수레가 지나가는 길"이라고 했다.

退之詩, 子雲祇自守, 奚事九衢塵. 三輔舊事云, 長安城中, 八街九陌.

到家使人迷 知音者誰子 : 두보의 「석감石龕」에서 "대를 치는 자는 누구인가"라고 했다. 한유의 「귀팽성歸彭城」에서 "원대한 계획 세운 자 누구인가"라고 했으며, 또한 맹교와 한유의 「납량연구納涼聯句」에서 맹교는

"길에서 더위 먹은 이는 누구인가"라고 했다.

老杜詩, 伐竹者誰子. 退之詩, 訐謨者誰子. 又聯句, 暍道者誰子.

倦客無光輝 王侯不可謁 : 『주역·고괘』 상구에서 "왕후를 섬기지 않고 자신의 지조를 고상히 한다"라고 했다. 『전국책』에서 소진이 초나라에 간 지 3일 만에 초나라 왕을 만났는데, 곧바로 돌아가려고 하자 초나라 왕이 그 까닭을 물었다. 이에 소진이 대답하기를 "초나라의 밥은 옥보다도 비싸고 땔감은 계수나무보다도 비쌉니다. 알자는 귀신을 만나는 것처럼 만나기 어렵고 임금은 천제를 뵙는 것처럼 뵙기 어려운데, 지금 신으로 하여금 옥을 먹고 계수나무를 때면서 귀신을 통해 천제를 만나게 하고 계십니다"라고 했다.

易蠱上九, 不事王侯. 戰國策, 蘇秦之楚, 三日乃得見乎王. 談卒, 辭而行, 曰楚國之食貴於玉, 薪貴於桂. 謁者難得見如鬼, 王難得見如天帝. 今令臣食玉炊薪, 因鬼見帝.

秣馬興言歸 : 『시경·한광漢廣』에서 "이 아가씨가 시집감에, 그 말에게 꼴을 먹이리라"라고 했으며, 또한 「소명小明」에서 "침상에서 일어나 나가 잠을 자겠노라"라고 했으며, 또한 「황조黃鳥」에서 "곧바로 돌아가서"라고 했다.

詩, 之子于歸, 言秣其馬. 又云, 興言出宿. 又云, 言旋言歸.

豈無他人遊 不如我塤箎 : 『시경·체두梀杜』에서 "어찌 내 형제와 같으리오"라고 했으며, 또한 「하인사何人斯」에서 "맏형은 훈을 불고 둘째 형은 지를 분다"라고 했다.

詩, 豈無他人, 不如我同父. 又云, 伯氏吹塤, 仲氏吹箎.

陳書北窗下 : 『진서·도잠전』에서 "도연명이 여름철 한가로이 북창가에 잠들어 누었다가"라고 했다.

陶淵明, 高臥北窗之下.

此自有餘師 : 『맹자』에서 "그대 돌아가 구하면 많은 스승이 있을 것이다"라고 했다.

孟子, 子歸而求之, 有餘師.

19. 황하를 건너다

渡河

客行歲晚非遠遊	세모의 나그네 여정 멀리 노닒은 아니지만
河水無情日夜流	하수는 무정하여 밤낮으로 흐르누나.
去年排堤注東郡	지난해 막힌 물 열어
	동군으로 들어가게 하고
詔使奪河還此州	조서 받든 사신 황하에 실패하여
	이 고을로 돌아왔네.
憶昔東行河梁上	생각건대 예전 동쪽 하량으로 갈 때
飛雪千里曾氷壯	천 리 눈 날리며
	층층의 얼음 굳게 얼었었지.
人言河源凍徹天	사람들은 황하의 근원이
	하늘까지 얼었다고 하는데
氷底猶聞沸驚浪	얼음 밑에서는 오히려 요동치는
	물결 소리 들렸었지.

【주석】

客行歲晚非遠遊 河水無情日夜流 去年排堤注東郡 : 한동군은 복양을 다스리니, 지금은 단주가 다스리는 현이다.

漢東郡治濮陽, 今澶州所治縣也.

詔使奪河還此州 憶昔東行河梁上 : 『문선』에 실린 소경 이릉李陵의 「여소무與蘇武」에서 "손잡고 강 위 다리로 오르시면서, 길손은 저물녘 어디로 가는가"라고 했다.

文選李少卿詩, 攜手上河梁, 遊子暮何之.

飛雪千里曾氷壯 : 두보의 「고도호총마행高都護驄馬行」에서 "교하의 두꺼운 얼음을 얼마나 깨트렸나"라고 했으며, 또한 「조추고열早秋苦熱」에서 "어찌하면 맨발로 층층의 얼음을 밟을 수 있을까"라고 했다. 대개 이는 동방삭의 『신이경』에서 "북방에는 층층의 얼음이 만 리에 뻗쳐 있다"는 말을 취하였다.

杜詩, 交河幾蹴曾氷裂. 又云, 安得赤腳踏曾氷. 蓋取東方朔神異經云, 北方有曾氷萬里.

人言河源凍徹天 氷底猶聞沸驚浪 : 『한서·장건찬』에서 "장건이 황하의 근원 끝까지 올라갔다"라고 했다.

漢書贊, 張騫窮河源.

20. 태화 승으로 부임하는 여지상을 전송하다

送呂知常赴太和丞

我去太和欲朞矣	내가 태화를 떠나 한 해가 되려하는데
呂君初得太和官	여군은 비로소 태화의 관리가 되었네.
邑中亦有文字樂	고을에 또한 문자의 즐거움 있나니
惜不同君澗谷槃	애석하기는, 그대와 함께 계곡에서
	노닐지 못하는 것.
觀山千尺夜泉落	천 길의 관산에 밤에 시냇물 떨어지고
快閣六月江風寒	유월의 쾌각에 강바람 서늘하네.
往尋佳境不知處	승경을 찾아가도 어디 있는 줄 모를 테니
掃壁覓我題詩看	벽을 쓸고서 쓴 시를 보고 나를 찾아보게나.

【주석】

我去太和欲朞矣 : 산곡이 태화에 3년 동안 있었는데, 바로 원풍 7년이다. 이해 덕주 덕평진으로 옮겨가 감독하였다. 이해 3월에 사주의 승가탑을 지나면서 발원하는 글을 지었다. 8년 4월에 교서랑으로 부름을 받았다. 여기서 "내가 태화를 떠난 지 한 해가 되려고 한다"고 하였으니, 아직은 덕평에 있을 때이다.

山谷在太和三年, 至元豐七年, 移監德州德平鎭. 是年三月, 過泗州僧伽塔, 有發願文. 八年四月, 以校書郞召. 今言去太和欲朞, 猶在德平也.

呂君初得太和官 邑中亦有文字樂 : 한유의 「취증장비서^{醉贈張秘書}」에서 "글을 지으며 술 마실 줄 몰라, 오직 붉은 치마 미인들과 취할 뿐"이라고 했는데, 여기서 그 뜻을 반대로 사용하였다.

韓詩, 不解文字飮, 惟能醉紅裙. 此反其意.

惜不同君澗谷槃 : 『시경』에서 "산골 시냇가에서 한가히 소요하나니[考槃在澗]"라고 했다.

見上.

觀山千尺夜泉落 快閣六月江風寒 : 관산과 쾌각은 태화에 있다. 백거이의 「분옥천」에서 "푸른 산에 드리워진 비단 물줄기, 푸른 못으로 구슬 물방울 쏟아지네. 방울방울 가을 날 빗방울 같아, 6월의 바람에 한기가 일어나네"라고 했다.

觀山快閣, 在太和. 白樂天噴玉泉詩, 練垂青嶂上, 珠瀉綠盆中. 溜滴三秋雨, 寒生六月風.

往尋佳境不知處 掃壁覓我題詩看 : 한유의 「기장단공차도경^{寄張端公借圖經}」에서 "곡강의 산수에 대해 들은 지 오래되었지만, 이름도 모르고 찾아가기에는 몇 배 어렵네. 바라거니 지도를 얻어 그곳에 갈 수 있다면, 또한 승경 만날 때마다 곧 펼쳐 보리라"라고 했다. 동진東晉의 문인이자 화가인 고개지顧愷之가 사탕수수를 먹을 때 반드시 꼬리부터 먹었는데,

누군가가 그 까닭을 묻자 "점차 좋은 맛에 이를 수 있기 때문이다"라고
답했다.

退之詩, 曲江山水聞來久, 恐不知名訪倍難. 願借圖經將入境, 亦逢佳處便
開看. 漸入佳境, 見晉書顧愷之傳.

21. 장영숙과 이별하다

別蔣穎叔

　　장지기의 자는 영숙으로, 신법이 시행되자 복주의 운판이 되었다가 회동의 운부로 옮겼다. 모친의 상복을 벗고 나서 강서운부가 되었다가 하북운부로 옮겼다. 소장을 올려 계책을 아뢰니, 신종이 장려하였다. 섬서로 옮겨 제행을 지내다가 회남전운사로 옮겼고, 강회형절등로 전운부사로 발탁되었다. 원풍 6년 5월 소장을 올려 계책을 아뢰자 신종이 깊이 위로하고서 3품의 관직을 하사하였다. 이러한 것은 『실록』의 기록에 의거한 것이다. 이 시에서 "3품의 의대를 사람들이 우러러보네"라고 했으니, 분명 이는 6년 이후의 작품이다. 산곡이 덕평진으로 옮겨 감독할 때 사주 승가탑을 지나면서 발원의 글을 지었으니, 그때는 원풍 7년 3월이다. 장영숙과 이별할 때는 아마도 이 시기인 것으로 보인다.

　　蔣之奇字穎叔, 新法行, 爲福建運判,[52] 遷淮東運副. 母喪服除, 爲江西運副, 改河北, 入奏計上, 神宗奬諭之. 移陝西, 官制行, 移淮南轉運使, 擢江淮荊浙等路轉運副使. 元豐六年五月, 奏計上, 神宗勞問甚備, 賜三品服. 此據實錄也. 此詩云, 三品衣魚人仰首, 當是六年以後作. 山谷移監德平鎭, 過泗州僧

52　[교감기] '運判'은 원래 '通判'으로 되어 있었는데, 지금 영원본을 따른다. 살펴보건대 『송사·장지기전』에서 "신법이 시행되자 복건전운판관이 되었다"고 했으니, 즉 '運'이 옳다.

伽塔, 作發願文, 時元豐七年三月也. 別蔣穎叔, 當是此時.

金城千里要人豪	천 리의 금성은 호걸이 필요한데
理君亂絲須孟勞	어지러운 실을 다스리는 수령은 맹노가 필요하네.
文星合在天東壁	문성은 하늘 동벽에 있음이 합당하니
清都紫微醉雲璈	청도와 자미는 운림오에 취해 있네.
荆溪居士傲軒冕	형계 거사는 고관을 오시하며
胸吞雲夢如秋毫	운몽택을 가슴에 담으면서 가을 터럭처럼 여기네.
三品衣魚人仰首	삼품의 의대를 사람들이 우러러 바라보니
不見全牛可下刀	칼을 대서 해체할 소만 보이누나.
秦州渭水森長戟	진주의 위수는 긴 창이 삼연한데
方壺蓬萊冠巨鼇	방호와 봉래는 큰 자라가 이고 있어라.
萬釘寶帶珥狨席	만 알의 보대에 옥이 박힌 원숭이 털 안장이라
獻納論思近赭袍	논하고 생각한 바를 아뢰며 용포에 가까이 있네.
連營貔虎湛如水	병영마다 비휴와 범은 물처럼 고요한데
開盡西河擁節旄	서하를 수복하여 깃발을 들고 나가네.
何時出入諸公間	언제나 제공 사이에 출입할까
淮湖閱船今二毛	회호에서 배를 검열하며 이제 늙었구나.

鑿渠決策與天合	운하를 파는 계책 정하여
	천자의 뜻과 부합하고
之祈窘束縮怒濤[53]	지기를 묶어 성난 파도를 잠재웠네.
衣食京師看上計	의식의 회계를 서울에 올리니
陛下文武收英髦	폐하의 문무관들이 영준을 거두리라.
春風淮月動淸鑒	춘풍에 회수의 달이 맑은 물결에 흔들리고
白拂羽扇隨輕舠	백우선 흔들며 경쾌한 배를 따르리라.
下榻見賢傾禮數	어진 이 보고 걸상 내려 예를 다하고
後車載士回風騷	후거에 선비 태우니 바람이 휘감네.
斲鼻於郢	영 땅 코의 백토를 잘라내고
觀魚於濠	호수에서 물고기의 즐거움을 보누나.
小夫閱人蓋多矣	내가 사람을 많이 겪어 보았는데
幾成季咸三見逃	계함처럼 세 번 도망할 뻔 하였노라.

【주석】

金城千里要人豪 : 『한서·장량전』에서 "튼튼한 성 천 리이자, 하늘이 내려준 나라"라고 했다. 가의의 「과진론」에서 "관중關中의 견고함은 천 리에 이르는 철옹성 같아 제왕의 업이 자손만대로 전해질 것이다"라고 했다.

---

53 [교감기] '之'는 전본과 건륭본에는 '支'로 되어 있다. 건륭본의 원교에서 "'之'는 달리 '支'로 된 본도 있다"라고 했다.

張良傳, 此所謂金城千里, 天府之國. 賈誼過秦論, 金城千里, 子孫帝王 萬世之業也.

理君亂絲須孟勞 : 『좌전』에서 "엉킨 실을 풀려다가 더욱 엉키게 만드는 것과 같다"라고 했다. 『한서·순리전循吏傳』에서 공수가 "어지러운 백성을 다스리는 것은 어지러운 실을 다스리는 것과 같으니 급하게 할 수 없다"라고 했다. 『북사·제문선제기』에서 "신무제神武帝가 일찍이 여러 아들로 하여금 엉클어진 실을 정리하게 하니 문선은 홀로 칼을 뽑아 잘라버리면서 "어지러운 것은 마땅히 베어버려야 한다"라 했다"라고 했다. 두보의 「대식도가」에서 "그대 얻으매 헝클어진 실을 그대와 함께 다스리리라"라고 했다. 맹노라는 것은 노나라의 보도로, 『곡량전·희공 원년』에 보인다.

左傳, 猶治絲而棼之. 漢龔遂曰, 治亂民猶治亂絲, 不可急也. 北史齊文宣帝紀, 神武嘗使諸子各理亂絲, 文宣獨抽刀斬之曰, 亂者當斬. 老杜大食刀歌云, 得君亂絲與君理. 孟勞者, 魯之寶刀也, 見穀梁僖元年.

文星合在天東壁 : 두보의 「송이대부送李大夫」에서 "남두성은 문성을 피하리라"라고 했다. 『진서·천문지』에서 "동벽 두 별은 문장을 주관한다. 천하의 도서를 소장한 비부이다"라고 했다.

杜詩, 北斗避文星. 晉天文志, 東壁二星, 主文章, 天子圖書之秘府也.

清都紫微醉雲璈 : 『열자·주목왕周穆王』에서 "왕은 진실로 청도[54]와 자미이며, 천상의 음악을 연주하는 곳이며, 천제가 사는 곳으로 여겼다"라고 했다. 『한무제내전』에서 "상원부인은 스스로 운림오를 뜯으면서"라고 했다.

列子曰, 穆王以爲淸都紫微, 鈞天廣樂, 帝之所居. 漢武帝內傳, 上元夫人自彈雲琳之璈.

荊溪居士傲軒冕　胸呑雲夢如秋毫 : 사마상여의 「자허부」에서 "운몽[55]과 같은 것 여덟 개나 아홉 개쯤 삼켜도, 그 가슴속에서는 결코 겨자씨만큼도 걸릴 것이 없습니다"라고 했다.

司馬相如子虛賦, 呑若雲夢者八九, 胸中曾不芥蒂.

三品衣魚人仰首 : 제목 아래의 주에 보인다. 또한 이고의 「한문공행장」에서 "3품의 의대를 하사하였다"라고 했다.

見題下注, 又李翶撰韓文公行狀, 賜三品衣魚.

不見全牛可下刀 : 『장자』에서 포정庖丁이 문혜군文惠君을 위해서 소를 잡았다. 문혜군이 "기술이 어떻게 이런 지경까지 이를 수 있는가"라 묻자, 포정이 "처음 제가 소를 해체할 때에는 보이는 게 모두 소이더니 3

54　청도(淸都) : 천제(天帝)가 사는 궁궐의 이름이다.
55　운몽 : 초(楚)나라 대택(大澤)의 이름으로 사방이 9백 리나 된다고 한다.

년이 지난 후에는 소의 온 모습이 보이지 않게 되었습니다"라고 했다.

見上.

秦州渭水森長戟 : 섬서전운이 된 것을 말한다. 『속본사시』에서 인용한 위섬의 「제역정」에서 "위수와 진천에 눈이 시원하게 뜨였네"라고 했다.

言爲陝西轉運也. 續本事詩, 韋蟾題驛亭云, 渭水秦川豁眼明.

方壺蓬萊冠巨鼇 : 『열자』에서 "무저의 골짜기에 산이 다섯이 있으니, 대여, 원교, 방호, 영주, 봉래 등이다. 다섯 산의 밑은 땅에 대고 있지 않으니, 천제가 큰 자라 15마리에게 머리에 그 산을 이게 하니, 다섯 산이 비로소 마주하고서 움직이지 않았다"라고 했다. 시의 뜻은 맡은 일이 너무 무겁다는 의미이다.

列子, 無底之谷有五山, 曰岱輿員嶠方壺瀛洲蓬萊. 五山之根, 無所連著. 帝使巨鼇十五擧首而戴之, 五山始峙而不動. 詩意言其負荷重也.

萬釘寶帶琱狻席 : 『수서‧양소전』에서 "보석 만 알이 박힌 허리띠를 하사하였다. 국조의 시종신은 원숭이 털로 된 안장을 타고 다녔다"라고 했다.

隋楊素傳, 賜萬釘寶帶, 國朝侍從跨狻鞍.

獻納論思近赭袍: 『문선』에 실린 반고의 「양도부서」에서 "아침저녁으로 토론하고 생각하여 날마다 달마다 황제에게 저작著作을 헌납했다"라고 했다. 두보의 「증헌납사贈獻納使」에서 "헌납이 맡은 일 임금의 측근이라"라고 했으며, 또한 「봉증선우경조奉贈鮮于京兆」에서 "「삼대례부三大禮賦」 올려 황제의 지우 받았고"라고 했다. 당나라 왕건의 「궁중삼태사宮中三台詞」에서 "태양빛은 저포와 비슷하니, 붉은 난새 그려진 부채로 가리지 않네"라고 했다. 두광정의 시에서 "일찍이 운천에 올라 붉은 용포의 임금을 모셨지"라고 했다.

文選兩都賦序云, 朝夕論思, 日月獻納. 杜詩, 獻納思存雨露邊. 又獻納紆皇眷. 唐王建詩曰, 日色赭袍相似, 不著紅鸞扇遮. 杜光庭詩, 曾上雲天侍赭袍.

連營貔虎湛如水: 『상서·목서牧誓』에서 "범처럼 비휴처럼"이라고 했다.

尙書, 如虎如貔.

開盡西河擁節旄: 섬서의 조운관으로 옮긴 것을 이른다. 당시 이미 황하의 운하가 수복되었다.

謂移陜西漕也. 時已復河湟.

何時出入諸公間: 『한서·조조전』에서 "후에 등공鄧公의 아들 장章이 제공 사이에 유명해졌다"라고 했다.

漢晁錯傳云, 顯諸公間.

淮湖閱船今二毛 : 『좌전』에서 "늙은이를 사로잡지 않는다"라고 했다.
左傳, 不禽二毛.

鑿渠決策與天合 : 영숙이 회남에 있을 때 처음으로 사주에 운하를 파
서 회수의 험난함을 피하게 하니, 운행하는 배들이 이로부터 전복되는
일이 없었다. 황제가 조서를 내려 포상하였다.
穎叔在淮南, 始鑿泗州股渠, 以避長淮之險. 舟行自是無覆溺, 下詔褒賞.

之祈窘束縮怒濤 : 『이문집』에 실린 『고악독경』에서 "우가 치수하여
상백산에 이르러 회수를 빙빙 돌게 하는 수신을 잡았다. 이에 "이는 무
지기다. 잘 응대하여야 하니, 회수의 옅고 깊음과 물길의 멀고 가까움
을 잘 헤아린다"라 하였다. 우가 구산의 아래에 그를 자물쇠로 묶어두
니 회수가 이에 안정되게 흘렀다. 당나라에 이르러 어부가 낚시하다가
오래된 자물쇠를 얻었는데, 그 끝에 원숭이가 있었으니, 바로 지기였
다"라고 했다.
異聞集載古嶽瀆經云, 禹治水至相柏山, 獲淮渦水神, 曰巫之祈, 善應對.
辨淮之淺深, 源之遠近. 禹鏁于龜山之足, 淮乃安流. 至唐有漁者, 釣得一古
鏁, 牽出, 其末有獼猴, 卽支祈也.

衣食京師看上計 : 『한서·무제기』에서 "하여금 연말 회계 보고 문서
를 가지고 오는 관리와 함께 보내라"라고 했는데, 주에서 "계자計者는

회계를 올리는 관리이다"라고 했다.

漢武紀, 令與計偕. 注, 計者, 上計簿吏也.

陛下文武收英髦 : 한유韓愈의 「한식일출유寒食日出遊」 시에, "삼공이 모두 지음인 사람인데, 어찌 어진 그대를 성스러운 폐하께 천거하지 않겠는가"라고 했다.

退之詩, 三公盡是知音人, 曷不薦賢陛下聖.

春風淮月動淸鑒 白拂羽扇隨輕舠 : 『시경·하광河廣』에서 "누가 하수가 넓다고 하는가, 거룻배도 용납할 수 없도다"라고 했는데, 주에서 "소선을 도끼라고 이른다"라고 했다.

詩, 誰謂河廣, 曾不容刀. 注, 小船曰刀.

下榻見賢傾禮數 : 『후한서·서치전徐穉傳』에서 "태수 진번陳蕃은 손님이나 길손을 응대하지 않았는데, 오직 서치가 오면 특별이 하나의 걸상을 설치하고 서치가 가면 걸어두었다"라고 했다. 왕발의 「등왕각서」에서 "서유는 진번의 탑을 내리게 하였다"라고 했다.

陳蕃下榻, 詳見上. 王勃滕王閣序云, 徐孺下陳蕃之榻.

後車載士回風騷 : 『시경·면만綿蠻』에서 "뒷수레에 명하여, 태워주라 하였네"라고 했다. 『문선』에 실린 위문제의 「여오질서」에서 "시종들

은 피리를 불어 길을 열고, 문학 관직의 문인은 뒷 수레에 의탁해 타고 있습니다"라고 했다.

詩, 命彼後車, 謂之載之. 文選魏文帝與吳質書云, 從者鳴笳以啓路, 文學託乘於後車.

斲鼻於郢 : 『장자』에서 "장자가 장례식에 참석하려고 혜자의 묘 앞을 지나가다가 따르는 제자를 돌아보고 말했다. "영 땅 사람 중에 자기 코 끝에다 백토를 파리 날개만큼 얇게 바르고 장석匠石에게 그것을 깎아 내게 하자 장석이 도끼를 바람 소리가 날 정도로 휘둘러 백토를 깎았는데 백토는 다 깎였지만 코는 다치지 않았고 영 땅 사람도 똑바로 서서 모습을 잃어버리지 않았다" 송나라 원군이 그 이야기를 듣고 장석을 불러 "어디 시험 삼아 내게도 해 보여 주게" 하니까 장석은 "제가 이전에는 그렇게 할 수 있었지만 지금은 그 기술의 근원이 되는 상대가 죽은 지 오래되었습니다" 하더니만 "지금 나도 혜시가 죽은 뒤로 장석처럼 상대가 없어져서 더불어 이야기할 사람이 없어졌다"라 했다"라고 했다. 또 살펴보건대 자운 양웅의 「난해」에서 "종자기가 죽자 백아는 줄을 끊고 거문고를 파손하고서 속인들와 연주하지 않았으며, 뇨인이 죽고서 장석은 도끼를 멀리하고서 감히 도끼질하지 않았다"라 했는데, 복건이 말하기를 "뇨는 옛날에 백토를 잘 바르는 자이다. 넓은 옷깃과 큰 소매를 지닌 옷을 입고서 위쪽에 백토를 바르더라도 옷깃과 소매가 더럽혀지지 않는다. 작은 진흙덩이가 잘못 그의 코에 떨어지면

장석에게 도끼를 휘둘러 깎아내라고 하니, 장석이 도끼질을 잘 하는 것을 알 수 있다"라고 했다. 안사고는 "기堊는 지금의 머리를 들고 진흙을 바르는 것이다. 묘는 흙손질이다. 옛날 진흙을 바르는 자를 요인이라 했다. '鑊'의 음은 '乃'와 '高'의 반절법이다. 또 다른 음은 '乃'와 '回'의 반절법이다. 이 단락은 『장자』와 뜻은 같지만 그 일은 다르며, 또한 우언이 아니다. 산곡은 코끝의 백토를 잘라내는 고사를 즐겨 사용하였기에 내용을 자세히 열거하였다.

郢人堊漫, 其鼻端使匠石斲之, 已見上注. 又按揚子雲解難云, 鍾期死, 伯牙絶絃破琴, 而不肯與俗人彈, 鑊人亡則匠石輟斤, 而不敢妄斲. 服虔曰, 鑊, 古之善塗堊者也. 施廣領大袖, 以仰塗而領袖不汚. 有小飛泥, 誤著其鼻, 因令匠石揮斤而斲, 知匠石之善斲也. 師古曰, 堊卽今之仰泥也, 鑊, 扠拭也, 故爲塗者爲鑊人. 鑊, 乃高反, 又音乃回反. 此段與莊子意同而事異, 又非寓言. 山谷喜用斲鼻事故具列之.

觀魚於濠: 장자가 혜자와 함께 호수의 징검돌 근처에서 노닐고 있었다. 장자가 "피라미가 한가롭게 헤엄치고 있소. 이게 바로 물고기의 즐거움이란 거요"라고 하자, 혜자가 "당신은 물고기가 아니오. 어찌 물고기의 즐거움을 안단 말이오"라 하였다. 장자가 다시 "당신은 내가 아니오. 어찌 물고기의 즐거움을 알지 못한다는 걸 안단 말이오"라 하자, 혜자가 "나는 당신이 아니니까 물론 당신을 알지 못하오. 당신은 물론 물고기가 아니니까 당신이 물고기의 즐거움을 알지 못한다는 게 확실

하단 말이오"라 했다. 장자가 "이제 처음 질문으로 돌아가 말해 봅시
다. 그대가 "어찌 당신이 물고기의 즐거움을 안단 말이오"라고 했지만,
이미 그것은 내가 안다는 것을 알고서 내게 물은 것이오. 나는 호수가
에서 물고기의 즐거움을 알고 있소이다"라고 했다.

濠梁見上.

小夫閱人蓋多矣 :『당서·방현령전』에서 "제가 많은 사람의 관상을
보았는데, 이 사람 같은 자는 없었습니다"라고 했다.『한서·개관요
전』에서 "이와 같은 전사는 많이 거쳐보았다"라고 했다.

唐房玄齡傳, 高孝基曰, 僕觀人多矣, 未有如此郎者. 漢蓋寬饒傳, 此如傳
舍, 所閱多矣.

成季咸三見逃 :『장자·응제왕』에서 정나라에 미래의 일을 귀신처럼
잘 맞추는 무당이 있었는데 계함이라고 한다. 사람들의 삶과 죽음, 화
와 복을 마치 귀신처럼 알았다. 다음날에 열자가 계함과 함께 호자를
만나 뵈었다. 계함이 호자의 관상을 보고 난 뒤 밖으로 나와 열자에게
"그대의 선생은 죽을 것이다"라 했다. 열자가 들어와 옷섶을 적시며 울
면서 그 말을 호자에게 전하자 호자가 말하기를 "그는 아마도 나의 생
기生機가 막혀 버린 모습을 보았을 것이다"라 했다. 다음 날에 또 계함
과 함께 호자를 뵈었다. 계함이 호자의 관상을 보고 난 뒤 밖으로 나와
열자에게 말하기를 "그대의 선생은 나를 만난 덕에 병이 다 나았다"라

했다. 열자가 들어와 그 말을 호자에게 전하자 호자가 말하기를 "그는 아마도 나의 생기를 보았을 것이다. 시험 삼아 또 데리고 와 보거라"라 했다. 다음 날에 또 계함과 함께 호자를 뵈었다. 계함이 호자의 관상을 보고 난 뒤 밖으로 나와 열자에게 말하기를 "당신 선생의 관상이 일정하지 않기 때문에 내가 관상을 볼 수가 없다"라 했다. 열자가 들어와 그 말을 호자에게 전하자 호자가 말하기를 "나의 음양의 기가 평형을 이룬 모습을 보았을 것이다. 시험 삼아 또 데리고 와 보거라"라 했다. 다음 날에 또 계함과 함께 호자를 뵈었다. 선 채로 아직 앉지도 않았는데 계함이 얼이 빠져 달아났다. 또한 『공자가어孔子家語』에서 계고가 자신이 임금에게 고하여 월형을 당해 다리가 잘린 자에게 말하기를 "지금 내가 환란을 당했으니, 참으로 그대가 원수를 갚을 때인데 나에게 이처럼 세 번이나 도망하게 하니, 어찌 된 까닭이오"라고 했다. 삼도三逃라는 말로 인해 이 두 가지를 모두 기록한다.

莊子應帝王篇, 鄭有神巫曰季咸, 知人之死生禍福若神. 列子與之見壺子, 出曰子之先生死矣. 列子入, 涕泣以告壺子. 壺子曰是殆見吾杜德機也. 明日, 又與之見壺子, 出曰幸矣, 子之先生遇我也, 有瘳矣. 列子入以告壺子, 壺子曰是殆見吾善者機也. 嘗又與來. 明日, 又與之見壺子, 出曰子之先生不齊, 吾無得而見焉. 列子入以告壺子, 壺子曰是殆見吾衡氣機也. 嘗又與來. 明日, 又與之見壺子, 立未定, 自失而走. 又家語, 季羔謂刖者曰, 今吾在難, 正子報怨之時, 而逃我者三. 因併記之.

22. 평원에서의 잔치. 2수

平原宴坐. 二首

살펴보건대 촉에서 인각한 『산곡진적』에는 제목이 「평원군재」로 되어 있는데, 시구가 조금 다르다. 첫수는 "평생 헛되이 공부하여 나무도 모르지만, 강북과 강남으로 돌아가 호미 메고 싶어라. 창가 바람이 책장 뒤집어 넘기니, 사람에게 부지런히 독서하라 권하는 듯"라 했으며, 둘째 수에서 "태세성을 피한 까치처럼 둥지 짓지도 거처하지 못하고, 둥지 얻고서 불안하여 암컷 비둘기 부르네. 금전이 땅에 가득해도 쓰는 사람 없으니, 한곡의 밝은 구슬 율무 같은 때라네.

按蜀中刻山谷眞蹟, 題作平原郡齋, 而詩句小異云. 平生浪學不知株, 江北江南去荷鋤. 窗風文字翻葉葉, 猶似勸人勤讀書. 成巢不處避歲鵲, 得巢不安呼婦鳩. 金錢滿地無人費一解明珠薏苡秋平原郡德州也山谷元豐七年在太和移監德州德平鎭此詩題下注公澤二字詩意殊不相涉蓋本注于舊集謝送宣城筆而後人誤實于此今去之

첫 번째 수 其一

老作儒生不解事	늙어 유생이 되어 일을 알지 못하니
江南有田歸荷鋤	강남에 밭이 있어 돌아가 농사짓고 싶어라.
北窓風來擧書葉	북창에 바람 불어 책장을 넘기니

猶似勸人勤讀書　　　　오히려 사람에게 부지런히

　　　　　　　　　　　독서하라고 권하는 듯.

【주석】

老作儒生不解事 : 『문선』에 실린 덕조 양수楊脩의 「답임치후전答臨淄侯
牋」에서 "저의 일가인 양웅楊雄이 말한 것은 늙어서 사리를 잘 알지 못
한 것입니다. 그는 늙어서 억지로 책 한 권을 저술하고"라고 했다. 『당
서·누사덕전』에서 "문제를 풀어주는 복야 누사덕"이라고 했다.

文選楊德祖牋, 修家子雲, 老不解事, 強著一書. 唐婁師德傳云, 解事僕射.

江南有田歸荷鋤 北窓風來學書葉 猶似勸人勤讀書 : 바람이 나뭇잎을 불
어 사람에게 독서하라고 권하는 것 같다는 뜻이다.

謂風吹葉子冊如勸人讀書也

두 번째 수其二

黃落委庭觀九州　　　　누런 잎이 뜰에 떨어질 때 구주를 살펴보니

蟲聲日夜戒衣裘　　　　벌레 소리 밤낮으로 옷을 장만하라 경계하네.

金錢滿地無人費　　　　금전이 땅에 가득해도 쓰는 사람 없으며

一斛明珠薏苡秋　　　　한 곡의 명주 같은 율무 익는 때로구나.

【주석】

黃落委庭觀九州 : 『예기・월령』에서 "늦가을에 초목이 누렇게 떨어진다"라고 했다. 두보의 「이롱耳聾」에서 "노란 잎이 산의 나무에 져 놀라네"라고 했다.

月令, 草木黃落. 杜詩, 黃落驚山樹.

蟲聲日夜戒衣裘 : 촉직, 즉 귀뚜라미를 이른다.

謂促織.

金錢滿地無人費 : 노란 국화잎을 이른다.

謂黃葉.

一斛明珠薏苡秋 : 율무를 명주에 비견하였다. 『후한서・마원전』에서 "마원이 교지에 있을 때 항상 율무 열매를 먹으면서 몸을 가볍게 하고 욕심을 적게 하려 하였다. 군대가 돌아오면서 수레 한 대에 율무를 실었으니, 그것을 심으려는 의도였다. 참소하던 자가 이전에 수레에 싣고 돌아온 것은 모두 밝은 구슬과 무늬 있는 서각犀角이라고 하였다"라고 했다.

以薏苡比明珠, 蓋馬援傳, 南方薏苡實大, 援欲以爲種. 軍還, 載一車. 譖之者, 以爲所載皆明珠文犀.

23. 유경문과 함께 곽 씨의 서원에 노닐다가 인하여 유숙하였다
同劉景文遊郭氏西園因留宿

人居城市虛華館[56]   사람이 성시에 거처하니
                     화려한 객관 텅 비었는데
秋入園林著晚花   가을 들어 원림에 늦은 꽃이 피었어라.
落日臨池見蝌斗   지는 해는 연못을 비춰 올챙이 보이니
必知淸夜有鳴蛙   맑은 밤에 개구리 울어 댈 것 분명히 알겠네.

【주석】

人居城市虛華館 秋入園林著晚花 落日臨池見蝌斗 必知淸夜有鳴蛙 : 유경문의 「서원화운절구」에서 "비가 서원을 지나니 모든 초목이 아름다워, 버들 바람 대나무 해가 접시꽃에 비추네. 게다가 인적도 없으니 맑은 낮잠에 좋아, 이 연못가 개구리울음은 어찌할꼬"라고 했다. 원부 3년 7월에 산곡은 융주에서 청신으로 가서 고모를 찾아뵙고 「화청신사인포지동자태형시」를 지었다. 그 서문에서 "삼가 태형 선배를 만났는데, 동파의 벗 유경문이 나와 함께 성의 서쪽 곽 씨의 정원에서 자며 지은 칠언시에 그가 화답하여 보여주었다. 내가 응당 영남의 두어 공과 동시에 붕새나 봉황처럼 날아오를 것이라고 추켜세워 주었다. 그런 말은 나를 제대로 본 것이 아니라서 곧바로 원운을 써서 답하였다. 아울러

---

56 [교감기] '城'은 영원본에는 '塵'으로 되어 있다.

동파 형제가 바야흐로 찾아온 것도 함께 서술하였다"라고 했다. 그 첫 번째 시는 다음과 같다. "나는 이미 세상에서 쓸모가 없어, 머리카락 하얗게 되고 눈은 어찔하네. 동파 형제가 비록 늦게 와도, 화살 꺼내 달을 먹는 두꺼비 맞춰버렸네"라고 했다. 두 번째 시에서 "동파가 바닷가에서 소식이 없으니, 빠른 돛배 꽃 떠도는 물결에서 나올 것이라. 삼십 년 이래 세상은 세 번 변하였으니, 몇 사람이나 메추리나 개구리로 변하지 않았는가"라고 했다. 세 번째 시에서 "옥좌의 하늘은 열리고 북두는 도는데, 청반은 떨어지고 남은 꽃에서 새처럼 흩어지네. 백관 위에 서기 어려운 사람이 있나니, 묘당 안의 양과 토끼와 개구리즉제수가 되지 않으리"라고 했다. 네 번째 시에서 "대를 심고 솔을 기른 사람 다 떠났는데, 도사가 도화 심었다는 소리 부질없이 듣노라. 엊그제 어느 날 밤에 풍우에 놀랐는데, 땅에 가득 떨어진 붉은 꽃에 저물녘 개구리는 시끄럽게 운다"라고 했다. 또한 「사태형송주」에서 "바람이 삼아산 밖의 비를 쓸어가고, 서리는 오류댁 옆의 꽃을 꺾어버리네. 그대가 술을 보내 가을 졸음 더하지 않으면, 동지의 새벽까지 우는 개구릴 소리 견딜 수 있을까"라고 했다. 이 시의 진본이 아직도 남아 있는데, 남긴 글에 실려 있지 않으니 인하여 여기에 첨부하였다. 성서의 곽원은 어느 곳인지 알 수 없다. 살펴보건대 『전집』에 있는 「차운유경문등업옥대견사오수」에서 "언제나 저물녘 곽원의 연못에서, 그림자 비추며 한가로운 정회 풀어볼까"라고 했으니, 이때는 참으로 덕평에 있을 때이다. 『휘종실록』을 살펴보건대 원부 3년 9월에 임금이 보좌하는 신하

한충언에게 이르기를 "장돈이 떠나기를 청하니, 짐은 정해진 계책으로 장돈을 폄훼하고 싶지 않다"라 했다. 다만 철종의 영가를 호종할 때 임무를 제대로 수행하지 못한 까닭에 누차 장돈을 탄핵함이 있었는데, 이에 이르러 드디어 조정에서 나갔다. 그러므로 화답한 시에서 "백관 위에 서기 어려운 사람이 있나니, 묘당 안의 양과 토끼와 개구리가 되지 않으리"라고 했다. 『한서·곽광전』에서 곽산이 "승상은 함종 사당의 양, 토끼, 개구리를 마음대로 하였으니, 죄를 줄 수 있다"라고 했다. 말하자면, 장 승상의 죄는 다만 이와 같을 뿐만이 아니라는 의미이다.

劉景文有西園和韻絶句云, 雨過西園物物佳, 柳風竹日映葵花. 更無人迹宜淸睡, 柰此池頭一部蛙. 元符三年七月, 山谷自戎州至靑神, 省其姑, 有和靑神士人蒲志同字泰亨詩, 其序云, 伏承泰亨先輩, 和示東坡之友劉景文同不肯宿城西郭氏園七言小詩. 且推不肯當與嶺南數公, 同時鵬搴鳳擧. 非所擬倫, 輒用元韻上答. 并序東坡伯仲方來之意. 其詩云, 我已人間無可用, 鬢飄霜雪眼生花. 東坡兄弟來雖晚, 折箭堪除蝕月蛙. 東坡海上無消息, 想見驚帆出浪花. 三十年來世三變, 幾人能不化鼃蛙. 玉座天開旋北斗, 淸班鳥散落餘花. 有人難立百官上, 不爲廟中羔兔蛙. 栽竹養松人去盡, 空聞道士種桃花. 昨來一夜驚風雨, 滿地殘紅噪暮蛙. 又謝泰亨送酒云, 風掃三峩山外雨, 霜催五柳宅邊花. 非君送酒添秋睡, 可耐東池到曉蛙. 此詩眞本, 尙存而遺文不載, 因附見於此. 城西郭園, 不知何處. 案前集有次韻劉景文登鄴玉臺見思五首云, 何時郭池晩, 照影寫閑情. 時正在德平也. 案徽宗實錄, 元符三年九月, 上謂輔臣韓忠彦曰, 章惇求去, 朕不欲以定策貶惇. 秖緣護哲宗靈駕, 不職, 累有彈章惇, 於是遂出. 故和章云, 有人難立百官上, 不爲廟中羔兔蛙. 霍光傳, 霍山曰丞相擅減宗廟羔兔蛙, 可以此罪也. 言章丞相之罪, 不獨如此耳.